変わり朝顔

船宿たき川捕り物暦

樋口有介

祥伝社文庫

目次

変わり朝顔

船宿たき川捕り物暦

一

本所相生町《ほんじょあいおい》の竪《たて》川沿いを二ツ目《ふたつめ》橋までくだり、橋を林《はやし》町側へ渡る。わずかな町家《まちや》があってあとは弥勒《みろく》寺と旗本屋敷の塀《へい》がつづくが、この道は高橋《たかばし》から門前仲《もんぜんなか》町へ向かうからまだ荷車や棒手振《ぼてふ》りの往来がある。

五間《ごけん》堀にかかる弥勒寺橋を渡ったあたりが北森下《きたもりした》町、真木倩一郎《まさきせいいちろう》の長屋は米屋と桶《おけ》屋の路地に挟まった作兵衛《さくべえ》店《だな》で、お決まりの九尺二間《くしゃくにけん》に幅一間の小庭がついている。

「あら旦那《だんな》、今お帰りかね。夜んなっても暑いやねえ。ここんとこ夕立もこないから、旦那ん家《ち》の庭に水を撒《ま》いといたよ。お宅の朝顔が枯れちまうと後生《ごしょう》が悪いからさあ」

声をかけてきたのは奥隣のお滝《たき》。源七《げんしち》の女房で葛西《かさい》の産といい、狸《たぬき》に手拭《てぬぐ》いをかぶせればこんな顔になるのだろうが、それでも女房持ちの源七には甲斐性《かいしょう》がある。女の少ない江戸で所帯を構えられるのは商人《あきんど》か大店《おおだな》の番頭か、腕のいい職人ぐらい。全十戸の作兵衛店でも女房持ちは煙草《たばこ》売りの源七と地回りの留蔵《とめぞう》だけで、女だって三味線《しゃみせん》師匠のお久米《くめ》をふくめて三人しか住んでいない。

「そういや旦那、宵《よい》前から旦那ん家《ち》でお客がお待ちだよ。一応お茶を出しといたけど、ありゃ浪人じゃなくて主人持ちだね」

「客とは珍しいが、いつもすまんな」

「ひょっとして旦那、仕官の口かい」

「心当たりはないがなあ」

「どこかで旦那を見初《みそ》めたお姫様が、ぜひ婿《むこ》にとかって」

「黄表紙《きびょうし》のようなわけにはいかんさ」

「目元涼しく背丈はすらり。ねえ、いっそのことお武家なんかやめて、役者にでもおなんなね」

「剣術で食えなくなったら考えよう。しかしいずれにせよ、造作《ぞうさ》をかけた」

お滝に長身をかがめて礼を云《い》い、倩一郎は長屋の木戸をくぐる。ドブ板を中心に各戸の戸障子《としょうじ》が開け放たれ、蚊燻《かいぶ》しの杉葉が所々の丼《どんぶり》から煙をのぼらせる。もともと界隈《かいわい》は大川《おおかわ》沿いの低湿地、住民は歳の市のころまで藪蚊《やぶか》と蝿《はえ》に悩まされる。

戸障子の開け放たれた長屋には倩一郎の部屋にだけ行灯《あんどん》がともり、箱火鉢のこちら側に腕枕の男が寝そべっている。佐伯《さえき》道場の門弟なら無人でも端座しているはずで、それに髷《まげ》も太くて羽織《はおり》の丈《たけ》も短いから江戸侍ではないだろう。

敷居をまたいだ倩一郎に、腕枕を外して、男がのっそりと身を起こす。その男が口のなかでなにか云い、膝《ひざ》を直しながら倩一郎の顔を見あげる。馬面《うまづら》で目が細くて眉《まゆ》が濃く、しゃくれた顎《あご》の先に小豆《あずき》粒ほどの黒子《ほくろ》がある。

「お主《ぬし》……」

「いやあ懐《なつ》かしい。覚えておるか、ほれ、俺だ」

「天野善次郎《あまのぜんじろう》か」

「おうおう、覚えておったか。白河《しらかわ》の井坂《いさか》道場では真木の打たれ役、泣き虫善次郎とからかわれたものじゃった」

天野は倩一郎と同年の二十五歳、父親の善兵衛《ぜんべえ》は白河松平《まつだいら》家の小姓《こしょう》役で二百六十石《こく》取り、倩一郎の父親で大納戸《おおなんど》役だった倩右衛門《せいえもん》は二百石取りだったから、どちらも中士分で家柄も同格。倩一郎と天野善次郎はそれこそ、物心がつく前からの幼馴染《おさなじ》みだった。

草履《ぞうり》を脱ぎかけ、思いとどまって、倩一郎は腰の刀も元に戻す。

「だが天野、まさかたまたま近くを通りかかった、などという仕儀ではあるまい」

「そのことそのこと。実は三年前に親父殿《おやじ》が隠居して、俺が家督をついでの。昨年から江戸詰めを仰《おお》せつかっておる」

「それは重畳《ちようじよう》」

「まあとにかく、こっちは一刻《いつとき》も待っていたのだ。腹もへったことだし、どこぞで一杯やろうじゃないか」

天野が馬面を手のひらでなで、膝を起こしながら床の刀に手をのばす。家督をついだせいか頰《ほお》にも肉がつき、十年前よりは目方も増えている。倩一郎にしても天野は懐かしく、なんの用件かは知らないが、酒を飲むぐらいのことに異存はない。

「おい、行灯の火を落としてくれ」

「こりゃうっかり。じゃがこの行灯油、えろう臭いのう」

「安房《あわ》の魚油《ぎよゆ》だ。財政逼迫《ひつぱく》の御家とはいえ、さすがに江戸屋敷では使わんだろうがな」

天野を伴《ともな》って長屋木戸を出、倩一郎は往還を弥勒寺橋袂《たもと》まで戻る。江戸市中にかかる小橋は約五百、ほとんどの橋袂には飯屋や飲み屋が店を出していて、酒飲み連中のたまり場になっている。二人が入ったのは五間堀際で老夫婦が営《いとな》む一膳飯屋、小上《こあ》がりもない土間造りで色気も活気もなく、地元の者はただ飯を食うばかり。しかし親爺《おやじ》がつくる煮染《にし》めや天ぷらには年季の技があって、倩一郎は月に何度かこの店で酒を飲む。

注文したのは酒に雁擬《がんもどき》に穴子の天ぷら、それから香《こう》コと煮染め昆布で、天野も飯は酒の後でいいという。

「だが天野、なんの雲行きかは知らぬが、俺の長屋がよう知れたの」

「苦労した苦労した。なにせ神田《かんだ》へんに寄る辺《よべ》があるらしいと聞いただけで、他のことは一切《いっさい》分からん。そのうえ殿は、御家の者に知れぬよう探し出せと仰有《おっしゃ》る」

「ほーう、殿が？」

「もちろん越中守《えっちゅうのかみ》定邦《さだくに》様ではなく、今度の上総介《かずさのすけ》定信《さだのぶ》様じゃ。定信様のご家督相続は今秋に予定されておるが、定邦公はすでに国元へ隠居なされ、江戸上屋敷には定信様が入っておられる。実質的な白河のご当主は、定信様だ」

「噂《うわさ》ではたいそう英明な殿だとか」

「英明も英明、まるで御書物蔵が羽織を着ておられるようなお方なんじゃが……ま、それはおくとして、この広い江戸で十年前に出奔《しゅっぽん》した真木倩右衛門を探し出せと云われても、とんと見当がつかん。神田へんに五、六足も草履をすり減らし、お主らが以前に住まっていた松下《まつした》町の仕舞屋《しもたや》が知れたのは、つい一昨日のことよ」

天野がくいと盃《さかずき》をほし、疲れたように首をまわして、馬のようなため息をつく。

それから銚釐《ちろり》の酒を手酌《てじやく》でつぎ足し、居住まいをただしながら頭をさげる。

「そこで知れたのじゃが、親父殿は三年ほど前に、身罷《みまか》られたそうじゃの」

「うむ」

「ご愁傷《しゆうしよう》にござった」

「それまで息災であったものが突然血を吐いた。医者が云うには胃の腑《ふ》に悪い腫《は》れ物ができていたとか。五巡《めぐ》りをすぎたところで、寿命であったのかも知れぬ」

父の倩右衛門は白河出国後、倩一郎を伴って江戸へのぼり、神田の松下町に居を構えて手習い所を営んだ。同時に町人や御家人の子弟に漢籍の講義をほどこし、父子二人の生計《たつき》をまかなった。その倩右衛門が鬼籍《きせき》に入ったのが三年前の春、松下町の仕舞屋をひき払ってあとの一年半ほど、倩一郎は東海道《とうかいどう》と中山道《なかせんどう》に剣術修行の旅に出た。中国、四国、九州にも足をのばし、直心影流《じきしんかげ》、神道無念流《しんとうむねん》、心形刀流《しんぎようとう》、その他古流の鐘捲流《かねまき》や示現流《じげん》の師範とも交わった。それらはみな師である佐伯谷九郎《やくろう》の添え状が可能にしたものだった。

「松下町の家が知れたら、あとは造作もない。真木ほどの剣術好きはどうせ近所で評判になる。思ったとおり、木戸番の親爺が佐伯道場のことを覚えておって、そこで俺は道場に出向いてな。稽古《けいこ》を終えてきた前髪立《まえがみだ》ちに今の住まいを聞いたわけじゃ。なんとお主、すでに師範代までのぼったとか」

浅草《あさくさ》福井《ふくい》町にある小野《おの》派一刀《いっとう》流佐伯道場での倩一郎は、目録。しかし今は朋輩《ほうばい》の荒《あら》井《い》七之助《しちのすけ》とともに、心の臓を病んだ谷九郎の代稽古を勤めている。今日の出先も酒井《さかい》下野守《しもつけのかみ》家下屋敷への出稽古で、毎月一日と十五日の出稽古でそれぞれ二分《ぶ》ずつの謝金が出る。

天野が箸《はし》を動かして盃を口に運び、月代《さかやき》の部分まで赤くしながら、顎先を左右にふる。

「それはともかく、定信様が田安《たやす》家から白河松平家にご養子入りされて以降、我が藩も多事多難でなあ。もともと定邦様にご継子《けいし》はござらんかったが、弟君の賢之助《けんのすけ》様はおわす。本来なれば田安家から定信様をお迎えする必要もなかったはず。つまりは幼少より利発と評判の高かった定信様を、田沼《たぬま》がうとんじたというところが、事の真相じゃい」

「そんなところか」

「田沼は定信様を白河へ押しつける見返りとして、家中《かちゅう》のご重役方に一万両の約金を渡したとか」

「なんと」

「田安家は御三卿《ごさんきょう》でも筆頭の家格、将軍家にご世子《せいし》がとぎれた場合、田安家のご当主が将軍職をおつぎになる。かりに定信様が田安家をつがれ、かつ将軍職にまでのぼられたら、もう田沼の懐《ふところ》に賄賂《まいない》は入らぬ。田沼とて必死の策謀であったろうよ」

いくら仕《つか》える定信の仇敵《きゅうてき》とはいえ、田沼主殿頭意次《とのものかみおきつぐ》は現職の老中、それを「田沼」と呼び捨てにするのだから、天野の心底にも見当はつく。

「さればとて定信様のご養子入りは決定、白河松平家のご世嗣《せいし》とも決まって、ご自身も江戸の中屋敷に入られた。ところがじゃよ真木、田安家をつがれた定信様の兄君が急逝《きゅうせい》され、ここでまたひと悶着《もんちゃく》だ。将軍家ご世子であられた家基《いえもと》様は生来のご病弱、定信様が田安家に戻られればゆくゆく将軍職につかれる可能性はまことに大。この事態を田沼が、傍観すると思うかよ」

「また金か」

「むろんむろん、大奥から幕閣から御三家《ごさんけ》の然《しか》るべき筋まで、ばらまいた金がなんと、七万両という噂じゃ。加えて田安家には一橋《ひとつばし》家からご養子を送り込み、家基様没後には将軍家の世子に一橋の家斉《いえなり》様をすえられた。田沼が今でも必死に金を集めておるのは、そのときの出金をとり戻さんがため。井伊《いい》様など大老の職につかれたいがため田沼に一万両の賄賂を贈られたとか。老中五千両、若年寄三千両というのが、現今幕閣の相場ということじゃい」

　五千両、一万両などという金額は想像もできないが、倩一郎なんか佐伯道場の代稽古と月二回の出稽古で、月の収入がやっと一両。腕のいい大工左官でさえ月に二両程度で暮らしている。

「だがなあ天野……」

　倩一郎も酒がまわって気分が軽くなり、口調にも子供時代の親しさが戻る。

「定信様と田沼との経緯《いきさつ》は分かったが、そのことが俺になんの関係がある」

「それそれ、それをこれから話そうと思っておったわけよ」

　天野が盃をあおって舌を鳴らし、店の奥に酒の追加を呼ばわってから、赤くて長い顔を卓の上にさしのばす。店には二人ほどの職人が飯を食っているばかり、誰が聞いているわけでもないのに、天野の顔には秘密めかした困惑が浮く。

「それがのう、なんと云ってよいやら、お主と親父殿が国元を出られたあと、家中に奇妙な噂が広まってなあ。お主、親父殿からなにか聞いておらぬか」

「俺たちが白河を出たあとのことなど、聞くはずはない」

「もっともっとも、いや、それはそれとして、つまり、あれだ、定邦様には密《ひそ》かにつくられたお子がおわしてな。そのことは田沼も御家のご重役方も、ご存じであったという」

「お子とは男子か」

「女子《おなご》であれば最初から問題はあるまい。もともと定信様が白河へくだられた名目は、定邦様にご世嗣がなかったこと。それが実際は、ご世嗣にもなるべきお子があったというのでは……」

「そりゃ騒動になる」

「まして田沼もご重役方もご存じの謀事《はかりごと》となれば、家中が割れるのは必定《ひつじょう》。いかな親藩《しんぱん》の白河松平とてあまりの混乱は、減封《げんぽう》国替えの名分となりかねん。中、下士のなかには江戸へ押し出して田沼を誅殺《ちゅうさつ》しようという者まであらわれて、いやああのころはしばらく、物騒なことであったよ」

天野が口をつぐみ、当時の記憶に汗でも噴《ふ》き出したのか、腰の扇子《せんす》を抜いて風を起こす。暑ければ羽織なんか脱げばいいものを、しっかり浅葱裏《あさぎうら》の短羽織を着ているところは律儀《りちぎ》な白河気質なのだろう。

「で、今にして御家騒動の噂も聞かんところをみると、その騒ぎは治まったわけだな」

「そうそう、そこが殿のお偉いところ。いや名目はまだご世嗣であるが、昨年直々《じきじき》に国元へ乗り込まれての。上士方全員を集めて風聞の根絶を命じられたそうじゃ。ご自分が白河に参られた経緯には、様々な事情がある。されどすでに世嗣と決まり、この御家に骨を埋《うず》める覚悟でいる。奥州《おうしゅう》一帯は不作つづきで家中の財政も逼迫状態、こんな折りに内輪《うちわ》が争うことになんの益がある。それぞれに思いも云い分もあろうが、ここは心を一《いつ》にして家士《かし》領民の暮らしを守るべきと。そのお言葉にはご重役方も、みな黙して頭《こうべ》をたれたそうな」

「天野の云うことは分からん。もっとも子供のころから話のくどい男だったが」

「云うてくれるな。俺とて殿のお側《そば》役を勤めて一年余、なぜ今ごろになって真木を探せなどと仰せられるのか、見当もつかん」

「お主、お側役を勤めているのか」

「すでに一年と半年ほどになるわい」

「それはずいぶんの出世だ。ふつうお側役は……」

「代々上士身分の家から出ると決まっておる。だがなあ真木、これはわけありで、殿のお側役はいわば貧乏籤《くじ》、ご養子に入られてからの十年近くで、すでに十五、六人のお側役がお役を辞しておる。俺とてお鉢がまわってきたとき、腹でも切ろうかと思ったほどよ」

「なにを大げさな」

「冗談ではないんだぞ。守役《もりやく》からお側役から、みな半年も勤まれば重畳。胃を病んだり気鬱《きうつ》の病にかかったり、誰も長くは勤まらん。なにせ殿は英明でご謹直な性格であらせられるが、いかんせん、癇癖《かんぺき》であられてのう。殿の御前では一時《いっとき》も気が抜けん。俺とてずいぶんと腹をくだして、何度も厠《かわや》に籠《こ》もったもんじゃった」

「ほーう、それほどにな」

「まあ最近は慣れて、なぜか殿も小言を云われんがな。さればとて誰もお側役など望まんからこのまま俺は飼い殺しよ。家禄《かろく》にご加増があるわけでもなし、ほんに貧乏籤もいいところさ」

天野が盃をあけ、長い顔を笑うような泣くような、奇妙な形にゆがめる。側役がみな半年もつづかぬという定信の癇癖も異常だが、その役を一年半も勤めている天野の忍耐力も、他人事《ひとごと》ながら恐れ入る。子供のころから鷹揚《おうよう》で無頓着《むとんちゃく》な性格だったが、それが癇性《かんしょう》の強いという定信と、どこかで馬が合うものか。

「しかし天野、さっきのあの話は、どうなった」

「あの話？」

「定邦様に隠し子があったとか、なかったとか」

「おう、問題はそれよ。以来家中ではみな口を閉ざしたが、つまりはそういうわけで、殿がお主に会いたいと仰有る。明日の暮六《く》ツ《れ》、築地《つきじ》の下屋敷まで出向いてもらえんか」

「お主の云い草は相変わらず、わけが分からん」

「どこがよ」

「なぜ俺が定信様に呼ばれる」

「先ほども云ったではないか。定邦様には密かにつくられたお子があって、噂では、そのお子の名前が真木倩一郎。今秋正式に家督をおつぎになる殿が、噂の元であったお主に会いたいと思われるのも、考えてみれば腑に落ちる。なにせ殿は……」

「天野、今、なんと云った」

「だから、真木、お主は本当に親父殿から、なにも聞いておらんのか」

「聞くも聞かぬも、なんという戯言《ざれごと》。お主は酒乱の性《しょう》なのか」

酒がなくなって倩一郎は空の銚釐《ちろり》をかざし、ついでに目刺しを注文する。店のなかも客が入れ代わって、今はやつれた顔の女房が二人の子供に飯を食わせている。

天野が扇子の先で小鼻の横をこすりながら、酔眼をじっと、倩一郎の顔にすえる。

「そうか、ほんに聞いておらんのなら、それまでじゃのう」

「お主はそんな戯言を云うために、俺を探したのか」

「俺がお主を探したのは殿のご下命《かめい》ゆえじゃい」

「定信様には癇癖がお強すぎて、頭の箍《たが》が外れたらしい」

「お主がご落胤《らくいん》なりやという噂は、むろん殿とて俺とて、信じておらぬわ。誰ぞ殿の白河入りをこころよく思わん者が、為《ため》に流した噂ではあろう。されど親父殿が脱藩された時期も時期、そういうことが、いらぬ憶測《おくそく》を呼ぶわけよ」

「親父殿が白河を去ったのは致仕《ちし》、脱藩ではない」

「家中では致仕の届けなど誰もうけておらんという」

「それはなにかの手違い。かりに脱藩であったなら、なぜに御家は追手をさし向けなかった。江戸に住んでからも手習い師匠として、親父殿は死ぬるまで安逸に暮らしたぞ」

「そのあたりの事情は分からん。されど家中に先ほどの風聞が流れたのも事実。かりに致仕だったとしても、致仕するにはそれなりの理由はあろうよ」

「親父殿はお勤め上の不都合と話していた」

「その不都合とは」

「知らぬ」

「なにゆえ」

「聞くなと云われたから聞かなかったまで。親父殿が致仕するには理由も覚悟もあったはず。俺とて親の覚悟を無にするほど、女々《めめ》しくはない」

「そういうものかなあ。お主の頑固さは子供のころから承知しておるが、ものには限度があろうよ。おのれが食いつめ浪人にまで成りさがった理由も知らんで、よく十年も、呑気《のんき》に生きてこられたのう」

　追加の酒と目刺しがきて、しばらくはむっつりと、それぞれに手酌の酒を飲みつづける。倩一郎にしても父の致仕や浪人暮らしに、子としての疑問はあった。しかし倩右衛門は生来廉潔《れんけつ》で思慮の勝《か》った性格、その父がくだした結論にうしろ暗い要素など、あったはずはない。母の千枝《ちえ》にしても離縁状を渡された日、愚痴《ぐち》も泣き言も云わず、黙って実家の小林《こばやし》へ帰っていった。かりに白河で流れた噂が本当であるとすれば、あの廉潔な父と寡黙《かもく》な母が倩一郎にとって血縁のない、ただの養父母になってしまう。

　目刺しを頭から丸ごと平らげ、また扇子をぱたぱたつかって、天野が馬のように生《なま》欠伸《あくび》をする。

「まあなあ真木、本当を云うと俺には、どうでもいいことなんじゃい。たとえお主が定邦様のご落胤であったところで証《あかし》があるわけでもなし、お主がご領主に直るわけでもない。さればとて『真木倩一郎を呼び出せ』とご下命されれば、俺としては命《めい》に従うしかないわけよ。そのあたりの事情をなあ、子供時分からのよしみで、分かってもらえんかなあ」

倩一郎も目刺しをかじって盃をあけ、いつの間にか噴き出している額《ひたい》の汗に手拭いを押しつける。倩右衛門に従って白河を離れて足かけ十年、幼馴染みの天野と酒を飲むぐらいならまだしも、書物蔵が羽織を着てしかも癇癖の強いという定信などに、なんの義理がある。

「天野には悪いがな。殿にはご遠慮申しあげると、お伝えしてくれ」

「おいおいおい、ここまできて、それはなかろう」

「真木倩一郎は世をすねて白河松平家を恨《うら》んでいる。殿に会えば刀を抜く虞《おそれ》ありとかなんとか、適当に言上《ごんじょう》せい」

「俺のたばかりなど殿には一目で見抜かれるわ」

「それならすでに死んでいるとか」

「昨日、お主の長屋をつきとめた、と申しあげてしもうた」

「浅はかな。かりに俺の頭が狂っていて、実際殿に斬りつける事態にでもなったらなんとする。殿にご報告する前に、まず俺の心底を確かめるのが筋だろう」

「まったくまったく、云われてみればそのとおり。我ながらおのれの迂闊《うかつ》さがうとましいわ。されどすでに申しあげてしまったものは、いかんともしがたい」

「そんなことは天野の勝手、俺は知らん」

「真木、いや真木倩一郎殿、そこをなんとか、なあ、俺も来春には嫁取りが決まっておって……お、お、そういえば真木、お主、由紀江《ゆきえ》殿の消息はご存じか」

「由紀江殿？」

「ほれ、まさか忘れたとは云わせんぞ。御弓《おゆみ》奉行を勤めておった村山《むらやま》殿の娘ご、お主と二人よく中町《なかまち》で待ち伏せして、お屋敷まで跡をつけたではないか。あれはお琴《こと》稽古の帰りであったかの」

「うむ、まあ」

「由紀江殿に懸想《けそう》しておる若侍が十人ばかり、いつもぞろぞろついて歩くによって、最後には村山殿から大目玉をくろうた」

「要点を云え」

「まあまあ。でなあ、その由紀江殿もな、お主らが白河を去って三年ばかりあと、榎《えのき》田《だ》様のご嫡男《ちやくなん》に輿入《こしい》れをなされた。榎田様といえば御番頭《ごばんがしら》、玉の輿ではあるが由紀江殿ほどのご器量ゆえ、みな然《さ》もありなんと得心したものよ」

「さぞ美しい花嫁であったろうな」

「むろんむろん、じゃが話はこれからよ。俺などには上士方の実情は分からんが、その榎田様のご嫡男というのに、どうやら頭の病気があったらしい」

「ほーう」

「実際にどういう病気かは知らぬが、廃嫡《はいちゃく》されて今でも鏡石《かがみいし》村の山寺に幽閉されておるから、気鬱などの生易《なまやさ》しい病気ではなかろうというのが、もっぱらの評判じゃい」

「して、由紀江殿は」

「ご実家に出戻られた。輿入れしてからわずか一年余りのこと、むろんお子もできず、しばらくは外歩きもせなんだという。ふつうなら出戻り女なんぞに目もくれぬ連中も、そこは由紀江殿のご器量じゃ、傷物でもよいから嫁にくれいとみなが騒いでのう。したが由紀江殿も男に懲《こ》りたのか、ことごとく縁談を断って、ずっとご実家に籠もっておられた」

知らぬ間に倩一郎の酒がすすみ、酔いもすすんで、なにやら肺腑のあたりに胸騒《むなさわ》ぎがこみあげる。白河時代の思い出といえば剣術の稽古と野遊び、阿武隈《あぶくま》川での水練や郷士《ごうし》の子供連中との石合戦、勉学になど最初《はな》から興味はなく、父の倩右衛門も学者気質でありながら、なぜか倩一郎の腕白《わんぱく》を見て見ぬふり。遊び放題遊んだなかに由紀江の記憶だけがちょっぴり、甘やかな熱として残っている。

「おい真木、聞いておるのか」

「うむ？」

「由紀江殿のことじゃい」

「むろん、聞いているさ」

「その由紀江殿がなあ、今春より江戸へ参っておるのだ」

「由紀江殿が、江戸へ」

「奥向きの勝手取締役に召されて、上屋敷に住もうておるわ。俺など遠くからお見かけするばかりじゃが、殿や奥方様のお覚えもめでたいとか」

「そうか、由紀江殿が、江戸へなあ」

「だから殿に申しあげて、明日は由紀江殿にも同席を願おう。こう見えても俺だって殿のお側役、それぐらいの融通《ゆうずう》はきかせられる」

「されど……」

「いいではないか。なにもお主をとって食おうというわけではなし、酒も肴《さかな》も用意する。なにせ殿は云いだしたら聞かぬご気性《きしょう》、一度お主の顔を見ればそれでお気も済もうからに。まあまあ、俺の顔を立てると思うて、ここは頼みを聞いてくれい」

天野が長い顔で勝手に了解し、店の老婆《ろうば》に向かって、ぽんぽんと手を打つ。うまく天野にのせられた気もするが、由紀江の名前に倩一郎の心が動いたことも事実。剣術修行の途次では莫連女《ばくれんおんな》とも係わり、京では一月《ひとつき》ほど、色後家《いろごけ》の下に居候《いそうろう》もした。今さら由紀江に会えた義理でもないだろうに、それでも甘やかな胸騒ぎが、じんわりと耳朶《じだ》を熱くする。

「婆《ばあ》さん、俺に飯と汁をくれ。汁はなんだ、うん？　蜆《しじみ》か、それでよい。飯は丼に大盛りでな。それから香コをもう少々。真木、飯は」

「いらん」

「それなら酒をもう一本頼もう。いやあ今夜は愉快、なにしろ真木とは十年ぶりだからなあ。幼馴染みと飲むのは気がおけなくて、実に、実に愉快だ」

七月に入ってもまだ夜は短く、そろそろ永代寺《えいたいじ》の鐘が四ツを告げてくる。

迷い込んできた藪蚊が頬《ほお》にとまり、倩一郎は意識して、ぴしりと自分の頬を打つ。

二

時刻は暮七ツに近く、道場には倩一郎をふくめた六人の門弟が残るのみ。浅草福井町の小野派一刀流佐伯道場は門弟数二百人を誇り、式日《しきび》などの総稽古には庭にまで門人が溢《あふ》れだす。そうはいっても常時稽古に通う剣術好きはせいぜい五十人、その門人もすでにほとんどがひきあげ、路地に面した格子《こうし》窓にも野次馬の顔はない。飴《あめ》色の西日が道場の床板に縦桟《たてざん》の影をひき、陽射《ひざ》しが板目からの埃《ほこり》を金粉のようにきらめかす。

もともと小野派一刀流は柳生新陰《やぎゅうしんかげ》流とともに、将軍家の剣術指南役を勤めている。流祖小野次郎右衛門《じろうえもん》の直系は八百石取りの旗本として今も徳川《とくがわ》の禄を食《は》み、一門も大名大身《たいしん》旗本以外には仕えず、柳生と同様に町道場は構えない。その小野派一刀流が佐伯谷九郎にだけ〈看板〉を許したのは谷九郎が小野家本家筋の縁戚であること、そして父親の忠次《ただつぐ》が八代将軍吉宗《よしむね》に仕えてなにやらの功があったから、と云われている。その将軍家御用流である小野派一刀流だけに旗本御家人の入門希望者が多く、江戸の町道場では規模も最大、道場にしても畳にすれば二百畳の広さを誇っている。

倩一郎が端座して見守るなか、今は師範代の荒井七之助と高弟の三屋清之《みつやきよゆき》の二人だけが木剣を合わせている。どちらも六尺はある大男でその気合いも撃ち込みも、壁が崩れるほど凄《すさ》まじい。

倩一郎は端座したまま首をめぐらし、道場口にひかえている綾乃《あやの》に一瞥《いちべつ》をくれる。綾乃は谷九郎の娘で二十四の嫁《とつ》ぎ遅れ、そのくせ派手な柄物の振り袖《そで》を着て髪を灯籠《とうろう》鬢《びん》に結い、髷《まげ》の根には銀のビラビラ簪《かんざし》をさしている。谷九郎の娘ではあっても木剣をとることはなく、道場にも足を踏み入れない。今も母屋《おもや》に通じる戸口の向こう側に座り、荒井と三屋の相稽古を無表情に眺めている。本来見所《けんぞ》にいるべき谷九郎の姿は師範席になく、日の翳《かげ》りはじめた見所の壁に鹿島《かしま》、香取《かとり》両大神宮の掛け軸がほの暗く見えている。

荒井が三屋を羽目板に押し込み、それを三屋が押し返して、また木剣が折れるほどに撃ち合う。荒井七之助は免許の技前《わざまえ》で門弟筆頭、佐伯の赤鬼と綽名《あだな》されるほどの強《ごう》腕《わん》だから、三屋もまともに撃ち合ってはかなわない。それでも最近は腕をあげてきて、たまには荒井の胴を払うことがある。

もう一度綾乃をふり返ってみたが、綾乃は澄ました顔で表情を変えず、仕方なく倩一郎が咳払《せきばら》いをする。

「双方ともそこまで。荒井も三屋もいい加減にしろ。お主らがいつまでも撃ち合ってると、道場の床が抜けてしまう」

倩一郎の声に二人の動きがとまり、お互いに顔を見合わせて、木剣をひく。序列の低い門弟は割り竹に鹿の革《かわ》をまいた袋竹刀《ふくろしない》で稽古をするが、三屋も荒井相手に木剣をつかうようになっただけ、腕に自信が出たのだろう。

三屋が門弟溜《だ》まりにさがっていき、荒井も木剣を始末して道場上座に歩いてくる。髭《ひげ》の濃い赤ら顔は赤鬼の綽名もうなずけるが、道場を離れれば穏《おだ》やかで快活な性格、二重《ふたえ》のどんぐり眼《まなこ》には人懐《ひとなつ》こい愛嬌《あいきよう》がある。荒井七之助は六百石取り大番組頭、直《じき》参《さん》旗本荒井家の三男でもある。

「いやあ三屋のやつ、最近はばかに向きになる。どこぞの茶屋女にでもふられて、頭に血がのぼったかよ」

笑いながら倩一郎のとなりに胡座《あぐら》をかき、荒井が手拭いをつかいながら、憚《はばか》りもなく諸肌《もろはだ》を脱ぐ。夏のせいで湯気こそ発しないが、厚い胸板《むないた》には藁地《わらじ》のような体毛が渦をまく。

戸口の向こうに衣擦《きぬず》れの音がし、綾乃が床に指をついて、無表情に頭をさげる。

「本日のお稽古、ご苦労にございました」

くずす。

「あ、いや」

倩一郎も荒井とともに居住まいをただし、綾乃に慇懃《いんぎん》な礼を送る。綾乃はそのまま奥の部屋へさがっていき、その気配が消えるのを待って、倩一郎と荒井は同時に膝をくずす。

綾乃の消えた戸口に顔をしかめながら、荒井が倩一郎の耳に髭面を寄せる。

「お稽古と云われてもなあ、琴や三味線じゃあるまいし、背中がこそばゆくなるぜ」

「それを云うな。綾乃殿なりに気をつかっているのだ」

「それならにっこり笑って、流し目のひとつも馳走《ちそう》すりゃいいのに。綾乃殿はいまだに俺のことを、家来か下僕《げぼく》だと思ってやがる」

荒井が苦笑をしながら顔の汗をふき、肩を怒らせて息をつく。旗本ながら生粋《きっすい》の江戸者だから、心安い相手には町人のような口調になる。

「だけど倩一郎、今日はどうしたい。朝っから木剣もとらねえじゃねえか」

「こう暑くてはな。無駄に動いても腹がへるだけさ」

「それも道理だ。道場もここんところ、閑古鳥《かんこどり》が鳴いてる。まあ盆すぎまで、今年もこんな按配《あんばい》かな」

三屋とほかの門弟が帰り支度《じたく》をととのえ、倩一郎と荒井に挨拶《あいさつ》をして、道場の表玄関へ消えていく。

「さて、俺たちも水をつかって、ひきあげようか」

倩一郎が腰をあげたとき、母屋口から下男が入ってきて格子窓を閉めにいく。佐伯家は谷九郎と綾乃の二人暮らしだが、道場と勝手を賄《まかな》うために二人の下男と一人の小女《おんな》を雇《やと》っている。

下男に声をかけ、倩一郎と荒井は連れ立って母屋口に向かう。その戸口からは廊下が奥の私室につながり、途中には水屋や納戸や使用人たちの小部屋が設《もう》けられている。中庭に面した一室は師範代の控えの間としてあてがわれ、二人の両刀や身のまわり品、煙草盆や暇《ひま》つぶしの黄表紙などがおかれている。

控えの間にひきあげた二人に、小女《こ》のおさんがすぐ冷えた麦湯と濡《ぬ》れ手拭いをもってくる。荒井が濡れ手拭いを肩にかけて煙草盆をひき寄せ、火壺《ひつぼ》を探《さぐ》って煙草に火をつける。倩一郎は手拭いで顔と首筋をぬぐい、乱れた髪も濡れ手拭いでなでつける。倩右衛門在世中は剃《そ》っていた月代も今は総髪《そうはつ》、元結《もとゆい》も反故紙《ほごがみ》の紙縒《こよ》りで間に合わせ、髪油もつかわない。

荒井が灰吹《はいふき》にキセルの雁首《がんくび》を打ちつけ、茶碗の麦湯を一息に飲みほす。

「どうする倩一郎、先生のご機嫌をうかがって帰るかえ」

「今日は正午《ひる》以降、道場にお顔を出さなかった。あまりお加減がよろしくないのだろう」

「それじゃ、遠慮しておくか」

「そうだな。この暑さはお躰《からだ》にも障《さわ》ろうから、ゆっくりご養生《ようじょう》いただこう」

倩一郎も麦湯で口中をうるおし、身繕《みづくろ》いを終わらせて、刀架けの小刀《しょうとう》を腰に移す。荒井も腰をあげながら着物の袖に腕を入れ、刀をたばさんで大きく背伸びをする。

控えの間から母屋の玄関へ歩き、二人肩を並べて佐伯の屋敷を出る。歳は荒井が一つ上だがすでに十年の付合い、二人で飲み明かすことも岡場所へくり込むこともあり、深酒をした荒井が倩一郎の長屋に泊まることもある。

道場を出てしばらく向柳原《むこうやなぎわら》の土手道を歩き、和泉《いずみ》橋の近くまで来て、荒井が足をとめる。

「そうそう、なあ倩一郎、最近亀岡八幡《かめがおかはちまん》に出てる娘浄瑠璃《むすめじょうるり》、えれえ評判だが、知ってるかえ」

「さあなあ」

「なにしろ上方《かみがた》くだりだとかで、怖いような美形でなあ」

「相変わらず物好きな」

「旗本の厄介叔父《やっかいおじ》なんざ、ほかに仕方もねえさ。どうだえ、まだ日もあることだし、ちょいと市ヶ谷《いちがや》へまわってみねえか」

「今日は都合がある」

「女でもできたか」

「もっと野暮な都合でな。昔の知友が面倒なことを云ってきた」

「なんだか知らんが、それならどうだ、そこの茶屋で甘酒でも飲まんか。ちとお主に話がある。手間はとらさんし、甘酒は俺が奢《おご》ってやるぜ」

荒井が独り合点《がてん》して近くの休み茶屋へ歩き、床几《しょうぎ》の毛氈《もうせん》にどっかりと腰をすえる。荒井は酒も飲むが甘いものも好物で、羊羹饅頭《ようかんまんじゅう》かりん糖など、よく懐に忍ばせている。

倩一郎も仕方なく休み茶屋へ歩き、刀を始末して荒井のとなりに腰をおろす。茶屋女に甘酒を云いつけてから、荒井が腕をのばして煙草盆をひき寄せる。

「いやな、話というのはほかでもねえんだが、俺に養子の口がきやがってなあ。それでどうしたもんかと考えてるわけさ」

「さすがは直参旗本、羨《うらや》ましい話だ」

「それが倩一郎よ、どうにもしけた養子口で、なんとも……」

煙草を吸いつけて長く煙を吹き、空を仰《あお》ぎながら、荒井がちっと舌打ちをする。

「美濃《みの》の川辺《かわべ》に笹木《ささき》家という小大名があるんだ。一万三千石をちょいと出たばかりの外様《とざま》で、上屋敷は芝《しば》の増上《ぞうじょう》寺近くにある。知ってるかえ」

「さあなあ」

「それが貧乏も貧乏、家老職の家まで紙漉《かみす》きの内職をしてるってから、国全体が紙屋みてえなもんよ。その笹木家の馬廻《うままわ》り役で、剣術指南役も兼ねて六十石だという。小石川《いしかわ》の叔父貴がもってきた話なんだが、叔父貴とそこのお留守居《るすい》が懇意《こんい》なんだとよ」

甘酒が来て口をつぐみ、灰をたたいて、荒井がふっとキセルの煙滓《けむりかす》を吹く。

「しかし七之助、一生を荒井家の厄介叔父で終わるのも、肩身は狭かろうに」

「云われんでも分かってるさ。だが美濃なんぞの田舎《いなか》へくだって、紙漉きをするのも気が滅入《めい》る。ここは男一生の分かれ道、なんと思案をしたものか」

荒井が甘酒の茶碗をとりあげて一口すすり、倩一郎もそれにならう。ほのかな甘味に生姜《しょうが》の香味が調和して、暑気払いの飲み物としてはなかなかに素晴らしい。江戸城方向の空を朱鷺《とき》の群れが暗くし、目の前の土手道を七夕《たなばた》用の竹をつんだ大八車《だいはちぐるま》がすぎていく。気の早い町家ではすでに竹飾りを軒上《のき》に出した家もあり、落ちかかる夕日が張り子の小判や金銀短冊をかがやかす。

「そこでだ倩一郎、お主、綾乃殿のことは、どう思う」

「うむ？」

「綾乃殿よ。気性はあのとおり詮方《せんかた》ないが、美形は美形だろう」

「まあ、そうかの」

「そうは思わんのか」

「改まって問われても、ちと困る」

「お主は子供のころの綾乃殿を知らんからなあ。なにせ俺が佐伯道場へ入門したのが七歳のとき、二つ歳下の綾乃殿に馬の役なんぞやらされ、無茶に遊ばれたものよ」

「ほーう、あの綾乃殿がな」

「正月など羽根突きの相手をさせられて、よく顔を墨だらけにされた。そのくせ自分が負けても俺には墨をつけさせねえで、屋敷じゅうを逃げまわってなあ、えれえキャンな娘だったぜ。それが十を一つ二つ出たあたりから冷淡な気性に変わっちまって、女ってのはなにを考えてるのか、分からねえ生き物だ」

「その綾乃殿をどう思うか、とは」

「だからな、つまりはナンだ、好ましく思うとか妻にしてもいいとか、なにか考えてはいるだろうよ」

「さあなあ、考えたことなど、とんとないが」

「本当かえ」

「お主に嘘《うそ》を云っても仕方ない」

「それならまあ、俺にもいくらか脈はあるかなあ。なにせ倩一郎は俺と違って色男、綾乃殿のお主を見る目が気になって仕方ねえ」

「愚《ぐ》を申すな」

「愚も碁《ご》もあるかえ、こっちは本気なんだ」

「つまりは、あれか、七之助は綾乃殿に？」

「懸想してるってほどでもねえんだが、子供のころから、憎からずとは思ってる」

「知らなかった、早く云えばいいものを」

「講釈師の軍談じゃあるめえし、ぺらぺら他人に喋《しゃべ》ることじゃねえよ」

「そういうもんかな」

「そんなことより、問題は先生のご容体《ようだい》だ。お口には出されねえが、どうせ内心では、早く綾乃殿の婿を決めたいと思っておられる」

「それはそうだ」

「婿に入って道場をつぐ腕があるのは、俺か倩一郎のどちらか。だが正直に云って、どうも俺のほうに分《ぶ》がねえ気がする」

「考えてもみなかったが……」

倩一郎はまた甘酒に口をつけ、空を暗くするほどの朱鷺の群れに、漫然《まんぜん》と目を細める。綾乃の婿取り話も出ては消え、出ては消え。しかし谷九郎が病を得て綾乃も二十四、道場の行く末を思えば婿をとるより方策はなく、そのことに異論もないだろう。門弟筆頭の荒井が綾乃を憎からず思っているなら、師の谷九郎にしても、この婚儀に不都合は唱《とな》えまい。

「そうか、十年も顔を合わせていながら、七之助が綾乃殿に懸想をしているとは知らなかった」

「そんなことはどうでもいいんだ。問題は綾乃殿のお気持ちと、先生のお心が分からんことでな。そこへきて笹木家への養子話だ。俺としては佐伯の家に婿入りし、道場をつげるものならつぎたいと思う。だが綾乃殿が俺を嫌い、先生もお主のほうを見込んでるとしたら、横車は押せん。美濃の田舎へ行く覚悟もせにゃならんし、そのあたりで困っておるわけよ」

「佐伯の赤鬼も女子心《おなごごころ》が相手では、勝手が違うか」

「冗談じゃねえんだぜ。女子などという浅はかな生き物は、所詮男前を好むもの。剣の腕とて余人は五分と思ってるだろうが、実際はお主の切っ先がいつも俺の小手をかすってる。木剣だから知らぬふりをして撃ち合いをつづけられても、真剣なら親指の筋が切れてらあ。二人の技前にそれだけの差があることぐらい、先生はお見通しよ」

「しかしお主は免許をうけて門弟筆頭、旗本の家柄にも不足はなかろうし、先生とて異は唱えまい」

「そこが先生とて人の子、綾乃殿に倩一郎の嫁になりたいと談判されれば、仕方はなかろうよ」

「邪推もほどほどにしろ。綾乃殿の俺を見る目は冷めておる」

「そうかなあ。どうも俺には、その逆に思える」

「綾乃殿のことはおくとしてもだ、俺の剣には子供のころ身についた、富田《とだ》流小太刀《こだち》の癖が残っている。正統小野派一刀流からすれば大いに邪道、それゆえに先生も免許をくだされぬ。先々俺が剣で身を立てるにしても、小野派一刀流は名乗れぬ理屈だ。だとすれば佐伯道場を七之助がつぐことに、なんの不都合がある」

「そう思ってくれるか」

「知れたことだ」

「おうおう、お主にそう云ってもらえると、いささか心強い。なにせ養子の話も返事を急ぐことだし、早くこちらの話に埒《らち》をあける必要がある。そこでだ倩一郎、折りを見て綾乃殿に、お気持ちを聞いてくれんか」

「俺が？」

「ほかに誰がいる」

「そんなことは自分で聞けばよい」

「これがまたどうして、どうも俺は、綾乃殿が苦手でなあ。あの女子と向かい合うと、なぜか言葉が出なくなる」

「それを称して懸想という」

「なんとでも云うてくれ。いずれにしてもお主に綾乃殿への気がなかったのは、祝着。俺もちっとばかり気が楽になった。先生のご容体も先が知れんことだし、佐伯道場は俺と倩一郎で背負うしか、仕方ないわけだしなあ」

荒井が鍾馗《しようき》のような顔を赤くして、がはっと笑い、甘酒を飲みほしてまた煙草に火をつける。煙草を飲まない倩一郎にも煙の匂いは国分《こくぶ》だと分かり、そんなところにも江戸者としての荒井の、粋《いき》趣味がある。旗本の厄介叔父も肩身が狭く、とはいえ草深い美濃の紙漉き領にくだれば、二度と江戸の土を踏めない可能性もある。江戸の水に馴染みきった荒井にそんな田舎暮らしが、耐えられるかどうか。倩一郎にしても江戸へ出て十年、故郷の白河を夢に見ることはあっても、すでに暮らしの実感はなくなっている。

煙草を吸い終えた荒井がキセルを腰に戻し、暮れかかった空に太い腕をつきあげる。

「どうだ倩一郎、やはりちょいと、娘浄瑠璃に付合わんか」

「今日は無理だ。それに俺は歌舞音曲《かぶおんぎょく》より、両国《りょうごく》あたりの見世物が性に合ってる」

「見かけによらず無粋《ぶすい》な男よなあ。三味線のひとつも弾《ひ》かねえで、道楽は草いじりだ。俺がお主みた様な色男なら、とっくに高尾太夫《たかおだゆう》の情人《まぶ》に納まってるぜ」

荒井が銭袋から五枚の波銭《なみせん》を数え出し、毛氈に放って腰をあげる。倩一郎も店の床几から尻をあげ、二人そろって刀を腰にたばさむ。神田《かんだ》川の土手にもちらほら夕涼みの客が出はじめ、空の荷船が船頭《せんどう》の舟歌とともに大川方向へくだっていく。

並んで歩きだし、橋際で別れた荒井はそのまま聖堂《せいどう》方向へすすみ、倩一郎のほうは和泉橋を渡って内神田へ向かう。築地の白河松平家下屋敷は尾張《おわり》家蔵屋敷に隣接し、神田から歩いてもせいぜい半刻、その方向へ足を向けたことはないが、場所の見当はついている。

「ふーん、荒井が、綾乃殿をなあ」

倩一郎は扇子の親骨でぽんと肩を打ち、七夕飾りの短冊を見あげながら、笑ってしまった頬を慌《あわ》ててひきしめる。

＊

神田から日本《にほん》橋の往還をすぎ、京橋《きょうばし》を渡るころにはさすがに日も暮れてくる。京橋から新《しん》橋までも中店《ちゅうみせ》がつづく繁盛地で、夜商《よあきな》いの料理屋や飯屋が店先に灯火をこぼれさす。白河松平家の下屋敷はそれら町人地から大川へつきあたる手前、その築地一帯はすべて大名旗本の屋敷地になっている。三十間《さんじっけん》堀を渡ればもう人通りは絶え、蔵屋敷や下屋敷が多いせいか、辻番の明かりも見られない。鬱蒼《うっそう》とした屋敷林のどこかには茅蜩《ひぐらし》の鳴音《なりおと》が残り、西本願《にしほんがん》寺の向こうからはかすかに大川端の川明かりが届いてくる。

倩一郎が道を下屋敷のほうへ曲がりかけたとき、ひとつ先の路地から草履の乱れる音が聞こえ、つづけて咽《のど》をつめたような女の悲鳴が、短く闇を裂く。

夕涼みの女が野良犬にでも咬《か》まれたか、それにしては草履の足音は四、五人、女の悲鳴以外に声はなく、着物のこすれ合う音が堀風に乗ってくる。倩一郎は懐手を抜いて足を急がせ、闇のなかに蠢《うごめ》く人影まで、一気に距離をつめる。路地の奥には辻駕籠《かご》が垣間《かいま》見え、その手前で四人の人間がもみ合っている。一人は女で三人は町人風の男、風体《ふうてい》も着物の柄も分からないが、男たちが女を駕籠に押し込む寸前だとは見分けられる。

倩一郎の気配に気づき、女を駕籠わきにつき飛ばして、男たちが半身に腰をのばす。新月の星明かりに男たちの輪郭が蒼《あお》く浮かび、それぞれに刃物沙汰《ざた》慣れした、不《ふ》遜《そん》な臭いを放ってくる。

「兄いたち、拉致《かどわかし》はいかんなあ。酒の相手なら近くに安売女《やすばいた》がいるだろうに」

男たちが闇のなかで顔を見合わせ、三人が無言で、じりっと倩一郎を囲んでくる。三人の懐はみな匕首《あいくち》でつっぱり、間合いをとった腰つきが思いのほかにすわっている。歳もすべて三十前後らしく、近所の川人足とも素性《すじょう》が違うらしい。

まんなかの背の低い男が右手を懐にさし入れ、腰をすえたまま草履を踏みだす。

「お侍、この場は見なかったことにして、去《い》んでおくんなせえ」

「そりゃ難しい」

「と、仰有いやすと」

「融通のきかぬ質《たち》でな。見てしまったものを見なかったことにはできん」

「出しゃ張りなさるとお怪我《けが》をしますぜ」

「兄いたち、地元の遊び人ではなさそうだの」

「てやんでえ、見りゃあ食いつめた痩《や》せ浪人じゃねえか。この女を助けりゃいくらかの酒手《さかて》にありつけようが、そんなこたあ命あってのもの種だ。四の五の粋がってねえで、とっとと失《う》せやがれ」

男が懐から匕首をひき抜き、柄《つか》を腰骨に固定させて、わずかに背を丸める。ほかの二人も同時に匕首を抜き、三方からじりっと間合いをつめてくる。この場を収めるには倩一郎が身をひくしかなく、無理に立ち向かえば三振りの匕首が襲いかかる。それは男たちにも分かっていて、まさか倩一郎がその場に踏みとどまるとは、予想もしなかったろう。

身構えぬままに立ち尽くす倩一郎に対して、迫ってくる男たちの側が、かすかな動揺を見せる。

「や、野郎、いい度胸だ」

背の低い男がかすれ声で呟《つぶや》き、腰を落として、正面から倩一郎につきかかる。同時に左右から匕首が飛びかかり、木綿地のすれる音が乱暴に錯綜《さくそう》する。小さく声を出したのは駕籠わきに倒れている女で、まだ意識があったのか、このとき気でもとりなおしたのか。

しかし女につづけて声を出したのは、倩一郎ではなく、三人の男たち。三本の匕首は倩一郎にかすりもせず、それぞれが何歩かタタラを踏んで、へっぴり腰でふり返る。この時点で倩一郎の技前は分かるだろうに、一度抜いた匕首を途中でひっ込められないのが、こういったヤクザ者の性らしい。

「くそ、なめた真似《まね》を……」

三人が体勢をたて直し、今度は腰構えも忘れて、匕首を上下左右、目茶苦茶にふりまわす。同時に倩一郎の腰から細身の埋忠明寿《うめただみょうじゅ》が抜き払われ、男たちの動きに頓着《とんちゃく》なく、刃先が三度、燕《つばめ》が飛ぶように舞い動く。次の瞬間に倩一郎の刀は鞘《さや》に納まり、少し遅れて三本の匕首が三本の腕から、ぽとりと地に落ちる。男たちがそれぞれの手首に血の噴き出しを感じるまでに、それからまた瞬時の間を要したらしい。

叫んだのか、罵《ののし》ったのか、三人が犬のような唸《うな》り声を発し、腰をかがめてあとずさる。倩一郎の体軀《たいく》は細身で長身、眉が細くて目つきがおっとりしているから、およそ剣術使いとは思われない。男たちにも今の状況は分からなかったろうが、それでも三人がそれぞれに落とした匕首を拾ったのだから、ヤクザ者なりに肝《きも》はすわっている。腕を懐手に直した倩一郎に、突如威圧を感じたのか、三人が中腰のまま走りだす。

走っていく方向は三之橋《さんのはし》、濃い闇が男たちの姿を一瞬に包み、いくらもしないうちに足音も消えていく。

背後で衣擦れの気配がし、倩一郎はゆっくりとふり返る。

「怪我はないか」

「お陰様で」

「表通りならいざ知らず、日が落ちてからの堀道は、いささか物騒だ」

女がよろけるように歩いてきて、星明かりに白い瓜実顔《うりざねがお》をさらす。つぶし島田《しまだ》の髪は乱れて着物の襟《えり》がゆがみ、ひき裂かれた片袖が着物の裾《すそ》前にたれさがる。倩一郎の鼻先を鬢《びん》付けの匂いが、伽羅《きゃら》混じりにかすめる。

倩一郎は路地の外に目を凝らし、道の左右に耳を澄ませる。どこからも足音は聞こえず、人の気配もない。

「駕籠屋ども、ずいぶんと尻に帆をかけたものだ」

「いえ、あたし、ここまで歩いてきましたから」

「ほーう、ではこの駕籠は」

「さっきの連中が」

「そうか。駕籠かきにも見えなかったが、怪風《けぶ》なことだの」

女が襟と裾を直しながら身を寄せ、膝に手をそえて腰をかがめる。その仕種《しぐさ》は町家のもので客商売風、眉は落としていないが、歳はすでに二十歳をすぎている。

「危ないところをありがとう存じました。あたくしは堀江《ほりえ》町で船宿を営みます、葉《よう》と申します」

「こちらは名乗るほどの者ではない。ご新造《しんぞう》は日本橋へ帰られるのか」

「はい、この先の、お旗本のお屋敷へうかがった帰り道で」

倩一郎はうなずいて踵《きびす》を返し、歩を二、三歩先へすすめる。

「事情は知らぬが表通りまで送ろう。尾張《おわり》町まで出れば辻駕籠もあろうしな」

そのまま歩きだし、お葉という女がついてくる気配を感じながら、倩一郎は堀風をまた懐に入れる。お葉の衣装《なり》は細縞《ほそじま》の紬《つむぎ》に団十郎茶《だんじゅうろうちゃ》の夏帯、櫛《くし》も簪《かんざし》も本鼈甲《ほんべっこう》らしく、手には縮緬《ちりめん》の巾着《きんちゃく》をさげている。さっきの連中が追剝《おいはぎ》物盗りなら身ぐるみ剝《は》いだはずで、駕籠まで用意して拉致を謀《はか》ったのなら、それなりの理由はある。

町家のつづく道を二町《ちょう》ほど無言で歩き、表通りの手前まできたあたりで、お葉がうしろから倩一郎に肩を並べてくる。

「お武家さま、失礼ですが、ご浪人さんで」

「大身の旗本には見えないだろう」

「先ほどの見事なお腕前、おこがましゅうござんすが、感心いたしました」

「ほかに芸もなくてな」

「それだけのお腕で、あんな連中に、なぜお刀を」

「切ってはまずかったか」

「いえ、そうは申しませんが、ちとご無体がすぎたかと」

「あいつらも匕首の扱いからして、ただの遊び人ではない。三人ともすでに人を殺《あや》めているかも知れず、本来なら斬り捨てるのが世のため。しかしご新造との係わりが知れなかったので、命をとらずにおいた」

「さようでございましたか」

「それに切ったのはみな親指の筋だけでな。もう匕首は握れまいが、傷が癒《い》えれば己《おの》が尻ぐらいはぬぐえよう」

お葉が破れた袂《たもと》で口を被《おお》い、歩きながらくつくつと笑う。直前にヤクザ者から襲撃をうけ、場合によっては命の危険もあったろうに、見かけによらず気丈な質らしい。

表通りに出て道を右に折れると、もう尾張町の商家街。八百屋に下駄屋に薬種問屋にと、まだ往来に灯《ひ》を流している店もある。町の辻には夜鷹蕎麦《よたかそば》や押し寿司も屋台を出し、仕事帰りの職人や棒手振りがそれぞれの屋台にたむろする。

尾張町を少し戻り、新両替町《しんりようがえ》との辻までくると、やはり三挺《ちよう》の辻駕籠が客を待っている。六人の駕籠かきはみな褌《ふんどし》一丁に袖無し半纏《ばんてん》、首や頭に手拭いをまいて腰に煙草入れを差している。それでも男たちのなかに一人だけ、腹掛けをつけて新しい褌をしめた駕籠かきがいて、倩一郎はその棒組《ぼうぐみ》を手招く。

駕籠がこちらへ向かってくる様子を確かめ、倩一郎はお葉をふり返る。

「ここから堀江町なら歩いても帰れようが、用心に越したことはない」

「ありがとう存じます。でもお侍さま、やはりお名前を」

「ご覧のとおりの素浪人だ。堀江町の船宿などとは一生涯、無縁と決まっている」

「ですがそれでは、お礼にうかがえません」

「刀をふりまわすのが武士の商売、礼などは無用の斟酌《しんしやく》」

駕籠かきが二人の前に駕籠をおき、棒鼻《ぼうばな》と後棒《あとぼう》がそろって小腰をかがめる。

「駕籠屋、こちらのご新造を日本橋の堀江町まで送ってくれ」

「へい、うけたまわります」

「急がずともいいから荒走りをするなよ」

「心得てござんす」

「ではご新造、云うまでもないが、今後は夜の一人歩きに用心をされるよう」

　お葉がなにか云いかけ、しかし倩一郎はそのお葉と駕籠かきに背を向けて、ぶらりと元の道へ歩きだす。思わぬところで横道にそれたが、かかった時間はせいぜい小半《こはん》刻《とき》。もともと定信との対面には気がすすまず、白河に未練があるわけでもない。今夜は天野善次郎の顔を立てるだけ、と自分に云い聞かせながら、それでも心の奥では由紀江の面影《おもかげ》が、ちくりと感傷を痛くする。

　お葉を送って元の往還に戻り、堀沿いの道を松平家下屋敷の門前まできて、ふと首をかしげる。森閑《しんかん》と静まる門向こうに人の気配はなく、付近の地面に草履跡もない。白河の上屋敷は北八丁《きたはっちょう》堀、主《あるじ》の起居、江戸における政務はすべて上屋敷でおこなわれるから、中屋敷、下屋敷が閑散としているのは仕方ない。しかし今日は世嗣の松平定信が下屋敷に渡っているはずで、それなら相応の支度供揃《ともぞろ》いがあってしかるべき。いくら倩一郎の引見が憚られるとはいえ、門番もおかず提灯《ちょうちん》も出さず、閉まった門内からは犬の声も聞こえない。中屋敷と下屋敷を間違えたか、あるいは何かの手違いか、それとも天野善次郎にかつがれたか。

　不審に思いながらたたずんでいるとき、くぐり戸が半分ほど開いて、天野が顔を出す。昨日の今日だから懐かしい顔でもないが、それでも手燭《てしょく》に照らされた呑気な馬面を見ると、わけもなくほっとする。

「どうした真木、遅かったではないか」

「このあたりは不案内でな。それに向こうの路地で野良犬に絡《から》まれ、追い払うのに手間をとった」

「大川から猪牙《ちょき》をつければ早かろうに」

「道場の帰りだ。神田へんから日本橋、京橋と渡ってくるより仕方ない」

「十年も江戸に暮らしておりながら、まあよいわ、最前から殿がお待ちかねじゃい。なにせお忍びのお渡りゆえ、供回りも少なくてな。お側役が直々に出迎えるわけよ」

天野が会釈《えしやく》をして顔と手燭をひっ込め、そのくぐり戸に倩一郎も顔を入れる。門のすぐ左手には外の堀から船入れが掘ってあり、二艘《そう》の屋根船と三艘の御座船がもやってある。なるほど八丁堀から築地なら屋敷近くの掘割で船を仕立て、大川をくだればすぐの距離、大名駕籠で市中を練《ね》り歩くより人目につきにくい。

くぐり戸から内へ入ると野原のような大庭、船頭も家士も姿を見せない庭を天野が手燭をかかげてすすみ、そのあとに倩一郎がつづく。玄関には中間《ちゅうげん》が一人いて天野と倩一郎の草履をそろえ、式台では小姓の家士が倩一郎の太刀を刀架けに始末する。もや式台につづく広間、書院に人はなく、暗い燭台だけが下屋敷の広さを思わせる。もやってある船の数からして二十人程度の家士は従ってきたろうに、庭からも奥からも人の気配は伝わらない。

　天野が書院に倩一郎を待たせ、しばらく奥へ姿を消す。その間には式台にいた小姓が茶を運んできただけで、倩一郎は四半刻《しはんとき》近くも待たされる。やがて戻ってきた天野が倩一郎をうながし、中庭に面した廊下伝いに中奥《なかおく》の御座所へみちびく。二十畳敷きの中奥御座所にはすでに膳が用意され、高足の燭台が二基、蚊燻《かいぶ》しの火鉢から菊葉の煙が立ちのぼり、中庭の遠い灯籠にも明々と灯が入っている。御座所前の中庭を除いては屋敷全体が林と畑になっているらしく、定信に風流の趣味が欠如しているのか、それとも下屋敷などに手をかける余裕がないほど、財政が逼迫しているのか。

　倩一郎と天野が座につくと同時に、廊下奥に気配がして、無紋薄麻の着流しで定信があらわれる。つりあがった感じの目に鼻梁《びりょう》が高く、頰はこけているが躰つきは頑健、髷《まげ》を細身の本多《ほんだ》に結って腰に扇子《せんす》だけを差し、虫歯が痛いような顔で口を結んでいる。従う小姓は式台にいた若侍一人だけ、その小姓を廊下にひかえさせ、部屋へ入ってきて脇息《きょうそく》の横へ端座する。四半刻も待たせて膳を用意したのは、他の家士に倩一郎の顔を見せない配慮だったのか。

　形式どおり面《おもて》を伏せている倩一郎に、定信が甲高《かんだか》い調子の声をかける。

「真木倩一郎か、よく参った。そう鯱張《しゃちこば》らずに顔をあげてくれ」

「は」

「おいおい天野、お前からも云ってやれ」

「さすれば真木倩一郎、殿の仰せである。面をあげなされ」

このあたりの手順は拝謁《はいえつ》の仕来《しきた》りで、倩一郎にも心得はある。それにしても定信の物云いは意外なほど洒脱《しゃだつ》、英明で癇性で病的に潔癖という風聞とは印象が違う。

面をあげた倩一郎の目をじっと見つめ、定信が口元をゆるめて、一つうなずく。

「なるほどの、天野に聞いていたとおりの男前だ。歳はわしと同じだったか」

「いかさま」

「殿、率爾《そつじ》ながら、私も宝暦《ほうれき》八の寅《とら》でございます」

「お前の歳なんかどうでもいいわ。今日も朝帰りをしおって、わしの目を節穴と思うたか」

「あ、いや、それは」

「真木の住まいは深川《ふかがわ》の北森下、駕籠をつかえば門前仲町までひと足だからの。大方馴染みの岡場所へでもしけ込んだのであろう」

「いやあ、殿、それはあまりにものお疑い。昨夜はちと酒がすぎまして、ええと、たしか、真木の長屋で寝込み……なあ真木、そうであったな」

「うむ、そうであったかな」

「お主も覚えておらぬのか。まあ、さもありなん、なにしろ真木も昨夜は酔うて、高《たか》鼾《いびき》だったからなあ。俺は暗いうちに暇《いとま》したによって、気づかなかったのだろう」

「へたな云い訳はやめい」

「さればとて殿」

「くどい。四の五の云うておらんで、真木に酒をすすめてやれ。どうせお前も、咽から手が出ておろうに」

天野が長い顔を短くして恐縮し、ほっと息をついて、廊下の小姓に首をめぐらせる。小姓が部屋へ膝行《しっこう》してきて膳をそれぞれの前にしつらえ、三つの盃に酒を満たして元の廊下にさがる。膳、椀、盃、銚子《ちょうし》、箸など調度のすべてに黒と赤の塗り物がつかわれているのは、隣国の会津《あいづ》が漆器《しっき》の特産地だから。倩一郎の家でも白河時代には、調度のすべてに会津漆器をつかっていた。

「余人を交えたくないのでな。色気はないが、あとは手酌でやってくれ」

一度そろって盃をほし、腰から扇子をひき抜いて、定信が膝に立てる。膳は三の膳までそろっているが料理は質素、里芋《さといも》の煮つけに油揚げの素焼き、小鰭《こはだ》の鱠《なます》と戻し鮑《あわび》と香の物と汁、汁の具に鴨肉《かもにく》がつかってあるところが、唯一の贅沢《ぜいたく》か。

「のう真木、さっそくだがこの酒の味を、なんと思う」

「あまり心得ぬ味かと」

「まずいということか」

「有体《ありてい》に申せば」

「やはりのう。実はこの酒、白河でつくらせておる地酒での。摂津《せっつ》の池田《いけだ》から杜氏《とうじ》を招いて工夫はさせておるが、いまだ下り酒にはおよばん。もうちと上等の諸白《もろはく》が産せられれば、藩も領民もうるおうと思うのだが」

「亡き父が申しましたには、大坂《おおさか》には富士見酒《ふじみ》とやら申す酒がございますそうな」

「ほう、風流な名だの」

「樽《たる》につめました酒を廻船《かいせん》にのせ、駿河《するが》の沖まで来て富士を見せてから、陸揚げをせずにまた大坂へ帰しまする。そうやって大坂へ帰った酒は同じ剣菱《けんびし》泉川でも、味が数等倍にあがるとか」

「いかなる理由にて」

「しかとは存じませぬが、樽のなかで酒が船酔いを起こし、その酔いが味をあげますそうな。してみれば江戸へ下ります酒はすべて富士見酒、関東奥州の地酒より上等の味になりますのは、理の当然でございます」

「なるほど、つまり白河の酒とて船酔いらしき工夫をなせば、味が増す理屈じゃの」

「御意《ぎょい》」

「いいことを聞いた。天野、そのむね物産方《ぶっさんかた》まで、さっそく申しつけい」

「かしこまってございます」

「ところで真木……」

　定信が膝の上にとんと扇子をつき、眉をつりあげて、目を細める。

「そのほう浅草の佐伯道場で、すでに師範代を勤めておるとか」

「たまたま師が病を得ましたゆえ」

「さればとて佐伯道場の名はわが耳にも聞こえておる。天野の申すには佐伯の青鬼とうたわれて、たいそう評判だそうな」

「滅相もございません。赤鬼と綽名される免許持ちがございますれば、それとの対《つい》で云われますだけ。私などまだまだ、未熟者にございます」

「殿、それは真木が謙遜《けんそん》で云うだけでしてなあ、白河におったころから、すでに家中一の遣《つか》い手でございましたぞ」

「そのようにも聞いておる。さすれば真木、どうだ、白河に帰参いたさぬか」

「はあ？」

「帰参だ。本日そのほうに足を運んでもろうたは、その存念を聞くため。いかに剣の腕が立とうと浪人暮らしでは、なにかと不自由であろう」

「はあ、されど」

盃を下におき、定信の申し出に判断のつかぬまま、倩一郎はとなりの天野を見る。天野も呆《あき》れたような顔で口を開けているから、帰参云々《うんぬん》の話は、聞いていなかったらしい。

「物頭《ものがしら》を勤める近藤《こんどう》の家は跡取りが決まっておらぬ、そうだな天野」

「あ、はあ、いかさま」

「さすれば真木が近藤の家に入り、折りを見て嫁取りをなせばよい。物頭なればいずれは中老、家老にもすすむ道があり、御家の中枢《ちゅうすう》として政《まつりごと》にも腕をふるえよう。このことは勧めというより、わしの頼みでもある」

「お言葉ではございますが、いかにも唐突なお話。殿にはなにゆえ、さような」

「理由など決まっておる。先ほどそなたの顔をひと目見て、わしは確信をもった。そなたの目のあたり、いや顔つきの全体と申すほどのところが、わが養父、越中守殿に近似《きんじ》しておる。まことにもって、血は争えぬものよ」

「されど……」

「わしも風聞は知っておった。だがそれは家中誰ぞやの嫌がらせ、今もってみながみな、わしの白河入りを合点しておるとは申せぬ。さしずめ現城代家老の吉村又右衛門《よしむらまたえもん》などは頑迷な仁《じん》、余所者《よそもの》のわしをこころよく迎えてはおらぬ。その他国元にも江戸屋敷にも、わしの政に異を唱える者は多い。そんなものは気にもせなんだが、そのほう並びに倩右衛門のことだけは、なぜか当初から腑に落ちなんだ。のう真木、そのほう父の倩右衛門から、なんぞ書付け様のものを授かっておらぬのか」

「偽《いつわ》りなく、さようなものは、一切ございません」

「さればなにゆえ、そなたと倩右衛門は白河を離れた」

「昨日も天野に申したとおり……」

「倩右衛門からは聞いておらぬ、か」

「御意」

「なにゆえ離郷したのか、致仕であるのか脱藩であるのか、国元の記録にも残っておらぬ。わしがそのことをただすと、養父も老臣どももそろってとぼけおる。かりにも大納戸役を勤めておった中士が妻を実家に帰し、倅《せがれ》を伴って国元を出奔したというのに、誰一人その理由を知らぬでは、理屈が通らぬ。加えて真木の親戚筋はどの家なりと、藩からの咎《とが》めをうけておらぬのだぞ。それら筋道を勘案すれば至る結論はひとつ。かの風聞は事実であったと、そういうことじゃ」

天野の膳で銚子が音をたて、定信がつりあがった目で、鋭く天野をにらむ。天野は知ってか知らずか呑気な顔で手酌をつづけ、灯火に誘われてきた小さい蛾《が》が燭台の受け皿で、ちりちりと焦《こ》げていく。

「恐れながら」

倩一郎は居住まいをただし、膝に両手をそえて、定信に頭をさげる。

「さような風聞、私にはとうてい事実とも思われませぬ。またかりに事実であったところで、なんの証もなきこと。まして殿におかれては今秋にも家督をおつぎになるお立場、つまらぬ風聞など蒸《む》し返すことに、なんの意味がございましょうや」

「意味などない、わしの気持ちじゃ」

「お気持ちとは」

「わしの気が済まぬということよ。考えてもみい、もしわしがこの白河に養子入りせなんだら、そのほうが藩主の座についていたやも知れぬのだぞ。わしとて江戸生まれの江戸育ち、町家の裏店《うらだな》暮らしが如何様《いかよう》なものか、いささかは知っておる。そんな長屋にそのほうが身をやつしておるというのに、見て見ぬふりができるか。今さら家督のことはどうにもならぬが、せめて帰参して御家の重臣に納まってくれれば、わしの気もいくらか慰《なぐさ》められよう」

「これはまた笑止《しょうし》」

「なに、笑止と」

「英明とうけたまわる殿のお言葉とも思えませぬ」

「わしを愚弄《ぐろう》いたすか」

「殿お一人の気が済むか済まぬか、そんなことは白河の行く末に、露ほども係わりなきこと。私のようなものが帰参いたさば御家内にいらぬ波風が立つは必定。それとも殿におかれては白河松平を混乱におとしいれ、ご自分を将軍の座から遠ざけた幕閣や御家重職方、並びに越中守様に意趣返しでもなさるおつもりか」

「わしをそれほどの、狭量者と思うてか」

「狭量と申すより、朱子《しゅし》学かぶれの大田《おおた》分《わ》けでござりましょうな」

「な、なんと？」

「殿のお心には先の世、水戸《みと》徳川家の光圀《みつくに》公が甥《おい》の綱条《つなえだ》様に家督を譲られた旧例がおありでは」

「それがいかぬか」

「私に云わせれば水戸様の旧例など、たんなる阿呆《あほう》のへ理屈。大名の当主など直系でも傍系でもそのへんの河原乞食《かわらこじき》でも、家士領民が安逸に暮らせれば誰でも同じこと。白河へのご養子入りが殿のご本意でなかったことは、私とて承知しておりまする。されど現在只今《ただいま》、御家並びに領民の暮らしを守れるのは殿お一人、田沼様よりの約金云々も天野から聞きましたなれど、それとて藩の財政は一時うるおったはず。越中守様、ご重職の方々、皆々様、すべて白河松平家の有り様を思いますればこそのご判断だったと存じまする。その経緯に父倩右衛門が如何様に係わったかは知りませぬが、父、母とてもとより覚悟の上での仕儀。殿の『帰参せよ』のご趣意はもったいなくもありがたきお言葉なれど、私には父母の覚悟を無にする存念は更々《さらさら》なく、殿におかれましても私めのことなど捨ておかれますよう、伏して、お願い申しあげまする」

「う、む、む、む……」

定信のこめかみに太く青筋が浮かび、頰がひきつって、目に殺気が走る。廊下の小姓は身をかたくしたが天野はそっぽを向いて酒を飲みつづけ、蚊燻しの煙だけが暑苦しくわだかまる。

定信の膝で扇子が鳴り、上体がすっとのびる。その定信に盃を構えたまま、天野が腰を浮かせかける。

「お、殿、お厠にござりまするか」

「湯じゃ」

「湯？」

「疲れた。湯をつかって、もう寝る」

「それはそれは、実《まこと》にもってよきご分別《ふんべつ》。いやあこう暑いと、起きておるだけで疲れますからなあ」

扇子で膝を打ちながら二、三歩あるき、頬をひきつらせたまま、定信が天野を見おろす。

「天野、真木もせっかく参っておる。田舎の酒で口には合うまいが、存分にもてなしてやれ」

「はは、御意のままに」

定信がつりあがった目を倩一郎にふり向け、一瞬、なにか云いかける。しかし定信の口は開かず、虫歯の痛みを我慢するような顔で、大股に廊下へ歩き去る。その定信に小姓がつづき、二人の足音はすぐにやんで、屋敷内がまた無人のような静けさになる。

半分ほど腰を浮かせていた天野が膝をくずし、足を胡座に組みかえて、深々とため息をつく。天野の額からは着物の襟元へ、雨のように汗が流れはじめる。

「いやあ参った参った。真木、殿がお手討ちとか云いださんかと、肝を冷やしたぞ」

「手討ちにされた家臣がいるのか」

「そんな者はおらんが、なにせあのとおりのご気性だ。これからはお主もちと、言葉をひかえてくれい」

「知らぬ顔で酒を飲んでいたくせに」

「バカを云うな。俺がやたらに言葉なんぞ挟めば、なおのこと癇癖が破裂するわ。いやそれにしても殿も、よう我慢なされた。それだけ真木の申し様に、筋が通っておったわけかなあ」

額の汗を懐紙《かいし》でぬぐい、天野が膳の位置を庭のほうへずらして、ぱたぱたと扇子をつかいはじめる。灯籠だけがともった暗い庭から、小さい蛾が思い出したように飛んでくる。

倩一郎も膝をくずして襟をくつろげ、盃をとりあげながら、天野の横顔を透かし見る。

「しかし天野、昨夜はお主、岡場所へ泊まったのか」

「そりゃ馴染みの、あ、いや、それはナンだ、あの刻限に深川から八丁堀まで駕籠を飛ばせば、四、五百文《もん》がところ取られる。江戸の辻駕籠というのはまったく、追剝強盗と同じだからなあ」

　天野が四つん這《ば》いになって定信の膳から銚子をとりあげ、胡座を組みなおして、酒を盃に満たす。

「ともかく真木よ、俺も殿が帰参を云いだすとは考えてもおらんかったが、お主のほうもナンだ、ああも無下に断らんでも、よさそうなものではないか」

「帰参帰参というが、俺は家督をついでいたわけではない」

「されど物頭の近藤様なれば、たしか八百五十石。殿も申されたとおり、ご中老やご家老にもすすめる家柄だぞ。それを一考もせんで断るのは、いかにも惜しい」

「天野」

「おう、なんだ」

「お主は本当に、俺が定邦様の落とし胤《だね》と思うのか」

「それはなんとも、なあ。ではあるが、云われてみればなるほど、顔がどこやら定邦公に似ている感じが、しなくもない」

「人間の顔などみな目が二つに鼻が一つ、似ているかいないか、そんなものは気のもちようだ」

「そうは云うが、ならば真木よ、お主はなにゆえ、白河のお袋殿へ便りをいたさん」

「昨日も云った。白河のことは忘れろ、死すとも白河へ足を向けるなというのが、父の遺命だった」

「情の薄い男よなあ」

「情より理を立てるのが武士の道」

「それなら云うが、殿におかれては先年お国入りなされた際、城下外れに住まうお主の母者、千枝殿に会《お》うているのだぞ」

「なんと」

「案ずるにはおよばん。お袋殿は下僕下女を一人ずつつかって、安穏《あんのん》に和歌手跡《しゆせき》などの教授をなされておられる。今や四巡りも近かろうに、相変わらず惚れぼれするほどの美しさであったわ」

倩一郎は手酌で酒を飲む天野に目をやり、そのとぼけた横顔をひとにらみして、視線を膳に戻す。母の千枝が実家を離れていること、それでも和歌手跡の教授で暮らしの不自由はないらしいこと、それらの事実に郷愁《きようしゆう》と安堵《あんど》を感じはするが、同時にいささかの不安もまぎれ込む。

天野がくいくいと酒を飲み、里芋も口に放り込んで、長い顔を馬のように間延びさせる。

「まったくなあ、お主のお袋殿ほど美しい婦人は、そうはおらんかったからの。俺が子供の時分しばしばお主の屋敷を訪ねたのは、お袋殿の顔が見たかったせいもある」

「天野、殿はなにゆえ、お袋殿まで」

「知れたことよ。殿は噂の当否を確かめに参られた」

「酔狂にも程がある」

「それが殿のご気性じゃ。腑に落ちんことはとことん究《きわ》めんと、ご気分がお悪いという」

「それで、お袋殿は、なにか？」

「最後まで知らぬ存ぜぬを通したらしい。いかい気性の勝った婦人であると、殿も呆れておられたわ」

「昨夜は一言も云わなかったぞ」

「殿に口止めをされておったのよ。あまり事を明かすと真木が警戒するやも知れぬ。とりあえず初手《しょて》はご対面までと、そういうことでなあ」

「そういえば……」

廊下に足音がしてさっきの小姓が顔を出し、天野の前に漆器の箱銚子をおく。その小姓が奥へさがるのを待ってから、倩一郎は小さく、咳払いをする。

「そういえば天野、例のあれは、いかがした」

「例のあれとは」

「由紀江殿がどうとか」

「お、お、いやあ、これはうっかりした。あの話は、だめじゃ」

「だめとは」

「それがなあ真木、なにせ昨夜の今日であろう。奥向きになんぞ大事な御用があるとかで、由紀江殿は参られんそうな」

「俺を騙《だま》したのか」

「め、滅相もない。俺はちゃんと、その旨《むね》を由紀江殿に申したぞ。されどあちらのご都合がお悪いとなれば、いかんともできなかろう。それになんじゃ、お主のことを話しても由紀江殿はそれほど、会いたそうな顔もなさらんかった。あちらにしてみればお主のことなど、よう覚えておられんのだろうよ」

天野が新しい銚子から酒をつぎ、腕をのばして倩一郎の盃にも酒を満たす。倩一郎は一気にあおって盃をほし、空になった盃を天野の鼻面《はなづら》につきつける。由紀江の名前は倩一郎をひき出すための餌《えさ》だったのかも知れず、あるいは事実天野の云うとおり、由紀江は倩一郎のことなど、もう記憶に残していない可能性もある。

「その、ナンだ、由紀江殿のことはおくとして……」

天野が懐紙でまた顔の汗をふき、盃をもったまま、尻を倩一郎のとなりへずらしてくる。

「殿の申されたお主の帰参も、よう考えてみればあながち、理不尽ではないかも知れぬなあ」

「愚を云うな」

「いやいや、たしかに突拍子《とつぴようし》もなくて、殿のお心にも水戸様の先例があるやも知れぬ。さればとて殿ご自身が白河家中では余所者、腹を割って話せる重臣がおらんことも事実だ。どの御家とて同じ理屈であるが、当主などというのは所詮飾り物、政はみな家老中老が仕切っておる。わが白河とて同様であったものが、今度の殿はご親政を目指しておられる。ご重職方も面従はしたところで、腹のなかではなにを考えておるか、知れたものではない」

「そんなことはそっちの勝手だ」

「まあ、そう無下に決めつけるな。殿におかれてはいかんせん、田沼の政にお怒りを感じておられるのだ。その田沼を駆逐《くちく》しようにも、自身の御家内がまとまらんではお力も発揮できん。お主とてこのまま田沼が幕閣の中枢におっては、幕府そのものが滅びると思わんか」

「天野にも殿の潔癖症が伝染《うつ》ったようだな」

「冗談ではないんだぞ。俺など本来は小身の陪臣《またもの》、殿が白河にくだられなければ、今ごろは田舎で屋敷の畑を耕《たがや》しておった。されどなんの巡り合わせか、殿のお側にお仕えして世間に目が開けてしもうた。一度見てしまったものを見なかったことにするのは、できん相談じゃい」

肩で大きく息をつき、盃を飲みほして、天野が胡座の膝頭《ひざがしら》に拳《こぶし》を打ちつける。銚子の酒はほとんど天野一人で飲んでいるから、酔いは相当にすすんでいるはず。しかし昨夜より顔色は青白く、目つきにも酔いの乱れは浮いてこない。場所が自国の下屋敷でもあり、屋敷内には定信の目もあって、やはり芯《しん》までは酔えないか。

「そうかと云うてなあ、真木、国元のご重職方はみな頑迷固陋《ころう》、とても殿のお力にはなれんのよ。お主が白河へ戻って中老家老とすすめば、殿とて心強いはず」

「蒸し返すな」

「いやいや、殿のお口から『帰参』と聞いたときには、なにをご短慮な、と思うたが、意外に深いお考えであったのかも知れんぞ。それに俺とて家老は無理にしても、そのうち物頭ぐらいまでは登れよう。さすれば俺と真木とで殿をお側からお助けできる。白河の改革もすすめられようし、殿を幕府老中にまでも押しあげられる」

「天野も野心家になったな」

「べ、べつに、俺は私利私欲で、云うてはおらん」

「幕府老中の側用人ともなれば、そのへんの小大名など顎でつかえると聞く」

「真木なあ、殿のお言葉ではないが、俺をそれほどの狭量者と思うのか」

「喧嘩《けんか》でも由紀江殿のことでも、お主はいつも俺を利用していた」

「や、や、それはだから、人にはそれぞれ、分があろう。俗にも『駕籠に乗る人担《かつ》ぐ人』と云うように、俺のような人間は誰ぞの駕籠を担ぐより、能がない。その駕籠が子供のころはお主であり、今はわが殿であるという、それだけのことじゃい」

天野が扇子をつかいながら銚子をとりあげ、なにかぶつぶつ云いながら、最後の一滴を盃にふり落とす。呑気で剽軽《ひょうきん》で気の弱い少年だった天野善次郎も、いまや家督をついで次期当主のお側役。敵をつくらない性格や他人に警戒心を起こさせない顔立ちなど、十年の時間が天野を政治向きの人間に変えている。

「いずれにしてもなあ、天野……」

倩一郎は自分の盃をほし、膳の料理を平らげて、中庭の灯籠に目を移す。

「俺は子供のころも今も、木剣をふりまわすより芸のない人間だ。殿のお役には立てんし、幕府にも白河にも興味はない」

「まあまあまあ、そう短兵急《たんぺいきゆう》に、身も蓋《ふた》もないことを云わんでくれよ」

天野が空の銚子をふって鼻を鳴らし、誰が聞いているわけでもないのに、扇子で口を被いながら倩一郎の耳に顔を寄せる。

「どうだ真木、屋敷なんかで飲んでいても、やはり味気ない。これからちと、深川へでもくり出さんか」

「なにを太平楽《たいへいらく》な」

「殿とて『存分に真木をもてなせ』と云うておられた」

「お主、昨日の今日だぞ」

「それがどうした。深川なんぞ大川端から猪牙を出せば目と鼻の先じゃい。こんな色気のないところで飲んでいても、まるで酔うた気がせんわ」

「殿に知れたらまたお叱《しか》りだろう」

「それがそれが、あの殿とて……」

いっそう声をひそめ、尻を途中まで浮かせて、天野が廊下の奥へ顔を長くする。

「ここだけの話だがな、あの殿とて以前はお忍びで、よく吉原《よしわら》へくり込まれたものよ」

「ほーう、あの殿がの」

「ああ見えてなかなか下情《かじょう》にも通じておられる。おくつろぎの折りなど三味線などもお弾きになるわ」

「見かけによらぬな」

「そうそう、人などはみな見かけによらぬもの。俺とてお主から見れば詮方ないお側役と映ろうが、これで意外に苦労をしておる。殿もそのへんのことは分かっていなさるから、俺のケチな遊興など、大目に見てくださるわ」

天野が腰をあげてぱちりと扇子をたたみ、奥と倩一郎の顔を見くらべながら、ひょいと顎をつき出す。

「そうと決まれば善は急げだ。俺はちと後始末をして参るから、お主は先に出ていてくれ」

「懲りない男だの」

「なにを云う、俺のほうは真木の接待じゃ。まあとにかく、柳原の川端あたりで待っておれ。あちこちと始末して、すぐ参るほどになあ」

扇子で手のひらを打ちながら天野が歩きだし、小腰をかがめるように、足音もなく奥へ消えていく。それでも奥から人声はせず、膳だけが残った中奥の間に倩一郎はぽつねんと残される。待っていても小姓や奥女中があらわれるわけでもなく、もちろん由紀江が顔を見せるわけでもない。これから深川へくり出し、女郎屋《じょろうや》へあがるのか芸者を呼ぶのかは知らないが、刻はまだ五ツ、長屋へ帰ったところで行水《ぎょうずい》をつかって寝るだけのことだから、天野に付合うことに文句はない。自己の出自も田沼の非道も、倩一郎にとってはどこか他人事。その日暮らしを享受する江戸者の無責任さが、すでに倩一郎の体質にもなっている。

倩一郎は膳を退けて膝を立て、暗い廊下から暗い書院に向かいながら、欠伸をかみ殺し、そして大きく背伸びをする。

三

七月に入って六日にもなると、北森下の長屋でさえ七夕の竹飾りが満艦飾《まんかんしょく》になる。子供がいようといまいと、大店であろうと日傭取《ひようと》りであろうと、七夕の飾りは江戸町人の心意気。各戸の軒にはみな大竹がそびえ立ち、短冊やら張り子細工やら切り紙やらがひるがえる。煙草売りの源七は夫婦で煙草盆とキセルの張り子をつるし、三味線師匠のお久米は三味線撥《ばち》と招き猫、ヤクザ者の留蔵でさえ短冊に『商売繁盛』と書いている。六間堀《ろっけんぼり》町あたりの長屋から子供が短い笹竹の飾りをもって走りまわり、お滝とお仙《せん》は井戸端で洗濯をはじめている。お滝は源七の女房でお仙は留蔵の女房、お仙のほうが色白でどこか婀娜《あだ》っぽいのは、昼から東両国の休み茶屋に出るせいだろう。

朝も五ツをすぎてすでに男たちは稼ぎに出払い、作兵衛店の路地には鋳掛《いか》け屋や包丁研《と》ぎが出入りする。倩一郎は厠をつかってから一度部屋へ戻り、手拭い、房楊枝《ふさようじ》、歯磨《はみが》き粉《こ》を手桶に入れて井戸端へ向かう。長屋の裏手が長桂寺《ちょうけいじ》の敷地になっているせいか、路地にはわずかながら朝日が射し込んでくる。

洗濯の手を休めず、お滝がしゃがんだまま狸顔をふり向ける。

「あら旦那、最近は朝が遅いねえ。門仲あたりにナニができたんと違うかい」

「ナニができても通う金がない。俺など一生、この長屋で独り暮らしだ」

「よっく云うよう。旦那っくらいの男前なら、お旗本のお嬢様が手鍋さげても押しかけるがね。あたしだって旦那がこいと云ってくれりゃ、源七なんかいつでも追い出しちまうよう」

「それはありがたいが、剣の奥義を極めるまでは女断ちだ。心願を立てるというのも不自由なもんだよ」

倩一郎はお滝とお仙のあいだに手桶をおき、手拭いを肩にかけて、房楊枝と歯磨き粉をとる。その倩一郎の手桶にお仙が釣瓶《つるべ》の水をあけてくれる。

「お、すまんな」

「旦那、洗い物があったらお出しなさいな。どうせついでにでござんすから」

「なに構わんでくれ。褌《ふんどし》は行水のときに洗っている。お仙さんに洗濯などさせて、留蔵兄いに寝首を掻《か》かれてもつまらん」

長屋の木戸口に百姓体《てい》の男が顔をのぞかせ、「竹え、七夕の竹え」と一声だけ呼ばわって、すぐ顔をひっ込める。

「ふん、間抜けな竹売りだよう。今日あたり売りにきたってどこでも間に合ってるがね」

「そうでもないよお滝さん、ほれ、ここの長屋でも旦那んところは飾りをあげてないもの」

「そういやそうだ。やだよう旦那、旦那だってヤットウ上達とか仕官達成とか、願い事はあるだろうに」

「神仏とは相性が悪くてな。俺の願いなど、どうせ七夕様は聞いてくれん」

口掃除を終わらせ、柄杓《ひしゃく》で水をすくって、倩一郎は口をゆすぐ。それから顔を洗って手拭いをつかい、空に向かって背伸びをする。本所深川も昔は亀有《かめあり》からの水道をつかっていたらしいが、今はみな掘り抜き井戸、神田日本橋あたりの水道水と違って、生水を飲んでも腹はくだらない。

「お滝さん、すまんが洗濯に使った水を分けてもらえんか。灰汁《あく》が朝顔の肥《こえ》になるんでな」

「お安いご用だ。でもちっと待っとくれ。あと三枚洗えば終わりだから、それからつかっとくれな」

「うむ、それなら俺は、茶漬《づ》けでも食って待っていよう」

手桶の水をあけて手拭い、房楊枝、歯磨き粉を始末し、倩一郎はお滝とお仙に会釈をする。

「旦那、茶漬けったって、湯は沸《わ》かしたのかね」

「これからだ」

「気楽なお人だよう。うちの竈《へっつい》に鉄瓶《てつびん》がかかってるから、その湯をつかいなね」

「いつもすまんなあ。こう毎度世話をかけると、俺もお滝さんのような働き者で器量よしの女房が、欲しくなってきた」

お滝とお仙が声をそろえて笑い、その笑い声を聞きながら、倩一郎は自分の長屋へ戻る。仕官にも帰参にも気持ちが動かなくはないが、こういう平和な長屋暮らしも捨てがたい。このまま歳をとってどこかでぽっくり死んでいく人生も、松平定信や天野善次郎が思うほど、悪くはない。

どうせ長屋の戸口なんか開けっ放し、お滝の家から土瓶に湯をもらってきて、倩一郎は残り飯と香コで茶漬けをつくる。裏庭に仕立てた朝顔にも朝日が射し、すでに昼の暑さが思いやられる。奥州ではこの真夏に冬のような寒さだというが、江戸に住むかぎり実感は湧かない。白河も奥州のとば口で地味《ちみ》も乏《とぼ》しく、母の千枝にも暮らしの不自由が出はしまいかと、ふと不安になる。

そのとき戸口に影がさし、粋な弁慶格子《べんけいごうし》の着流しが顔をのぞかせる。

「朝っぱらからお邪魔いたしやす。あっしは堀江町は〈たき川《がわ》〉の船頭で、清次《せいじ》と申しやす」

お滝かお仙に長屋を聞いたのか、あるいは最初から倩一郎の顔を知っていたのか、清次という男が小腰をかがめながら土間へ入ってくる。船頭だけに日に灼《や》けて体軀も精悍、少し襟を広げた着こなしも板についていて、月代もきれいに剃ってある。どこか苦み走ったところのある顔つきは、まだ三十前だろう。

倩一郎は箸と椀を膳におろし、膝の向きを戸口側に移して、軽くうなずく。

「朝餉《あさげ》のところを失礼にござんすが、手前主人米造《よねぞう》からの口上がございやす。お聞きくださいましょうか」

「たき川と云ったかな」

「へい、堀江町は思案《しあん》橋際で営みます、船宿にござんす」

「なるほど、どうやってこの長屋を知ったかは分からぬが、口上は聞かぬことにしよう」

「ですが、そいつはまた」

「俺はご覧のとおりの長屋暮らし。たき川などという船宿に招かれても、着ていくものがない」

「旦那はたき川をご存じで」

「知らぬ。知らぬが、堀江町の思案橋際といえば芝居町にも近い上等町、俺などには縁のない場所だろう」

「そうは申しやすが、あっしだって子供の使いじゃあるめえし、口上もうけてもらえなかったじゃあ主人、女将《おかみ》に顔が立ちやせん。どうかひとつ、聞いておくんなさい」

「口上などどうせ、一杯飲ませるから足を運べ、とかいうものだろう」

「まあ、そんなとこで」

「清次さんと云ったか」

「へい」

「お葉殿というのは」

「当宿の女将で、主人米造の娘にござんす」

「その後達者でおられるか」

「お陰様をもちやして」

「それならよい。あの際も云ったが、俺は特別の働きをしたわけではない。無用の気遣いは却《かえ》って迷惑、と伝えてくれ」

「ではござんしょうが」

清次が腰をのばしてぼんの窪《くぼ》に手をあてがい、渋く頬を笑わせて、倩一郎と部屋の調度を見くらべる。調度といっても枕屏風《まくらびょうぶ》にその向こうにたたんだ夜具、押し入れはないから二つ重ねにした行李《こうり》に火のない箱火鉢、それに行灯《あんどん》やら衣紋掛《えもんか》けやらの必需品と、あとは一人用の鍋釜と瓶《かめ》。唯一の贅沢が裏庭の朝顔とわずかばかりの盆栽というのだから、眺めたところで意味はない。

「真木の旦那、実はこちらへうかがう前に、あっしらも旦那のことは調べてござんす。あんたさんが以前白河松平様のご家中であったこと、今は佐伯道場の青鬼と云われて佐伯先生の代稽古まで勤めてなさること。そういうことをすべて承知したうえで、主人はぜひともお目にかかりたいと申しておりやす。こっちはここまでぶっちゃけてるんだ、それを無下に断るのも、お武家の作法にかないますまい」

「なにゆえ俺のことを、そこまで」

「そいつは主人と女将から聞いておくんなさい。あっしとしちゃ真木の旦那に当宿まで足を運んでいただけりゃあ、それでいいことなんで」

「分からぬなあ。たしかに多少の剣はつかえるが、所詮長屋暮らしの貧乏浪人。俺など見知ったところで商いの足しになるとも思えぬが」

「でござんすから、そのあたりのことも、主人から聞いておくんなさい。こちとら瘦せても枯れても思案橋のたき川だ、まさかとって食うとは云やしませんし、お召し物に能書きをたれるほど野暮でもござんせん。それに云っちゃご無礼だが、夜分に特別のご用があるお暮らしでもござんすまい」

「はっきり申す男だの。そりゃま確かに、夜は酒を飲むぐらいしか能はないが」

倩一郎は清次の顔を見返し、その精悍な表情や隙《すき》のない身ごなしを、しばし観察する。船宿の船頭などにこれまで付合いはないが、ヤクザ者でもなく火消し人足でもなく、かといって職人や商人とも感じが違っている。それに思案橋やらたき川やら主人の米造という名前が、なぜか記憶のどこかに、ちょっとひっかかる。

「そうだな。考えてみれば、浪人に酒肴《しゅこう》を振舞ってくれるという申し出を、断る筋もないか。どうせ夜は暇な身だ」

「そうこなくっちゃいけませんや。それじゃ今宵、たき川まで」

「うむ、承知した」

「刻限はそちらさんのご都合でよろしいとのこと。思案橋近くへきなすってたき川とお聞きになりゃあ、じき知れるはずでござんす」

「道場は七ツまでだ、日暮れまでには参れよう」

「へい、それじゃそういうことで、お待ちしておりやす。朝っぱらから汚《きたね》え面《つら》が押しかけやして、まっぴらご免なさい」

清次が頭をさげてすっと土間を離れ、雪駄《せった》の裏金を長屋のドブ板に鳴らしていく。

倩一郎はしばらくその足音に耳を澄まし、箸と椀をとりあげながら、裏庭の朝顔に目をやる。垣根仕立てにした朝顔のなかには濃い紫色が八重に咲いた花もあり、倩右衛門の代から毎年種をとって育てている。無趣味な倩一郎も草花や蝶《ちょう》、蜻蛉《とんぼ》などの生き物には心が動くことがあり、道場稽古が休みの日などオランダ絵を真似て、へたな写生画を試みたりもする。

「旦那、お客は帰ったようだね」

戸口に声がしてお滝が顔をつき入れ、ひきずってきた洗濯盥《だらい》を敷居のこちら側へ押し込む。お滝の洗濯には近所からの内職仕事も含まれていて、つかわれる灰汁は量が多くて質もいい。

「だけど珍しいやねえ。ありゃどっかの芝居者かい」

「船宿の船頭だそうだ」

「へーえ船頭ねえ。それにしちゃ粋なもんだよ。あたしの知ってる船頭なんざ肥船《こえ》や荷足《にたり》船の野郎ばっかで、みんな臭くて汚いがね」

「お滝さんは面食いだからの。そういえば源七もよく見れば、なかなかの男前だ」

「やだよう旦那、あれが男前じゃなきゃ、あたしが嫁になんかくるもんかね。世間じゃ金だ実《じつ》だとか云うけど、あたしに云わせりゃ男は顔だよ。金があったところでチンチクリンじゃ、連れて歩いてみっともないやね」

「そんなもんかの」

「ということでさ、水をつかったら、盥は井戸端へ出しといとくれ」

「うむ、すまぬ」

戸口から向こうへ歩こうとするお滝を、ふと思い出して、倩一郎が呼びとめる。

「お滝さん、堀江町のたき川という船宿は、知ってるかな」

お滝が足をとめて狸のように目を見開き、手の甲で額の汗をふく。

「はてね、たき川ねえ」

「宿は思案橋の近くで、主人の名は米造だという」

「思案橋の米造、あれあれ、そりゃ旦那、目明《めあ》かしの米造親分じゃないかさあ」

「目明かし？」

「そうだよう。思案橋の米造っていや、お江戸でも知られた大親分だがね。なんだかおっかないお人だとかで、本所深川あたりにまでにらみをきかしてるよ」

「そうか。それで俺も、名前を聞いていたのかな」

「とにかくえらい羽振りだとかでね、噂じゃ奉行所の旦那方でさえ、頭があがらないって評判だよ」

「町方役人が目明かしに」

「あれあれ、そいじゃさっきの船頭ってのは、思案橋んところの？」

「そういうことだ」

「旦那、辻斬りでもやったんじゃないだろうね」

「米造の娘が俺に岡惚れして、婿になれと云ってきた」

「あれまあ、本当かね」

「冗談に決まってる。俺が婿にいくとしたら、相手はお滝さんしかいない」

「はいはい、うけたまわっとくよ。それにしてもナンだねえ、たき川の船頭ともなると、さすがに粋なもんだ。あたしも一生に一度でいいからあんな男の艪《ろ》で、大川に屋根船を浮かべてみたいねえ」

お滝が前垂れで手をふきながら顔をひっ込め、倩一郎は茶漬けを片づけて、土瓶の茶を飯椀につぐ。戸口の前を古傘買いが声をあげていき、その声がすぐ長屋木戸のほうへひき返す。今日は荒井七之助に所用があるとかで、代稽古は倩一郎一人だけ。だからってどうということもないが、朝顔と盆栽に灰汁入りの水をやって、そろそろ出かけるか。

倩一郎は茶を飲みほし、ひとつ欠伸をして膳を流しへ運ぶ。それからお滝の盥をもって裏庭側へ戻り、専用につくった竹筒で朝顔と植木の根元に水を流す。去年の鉢からすでに菊の新芽が高くのび、朝の早い紋白蝶《もんしろちょう》が狭い庭を飛びまわる。

「思案橋の米造……か」

言葉では米造の名前を口にしたが、倩一郎の脳裏《のうり》にあったのは色白で目元のきりっとした、お葉の顔だった。

＊

七ツの鐘を聞いて稽古をしまい、倩一郎は道場から控えの間に戻る。浅草の福井町は浅草《せんそう》寺、上野《うえの》の寛永《かんえい》寺、それに日本橋本石《ほんこく》町の鐘がその日の風向きによって大小に聞こえてくる。

控えの間に戻っても小女は顔を出さず、倩一郎は膝をくつろげて諸肌を脱ぐ。自分の手拭いで汗をぬぐいはじめたとき、水屋口から盆をささげた綾乃があらわれる。

「お稽古、ご苦労にございました。おさんが使いに出ておりますので、私がお給仕をいたします」

相変わらず無表情に、倩一郎と目も合わせず、綾乃が麦湯と濡れ手拭いの盆を倩一郎の前におく。灯籠鬢《びん》に結いあげた髪が艶《つや》やかに光り、着物の裾に散らした花模様がかたい影をつくる。

綾乃が膝を立てかけたとき、地底でなにかが動いたように、どんと床がつきあがる。同時に壁がゆれて天井がたわみ、衣桁《いこう》が倒れかかる。倩一郎は瞬間の判断で麦湯の湯呑《ゆのみ》をとりあげ、手刀で衣桁をつき返す。この江戸では地揺れなんか珍しくもなく、倩一郎の動きにも無駄はない。麦湯をこぼさないぐらいのことは当然の技前で、倩一郎の腕がどう動いたか、他人が見ても分からない。ただ予想外だったのは綾乃が倩一郎の膝に顔を伏せたこと。地揺れがおさまってもまだしばらく、綾乃は倩一郎の腰にとりついて、肩を震わせつづける。

地揺れがおさまって十も数えたころ、綾乃がやっと顔をあげ、襟を合わせながらもぞもぞと尻を遠ざける。髪もくずれて簪《かんざし》の位置がずれ、着物の裾も乱れている。

「も、申し訳ありませぬ。なにしろ、私……」

「ご案じめさるな。この世に地揺れの好きな女子はおりますまい」

「まことに、はしたないところを、お目にかけました」

綾乃は襟と裾を直しても顔をあげず、両手を膝にそろえたまま、肩の線をかたくする。能面のように白くて無表情な顔にも赤みがのぼり、目尻のふるえにはまだ心の動揺がつづいている。

倩一郎は着物の袖に腕を通して咳払いをし、濡れ手拭いをとりあげて、胸と首筋につかう。

「なにやらこのところ、どうも、地揺れが多ござるな」

「幾日か前より浅間《あさま》のお山に煙が立っているとか」

「ほーう、浅間のお山に」

「その、只今の地揺れが、浅間のせいとは限りませぬが」

「奥州ではこの夏も冬のような寒さと聞きます。あれやこれや、面倒なことです」

普段ならそそくさと奥へさがる綾乃が、まだ倩一郎の前でうつむいているのは、地揺れの動揺がおさまっていないのか。綾乃と向き合っていることは倩一郎にとっても気まずく、荒井七之助のいないことに、なにやら罪の意識も感じる。

倩一郎はつかい終わった手拭いを盆に戻し、中庭に咲いた立葵《たちあおい》の花に目を細める。飴色の陽射しが真横から高い板塀を焙《あぶ》り、その塀に沿って五、六本の七夕飾りが林立する。それらはみな若い門人がしつらえていったもので、免許皆伝やら縁組成就《じょうじゅ》やら、勝手な願い事がひるがえる。

「綾乃殿、お世話をかけたついでに、ちとお時間をいただけぬか」

顔をあげた綾乃の目から動揺が消え、顔色も能面のような白さに戻ってくる。倩一郎が庭を眺めているうちに簪の位置を直したらしく、乱れた髪にも手が入っている。

「お手間はとらせません。実は先生のご容体について、しかとしたところをうかがえぬかと」

「お気にかけていただき、ありがとうございます」

「私もちろんですが、とくに荒井が気にかけております」

「荒井様が」

「荒井は門弟筆頭、先生のご容体いかんでは万事を差配せねばならず、そのあたりでやつとしても、心積もりがあるのでしょう」

「荒井様がそのように？」

「云われずともやつの気持ちは分かります」

「父の容体は……」

　感情のない目でまっすぐ倩一郎の顔を見つめ、綾乃が紅の濃い唇を、わずかにひきしめる。

「お医師の話では、このまま一進一退をくり返すだろうとのこと。心の臓が弱っているゆえこの暑さは難儀しようが、涼風でも吹けばいま少し恢復《かいふく》しようかとも」

「さようですか、それは一安心」

「ですがやはり無理は禁物、木剣をふるえるまでに立ち直るかどうかは、分かりかねると申します。父も半分は諦《あきら》めておりましょう」

「さすれば、やはり、急ぎませぬとな」

「なにをでございます」

「綾乃殿の婿殿です」

「そ、そのような」

「荒井は以前より綾乃殿を憎からず思うておる様子、剣の腕も、人柄も家格も佐伯のご養子として、不足はないと思いますが」

「おやめくださいませ。私はそのようなこと、考えてもおりませぬ。父とて病が治らぬと決まったわけではなし、いくら真木様とて、僭越《せんえつ》でございましょう」

「しかし、いつかは……」

「聞きませぬ。真木様とて、これ以上の無礼は許しませぬ」

能面のような顔に目だけがひきつり、肩がゆれて、綾乃の膝が動く。腰をあげた綾乃は倩一郎を見向きもせず、背中に怒気を残したまま廊下を奥の間に消えていく。その足音を聞きながら、倩一郎は額に噴き出した汗を自覚し、一度つかった濡れ手拭いにふたたび手をのばす。荒井七之助に埒もない役を押しつけられ、いらぬお節介を焼いたものの、綾乃にも荒井の気持ちは伝わったろう。ここまでくればあとは本人同士、二人とも子供ではなし、男と女の仲なんて自然に、なるようになる。

無用の汗をかき、また咽が渇いたが、まさか綾乃を呼び戻すわけにもいかず、倩一郎はみずから立って台所へ歩く。台所は奥の間と控えの間の中間にあり、以前はその板の間で小女から残り飯を振舞われたこともある。

見渡したが麦湯のあり場所が分からず、仕方なく土間へおりて瓶の水をすくう。佐伯道場でも何年か前に内井戸を掘っていて、隣近所の町家が裏口から煮炊き用の水をもらいにくる。

咽をうるおし、手拭いを絞りなおしたとき後ろに音がして、下男の源次《げんじ》から声がかる。

「こちらでござんしたか。真木先生、大先生がちっと、ご足労願えねえかと」

「先生のお加減はいかがだ」

「さっきまで臥《ふ》せっておいでやしたが、あの地揺れでお目が覚めたようで」

「病の養生も許さんとは、人騒がせな地揺れだの」

手拭いと湯呑を流しに残し、土間から板の間にあがって、倩一郎は控えの間に戻る。そこで袴《はかま》の紐《ひも》を締めなおして着物の襟をととのえ、廊下伝いに屋敷の奥へ向かう。式台から向こうは小旗本の屋敷と同様のつくりになっていて、書院の奥に居間や寝所《しんじょ》や家族の居室がつづいている。病を得てからの佐伯谷九郎は小庭に面した六畳間を自室に定め、床《とこ》を敷いたまま衰えた躰を養っている。

「お呼びでございますか」

「おう、このところ道場へ出られなくて、世話をかけるな」

「とんでもない。私も荒井も毎日、いい汗をかいております」

身を起こした谷九郎は紺染《こんぞめ》の麻物に三尺帯《さんじやくおび》、月代も剃って髭もきれいに剃《あた》り、端座した膝に絹張りの扇子を開いている。五十をすぎてはいるが背筋もよくのび、頰の窶《やつ》れさえなければ一見、病人とは分からない。大柄ではないが骨格はたくましく、高い頰骨の内から鋭い眼光を光らせる。倩一郎が入門した当時は谷九郎の充実期で、白河では小天狗《こてんぐ》と云われた倩一郎もその谷九郎から一本をとるまで、二年の修行が必要だった。

膝の横においた筒茶碗から枇杷葉湯《びわようとう》を一口すすり、廊下に膝をついた倩一郎を、谷九郎が目でうながす。倩一郎は一礼し、敷居を越えて畳に膝行する。

「今日は七之助が休んでおるとか」

「所用があるとかで」

「またどこぞの茶屋女にうつつを抜かしておるのかな」

「まさかそのようなことは、断じて」

「まあよいわ。だが道場からあいつのバカ気合いが聞こえんと、なにやら寂《さび》しい気がする」

「はあ、まことに」

「ところで倩一郎、昨夜酒井様のお留守居が見えられての、お前の指南ぶりを褒《ほ》めておられた。なにせお前の剣は当たりが柔らかい。最近の腰弱な輩《やから》にとっては、加減がいいのだろう」

「いかんせん、富田流の癖が抜けませぬゆえ」

「それはそれでよい。無理に小野派一刀流の型にはめたとて、相手に負けては詮方ない。剣術など所詮は人殺しの工夫、柳生のように禅《ぜん》がどうの、理がどうのと云うておったら、命がいくつあってもたらんわい」

　同じ将軍家剣術指南の家柄であっても、柳生は一万石の大名で小野は八百石の旗本、流祖小野次郎右衛門の時代から両者の確執はあったというが、それが百八十年余もたった今日、傍系の谷九郎にまで尾をひいている。

　谷九郎がまた薬湯をすすり、手のなかで扇子をもてあそびながら、目顔で倩一郎を招く。倩一郎は正座をした膝の幅だけ、谷九郎との距離をつめる。

　しばらく扇子をもてあそび、谷九郎がふと、肩を落とす。

「倩一郎、最前お前、綾乃になにやら申したそうだの」

「あ、いや」

「早く婿を決めろとか」

「言葉がすぎました。お許しくださいませ」

「なんの、道場のみなに心配をかけておることぐらい、わしも承知している。お前に云われずとも養子のことは考えておるわ」

「僭越でございました」

「さて、その養子のことだが……」

谷九郎のこけた頬が右側だけひきつり、扇子がぱちりと閉じられる。

「お前が綾乃に云うたとおり、わしも七之助が適当と思うておった」

「それがまず、順当かと」

「多少気質に軽いところはあるが、あの男は人間に裏がない。佐伯道場の子飼いでもあるし、技前も確かだ」

「いかさま」

「だがわしとて、お前の腕を知らぬわけではないぞ。道場稽古では七之助と五分《ぶ》、されど真剣をとり合えば、あるいはお前のほうが勝るやも知れぬ。しかし倩一郎……」

「心得ておりますれば、ご懸念なきよう」

「うむ、先ほど『剣術などは所詮人殺しの工夫』と申したは、わし個人の存念。小野派一刀流とて百八十年もつづけば、やはり形骸化《けいがい》はまぬがれぬ。お前を跡継ぎと決めれば小野本家が異を唱えるは必定、それではこの道場が成り立たぬ。それゆえお前には、免許も授けなんだ」

「先生にいらぬご心労をおかけし、申し訳ございません」

「なーに、剣術などといっても町道場は所詮商売、わしも保身を考えただけのことだ。それゆえお前を酒井様への出稽古にさし向け、ゆくゆくは酒井家の剣術指南にと、内々にお留守居などとも相談しておった。いわば今回の出稽古は酒井家側からの倩一郎に対する、人品定めの意味がある」

「身に余るご配慮、痛み入ります」

「剣の師として当然の仕儀、いかに小野派一刀流の正統から外れるとはいえ、お前ほどの天稟《てんぴん》を市井《しせい》に埋《うず》めるわけにはいかぬ。真木倩一郎を剣術家として世に出すは、わしの使命でもある」

「恐れ入ります」

「そういうことでな、お前のことも七之助のことも、これで収まると思っておった。たとえ病を得ずとも五十をすぎれば心身が衰える。綾乃とて嫁ぎ遅れほどの歳ではあるし、年寄りが娘に婿をとって隠居するは世の習い。それゆえ何年も前から、綾乃にはわしの存念を聞かせておったわけよ」

「先生のお心も知らず、差し出がましき口をききました」

「うむ、まあ、本来ならたしかに『差し出がましき口』では、あるのだが」

谷九郎の膝が倩一郎の側に動き、落ちくぼんだ眼窩《がんか》の内の目に、一瞬気弱な色が走る。小庭の外では翳った日に黒い揚羽蝶《あげはちょう》が舞い、塀の向こうを冷水《ひやみず》売りが「ひゃっこい、ひゃっこい」と声をあげていく。

「それがなあ倩一郎、困ったことに……」

「はあ」

「どうも、綾乃が、七之助では首をたてにふらんのだ」

「はて、解《げ》せませぬが」

「わしにも解せぬ。歳も七之助は綾乃の二つ上、子飼いの門弟ではあるし、気心も知れておる」

「私もそのように思います。まして荒井は以前より、綾乃殿に懸想をしております」

「七之助が申したのか」

「しかと」

「そうか、本人が、そのようにのう」

「どこから見ても相応の縁組、綾乃殿はちと、自儘《じまま》がすぎるのでは」

「わしもそう諭《さと》した。されど綾乃は、なんとしても首をたてにふらん」

「まさか、どこぞに」

「それも聞いたが、口を開かんのだ。そうこうしておるうちに先月、三屋の屋敷から『倅を佐伯の婿にどうか』と申し入れてきた」

「三屋清之にございますか」

「さよう。たしかに三屋の家は四百石の奥右筆《おくゆうひつ》、清之は三男だが、大枚《たいまい》の支度金もつけるという」

「しかし、三屋の技前では」

「分かっておる。最近はだいぶ腕をあげてきおったが、とうていお前や七之助の相手ではない。これから修行をつんだとてせいぜい目録まで、この道場を託す器量とは思われん。それに歳とて綾乃より、二つ三つは下のはず」

「綾乃殿は、なんと」

「一笑に付しおったわ」

「三屋も、悪い男ではないと思いますが」

「されど家柄や人品だけで道場は託せん。そこで再度昨夜、綾乃を呼びすえての。これが最後という覚悟で心底を問いただした。綾乃とて若くはなし、わしの病もどう転ぶか、知れたものではない。このあたりで道場の先行きを決めておかんと、門弟たちにも示しがつかぬ理屈だ」

「いかさま」

「だがわが娘ながら、あれも強情な女子よ。一刻も談判したが、どうにも七之助では否と云う。それなら三屋でと問うても、これもいかん。そこで試しに倩一郎でと云うてみたら、これがなんと……」

揚羽蝶が座敷の前まできてひらりと向きを変え、塀の向こうへ漆黒の影をひいていく。

「なんとのう倩一郎、あの綾乃が顔を赤らめて、『はい』と云いおった」

そのとき天井のあたりがざわざわと騒ぎ、つづけて壁がゆれて、かすかに床が動く。畳の上でかたむいた筒茶碗を谷九郎が扇子で、ぴしりと静止させる。

「昨夜も酒井様のお留守居が申しておったが、浅間のお山が煙を噴いたそうな」

「奥州は天候も不順だとか」

「なにかと世間も落ちつかぬの。将軍家におかれても……まあそれはよいとして、どうだ倩一郎、綾乃はお前なら、婿にとってよいと申すのだが」

「それは綾乃殿のお戯《たわむ》れかと存じます」

「いや」

「先生、私は親の代からの浪人者。いまだ江戸の水にも馴染まず、先生に十年もご教授いただきながら、小野派一刀流の奥義にも至りませぬ。とうていこの道場をつげる力量ではなく、綾乃殿の婿になど、納まれる立場ではございません。その程度の理屈は綾乃殿とてご存じのはず。それをあえて申すのは、やはりお戯れでありましょう」

「ふーむ、見かけによらず、弁の立つ男だの」

「綾乃殿云々は、私、聞かなかったことにいたします」

「わが娘を嫌《きろ》うておるか」

「滅相もない。入門時より美しいお嬢様と憧《あこが》れてはおりましたが、されど私、心に決めた女子がございますれば」

「なんと、まことか」

「国元におりましたころ馴染んだ女子で、その者も只今は出府し、江戸の上屋敷に住まいおります」

「倩一郎にそのような女子がおったとは……いや、お前なら色恋の一つや二つは当然として、しかし浪人の身では、婚儀とて儘になるまいが」

「そのあたりは、これからのこと」

「故郷《くに》は白河であったな」

「はあ」

「帰参の話でも出ておるのか」

「そのようなものはございません。さればこそこの真木倩一郎、なんとしても剣にて身を立てんと、日々道場で汗を流しております」

「そうか、お前のほうにそのような事情があれば、云うても詮方ない。一時はわが娘のために小野派一刀流の看板をおろしても、とまで考えたが、もとより縁のない話であったかの」

「まことに、恐縮いたします」

「なにやらほっとしたような、無念のような、奇妙な心持ちだ」

「下世話にも『釣り合わぬは不縁のもと』とやら申します。ここは当初ご分別のとおり、荒井家との縁組をすすめるのが本筋かと存じます。私、思いまするに、先生は綾乃殿に対して、頭から『七之助を婿にせよ』と決めつけられたのでは？」

「うむ、まあ、そのようなことが、あったかも知れぬ」

「女子の心というのはとかく面倒なもの。とくに綾乃殿がごとく気の勝った女性《にょしょう》においては、親兄弟などからの押し付けには意味もなく反発するとか。綾乃殿とて荒井七之助を憎く思うておるはずはなく、これはいわゆる『雨降って地かたまる』というやつではございませんかな」

谷九郎が目を細めて筒茶碗をとりあげ、渋茶でも飲むように、しゅっと枇杷葉湯をすする。のびていた背筋もいくらか丸くなって、そのうつむけた顔にはやはり、年齢と病の衰えがある。

「わしも病を得て以来、どうやら、気弱になっていたらしいの。綾乃の我が儘を許しすぎた」

「荒井七之助なら当道場を、立派につげると存じます」

「云われずとも分かっておる」

「先生のご存念を直接お示しになれば、荒井のほうも腹をかためるはず。荒井の綾乃殿への懸想は、どうやら子供時分からのことらしゅうございます」

「ふーむ、気づかなんだが」

「綾乃殿とてそこまで惚れられるは、女子冥利《みようり》というもの。此度《こたび》の縁組は自然にまとまりましょう。先生にはご懸念なく、病の養生をしていただきたく存じます」

「若い者は若い者同士と、そういうことかの」

「いかさま。されど綾乃殿がもらされた戯れは、荒井へ伝えませぬように。いかに戯れとはいえつまらぬ誤解があっては、まとまる話もまとまりません」

「分かっておる。綾乃へは倩一郎の事情だけを話しておく」

「いらぬ差し出口、また我が身の勝手な事情ばかり申しあげ、まことに、申し訳ないことにございます」

谷九郎へ一礼し、廊下際まで膝を遠ざけ、そこで倩一郎はまた、深く頭をさげる。どこへ行ったのか綾乃の姿は見えず、家内《いえうち》に下男たちの気配もない。庭からは蟬《せみ》の声が聞こえるばかりで蝶も飛ばず、かたむいた西日がとなりの商家から蔵の影をさしのばす。

「本日はちと所用がございますれば、これにて失礼をいたします」

「うむ、手間をとらせて、相済まなんだ。されど倩一郎……」

「はあ」

「いずれ道場を七之助に譲るにせよ、当分は力を貸してくれ。若い門弟などは七之助よりお前を慕っておる。なにせあいつの稽古は荒っぽい、そのあたりも追い追い、教えねばならんがの」

「心得ております。先生にはくれぐれも、ご養生を大切に」

もう一度黙礼し、部屋から廊下へ立って、倩一郎は頭を低くしたまま控えの間に歩きだす。小女が帰ってきたのか台所で瓶の音がし、その裏道から野菜を商う振売りの声も聞こえてくる。日は翳ったが空気の熱さは変わらず、廊下の軒下には蚊柱が渦をまく。

風が出たのか、控えの間から見える七夕の竹飾りが、ざわりと撓《たわ》んで色とりどりの短冊をゆらめかす。

江戸城の常盤《ときわ》橋から流れ出た外堀の水は日本橋川と通称され、一石《いっこく》橋、日本橋、江戸《えど》橋、それから鎧《よろい》の渡しを経て箱崎《はこざき》から大川へ流れ出る。江戸橋から鎧の渡しの中間あたりには掘割が通じ、その掘割に思案橋、親父《おやじ》橋、万《よろず》橋と三つの橋がかかっている。

倩一郎は浅草から通塩《とおりしお》町、大伝馬《おおてんま》町と繁華な町を横切り、堀江町へ出て親父橋を左手に見ながら、堀沿いの道を思案橋の方向へ歩く。すでに六ツをすぎて黄昏《たそがれ》の色は濃く、建ち並んだ蔵の上空を蝙蝠《こうもり》が滑空する。

行き合わせた地紙《じがみ》売りに場所をたずね、歩《ほ》をすすめると連《つら》なる土蔵のあいだに格子戸が見えて、灯の入った軒行灯《のきあんどん》に〈たき川〉の文字が浮きあがる。江戸の町家には珍しく敷地が横長にとられているのは、裏が掘割のせいだろう。出入口は一間《いっけん》幅の格子戸、左右に黒塗りのたて板塀がつづき、二階家作りの往還側は廊下の雨戸が開け放ってある。照り降り町《てふ》や江戸橋広小路《ひろこうじ》から二、三町外れているせいか、人通りも少なくて喧騒《けんそう》も聞こえない。

その料理屋風の佇《たたず》まいを確認し、格子戸を開けて内に入る。掃《は》き清められた三和土《たたき》が三尺ほどの幅で奥へのび、左右には小部屋様の板の間が広がっている。左手には二階への階段、右手には商家の帳場に似た結界があり、番頭風の男が帳面に筆を走らせている。板の間の奥からは料理の匂いがただよって、二階には相当に人の気配が感じられる。

顔をあげた番頭風の男に、倩一郎は軽く礼をする。

「真木倩一郎と申す。今朝方こちらの船頭に、ご亭主よりの口上をうけたまわった」

男がほっというように表情を和《やわ》らげ、帳場から出てきて板の間に膝をつく。同時に横の長暖簾《ながのれん》が割れて白い腕がのぞき、すぐに藍小紋《あいこもん》のお葉が顔を出す。小さい島田に地味な縞の帯、着物が裾短《すそみじか》でも野暮に見えないのは、よほど小股が切れあがっているのだろう。

男と並んで板の間に膝をつき、お葉がていねいに頭をさげる。

「これは真木様、先日は本当にありがとうございました。今日はまた無理なお願い、わざわざお運びくだすって、恐縮なことでございます」

「なーに、あれほどのことでお招きいただき、こちらこそ恐縮です」

「お父っつぁんも待ちかねております。さ、おあがりになって、御酒《ごしゅ》でも召しあがりながら、ゆっくりお話しくださいまし」

お葉が膝をすすめて両手をさし出し、倩一郎は腰から両刀を抜いて、お葉に渡す。帳場横の刀架けにはすでに二腰の大小が鎮座し、見事な蒔絵《まきえ》の色を放っている。倩一郎の刀は埋忠明寿の業物《わざもの》だが、漆《うるし》のはげた黒鞘はさすがに見すぼらしい。

三和土の奥から小女があらわれ、浅桶に足すすぎの水を運んでくる。倩一郎は框《かまち》に腰をおろして水をつかい、小女がさし出す手拭いで足をぬぐう。その小女も茶の前垂れに赤い襷《たすき》をかけ、着物こそ地味だが髪も化粧も小ざっぱりと仕上げている。

お葉が暖簾の奥を目顔でうながし、倩一郎は番頭風の男に会釈をして、暖簾をくぐる。そこは茶の間風の六畳間で、障子の向こうに縁側と小庭があり、掘割に面した側が丈の低い大和塀《やまとべい》で囲われている。内は大きい神棚と小仏壇、その前に檜《ひのき》の長火鉢がすえてあって、暖簾の敷居際にはすでに六十年配の男がひかえている。その男がお葉の父親でたき川の主人、世間には思案橋の米造で通った目明かしなのだろうが、船宿の主人には見えず、かといって岡《おか》っ引《ぴ》き、目明かしといった感じでもなく、芝居に出てくる山賊が数寄者《すきしゃ》に化けたような雰囲気がある。量の少なくなった白い髪をチョンと髷《まげ》に結い、左の頰から顎の先まで深い刀傷が走って、猛禽《もうきん》を思わせる皺顔《しわがお》を左側にゆがめている。着ているものは涼しげな越後上布《えちごじょうふ》に丈の短い袖無し羽織、歳はどう見ても六十をすぎているから、お葉は養女か、遅くにできた子供だろう。

空けられている上座に身を移し、倩一郎は膝を折って年寄りに頭をさげる。

「これはこれは、ようお越しくだされました。私がお葉の父親、当船宿の主、たき川の米造にございます。先だっては娘が危なきところを、まことにありがとうございました。日暮れた裏道を一人で夜歩きするなんぞ、気ばかり強い娘で、親として面目《めんぼく》ない次第でございます」

「申されるな。お葉殿とて子細《しさい》があってあの道を通られたのであろう」

「それが真木様、実にお恥ずかしい話で」

「お父っつぁん、もういいじゃないかえ」

「かといって事情をお話ししなくては、真木様とて得心されなかろう。ここは隠さず申しあげて、酒の肴にせにゃなるまいよ」

お葉がキッと目尻をあげ、すぐ頰を赤らめて、小腰をかがめて暖簾から外に出る。

そのお葉のうしろ姿に、米造がいっそう目尻の皺を深くする。

「手前が四十をすぎてからできた娘でしてな、そのせいかちと我が儘に育ってしまったようで。一度は芝のほうへ片づきましたが、二年と勤まらず、出戻ってきてご覧の有り様。あの夜も実は、たんに酔い冷ましのために歩いていたのでございます」

「ほーう、酔い冷ましですか」

「あの近くにご贔屓《ひいき》のお旗本がございまして、掛け取りに参ったのですよ。そこでご膳など出され、御酒まで振舞われたとか。あちらさまでは町駕籠を呼んでくれるというものを、どうしても堀風に吹かれたかったと申します。そのあげくがあの様《ざま》で、へたをすれば命も奪われていたやも。まことにもって真木様には、お礼の申しあげようもございませぬ」

そのとき暖簾が割れ、盆に酒をのせたお葉が戻ってくる。暖簾の向こうでも女中が膳の用意をはじめ、それをお葉が部屋の内へ運び込む。掘割に面した小庭から艪《ろ》の軋《きし》み音が聞こえ、縁先では風鈴が洒落《しゃれ》た音をひびかせる。

「さ、さ、真木様、どうぞ膝をお楽にあそばせまし」

「お気遣いくださるな。それよりご亭主こそ、膝をくずされたがよろしかろう」

「ほ、気づかれましたかな」

「痛むのは右の膝かと思いますが」

「さすがは佐伯道場のご師範代、お見事な眼力でございます。ではちょいと失礼して」

米造が膝をくずして畳上に胡座をかき、重心を少し左にかたむける。

「若い時分に無茶をした罰でございましょうかな、この膝が腫《は》れまして、だらしのない始末でございますよ」

倩一郎と米造の前に膳がすえられ、お葉が盆から銚子をとりあげる。二つの盃に酒が満ち、その酒がほされてまたお葉の手がのびる。膳の料理は江戸前の刺身にサザエの磯焼《いそや》き、唐揚げにした山芋の餡《あん》掛けに茄子《なす》の田楽《でんがく》、その他箸休めに香コや枝豆の醤油《しょうゆ》漬けがそえてある。酒も大坂からの下り物で、船宿などは出合い茶屋がわりにつかわれる場所と思っていたが、どうやらその類《たぐい》の店ではないらしい。それでも仏壇の前には房のない十手《じって》がおかれているから、米造が目明かしであることに相違はない。

宿から客が船遊びに出るのか、掘割に何人かの人声が聞こえ、すぐに桟橋《さんばし》から棹《さお》をつく音も聞こえてくる。

「この季節のこの時刻、私などがお邪魔をしてはご迷惑でしたろうに」

「なんの、忙しいのは女中と船頭だけ。船宿の亭主などは元々、客前に顔は出さぬものでございますよ」

「特に十手持ちが顔を出しては、酒席も白《しら》けますかな」

「はっは、ご存じでしたか。なにせ代々の稼業で、たやすく足も洗えません。そのお陰でまあ、娘も先日のような目にあったのでございましょう」

「お葉殿の肝《きも》のすわり方、なにやら子細はあろうかと思っていたが、やはりそのあたりですか」

「逆恨みに意趣返しに嫌がらせ、目明かしなどろくな稼業ではございません。目明かしとは要するに、ミミズという意味でございましてな」

「ほーう」

「ミミズとは『目、見えず』から生まれた語とやら。このミミズを清《しん》国の文字で書きますと虫に丘、そしてまた虫に引、つづけて蚯蚓《みみず》と書きます。丘は岡でございますから、岡っ引きとは蚯蚓という意味合い。目明かしを地面の下でうごめく『目、見えず』と皮肉りまして、誰やらが手前どもの稼業を蔑《さげす》んで云いはじめたものが、世間に広まったのでございましょう」

「浅学ゆえ、知りませんでした。ついでにお尋ねするが、私の姓名や住まいなど、いかがして知れたのです」

「それは真木様、お葉とて目明かしの娘。そのあたりの手順に抜かりはございませんよ」

米造が盃をあけて香コに箸をのばし、傷のある片頬を笑わせながら、お葉の顔をうかがう。お葉が小袖の袂《たもと》で口元を隠し、銚子を倩一郎にさし向けて、くすっと笑う。

「お話しすればたわいもないこと。あの場所にたむろしていた駕籠かきに酒手を渡し、そっと真木様の跡をつけさせたと申します」

「なるほど、気づかなんだ」

「手間はかかったようですが、お住まいさえ知れればあとは造作もございません。お名前やお仕事を調べるのは稼業でございますればな」

「いかにも」

「しかし驚きましたなあ。娘からゴロツキどもを始末したお手並みを聞かされ、ただのご浪人ではないと思っておりましたが、まさか佐伯の青鬼とは。あやつらもちと相手が悪すぎました」

「十手持ちに意趣のある連中と分かっていれば、とり逃がさなかったものを」

「いえいえ、ただ今下《した》っ引《び》きを八方へ散らばし、手の筋を切らしたヤクザ者を探しておりますれば、おっつけ居所は知れましょう。やつらとて医者ぐらいはかかるはず」

「いらぬ詮索はいたさぬが、過日の連中に、心当たりが？」

「はあ、まあ、それでございますが……」

暖簾の向こうに年増《としま》の女中が膝をつき、仕種でお葉を呼び寄せる。お葉がそこまで立っていき、小声で言葉を交《か》わしてから、倩一郎に黙礼をして部屋を出ていく。客でも出入りするのか、帳場のほうで人声と足音がざわめく。

米造が痛むという右の膝をさすり、わずかに肩を落として、眉間《みけん》に皺を寄せる。

「真木様、ここ半年ほど手荒な押し込みがご府内を騒がせていることは、ご存じでございましょう」

「うむ、なにやら徒党を組んで商家に押し入るとか」

「米問屋、酒問屋、呉服屋に薪炭《しんたん》問屋に煙草問屋と、ほぼ月に一度ほどの割合で押し込まれております。入られた店はみな家族奉公人を合わせて十二、三人の中店、盗まれました金も二百両から四百両程度と、さしたる金額ではございません」

「大店なれば備えもかたかろうし、奉公人も多い。それに店の間取りも込み入っておりますか」

「ご明察、ですがそれだけの金額でも、合わせてみればすでに千五百両。この先もまだ連中の盗みがつづくようなら、公方《くぼう》様のご威光にも係わります。こう申してはナンでございますが、田沼様の世になりましてから、ちとご府内の治安もゆるんでおります」

「して、その盗人《ぬすっと》がお葉殿を？」

「どうでございますか。ただ今回の夜盗団、十年前に江戸を騒がせた観音《かんのん》の吉兵衛《きちべえ》一味に、手口が似ておりましてな。その吉兵衛は火付盗賊改方《かとう》とも合力《ごうりき》して手前どもがお縄《なわ》にかけ、手下《てか》二十三人もろとも、すべて鈴ケ森《すずがもり》に首をさらす始末になりました。ですが吉兵衛には名古屋《なごや》の近辺に女房子供がおりまして、これが召し捕り直後に姿をくらましております」

「その女房か子供か、あるいは吉兵衛一味に縁のつながった者が徒党を組み直し、あわせて思案橋の米造親分に意趣返しをたくらんだと」

「考えられることでございます。なにせ二年前には、その……」

米造が顔をしかめて膝を組みなおし、手酌で酒をついで、くっと盃をあおる。

「二年前には、私の倅にその嫁に孫、この三人が箱根《はこね》と小田原《おだわら》で、皆殺しにあっております」

「なんと」

「倅はちょうど三十、嫁は二十四で孫は五つ。倅は御用聞きとしてそろそろ一人前、船宿のほうは嫁が仕切りまして、私も隠居をしようと思っていた矢先でございました」

「その件に吉兵衛とやらの一味が？」

「しかとは分かりかねますが、その年の夏、倅が富士講《ふじこう》に誘われましてな。孫は麻疹《はしか》あけで多少躰が弱っておりましたので、ちょうどよい機会と一緒に出かけ、嫁と孫は倅の帰りを待ちながら箱根で湯治《とうじ》をしておったのでございます。その倅が富士のお参りを済ませ、湯本《ゆもと》の宿に戻ります前の夜、その宿に押し込みが入りました。湯治客は嫁、孫を含めて六人が命を取られ、泊まり客の金品すべてが奪われました。宿の者も三人が殺され、金も奪われたとか。賊は浪人者を含めて十人前後、箱根のお関所側へ逃げるはずはなく、倅は一味を追って小田原側へくだりました。このときちと心を落ちつけておればよかったものを、なにせ女房と子供が殺されていては、気を鎮《しず》めろといっても無理な話。たった一人で盗人どもを追いかけ、そのあげくに小田原のご城下近くで命を落としたのでございます。私も報《しら》せを受けて小田原から湯本へ駆けつけましたが、江戸と違って土地にも不案内、それに田舎のお役人衆では探索にも埒が明かず、そのときの押し込み一味はいまだに捕まっておらぬ始末でございます」

縁側の軒先で風鈴が鳴り、堀からの風が生ぬるく吹き抜ける。二階への階段をあがっていく女中らしい足音、三和土を裏から表に向かう雪駄の足音、それらのざわめきに今朝聞いた清次の声が混じった気がして、倩一郎はふと耳をそばだてる。

「手前も一時は腑が抜けたようになりまして、お上《かみ》の御用など、お返し申そうかと思いましたがなあ」

若い女中が入ってきて、銚子をかえていき、塀の外を荷船らしい艪音が遠ざかる。

「たまたまお葉が出戻ってきて、いくらか気持ちをとり直し、こうやっていまだに蚰蜒御用を勤めておりますが、目明かしなどというものはまことに、因果な稼業でございますよ」

倩一郎は新しい銚子をとりあげ、膝をすすめて米造の盃に酒を満たす。

「それを知っておればなおさら、あやつらをとり逃がすのではなかった」

「いえいえ滅相もございません。お葉を助けていただいただけでじゅうぶん、真木様には今後とも、昵懇《じっこん》のお付合いを願いたいものでございます」

「されどご亭主、あの者どもは駕籠を用意してお葉殿を襲っている。人数も多く、用意も周到だったかと思われます」

「さようでございます。あの翌日に下っ引きを走らせてみましたが、駕籠は溜池《ためいけ》の近辺で奪われたもの。だとすればお葉の様子を見張っていた者もいたはずで、賊は相当の人数でございましょう」

「やはり吉兵衛とやらに関係したものと」

「二月《ふたつき》ほど前には宿の船頭が浅草で背中を刺されております。さいわい傷は急所を外れましたが、それやこれや思い合わせると、やはり吉兵衛の縁者にございましょうか。ですが真木様に切られた連中は必ずや傷の養生をするはず、下っ引きも二十人ほど動いておりますれば、やがて一味の宿《どや》もつきとめられましょう。すべてはやつらを捕らえてみれば分かること。真木様にはまことに、お手数をおかけいたしました」

米造が一息つくように盃をほし、茄子の田楽に箸をのばして、その下に手皿をそえる。尖《とが》った鼻に冷静な眼光、息子や孫の死に断腸の思いはあるだろうに、声の調子さえ変えない胆力は、なるほどただの目明かしではない。

そのとき庭のどこかで木戸のあくような音がして、草履の足音がそっと入ってくる。

「ご免なすって」

顔を見せたのは浴衣《ゆかた》を尻端折《しりつぱしよ》りにした若い男、職人のような日傭取りのような、小柄で日に灼けて敏捷《びんしよう》そうな体軀をもっている。

男がちらっと倩一郎を見て小腰をかがめ、縁側の向こうから米造に深く頭をさげる。店の側からまわってきた気配もないから、陰になったどこかに裏出入りの木戸があるのだろう。

米造が左足から膝を立て、畳を歩いて縁側に出る。そこで米造が男と話したのはほんの二言三言、男はすぐ庭をさがっていき、米造も元の座に戻ってくる。

「なにやら御用ができた様子、私のことなどお構いくださるな」

「いえいえ、それがどうも……」

米造が二呼吸ほど黙り込み、目尻の皺をのばして、じろりと倩一郎の顔を見る。

「真木様、せっかくお越しいただいたところを恐縮ですが、ちと浅草へんまでお付合い願えませんかな」

「それはよろしいが」

「今きたのは阿部川《あべかわ》町近辺を縄張りにしている目明かしの子分で、そこの自身番《じしんばん》から報せをもってきたのですよ」

「ほーう」

「五郎兵衛《ごろべえ》店とかいう長屋で男が殺されたそうですが、その男は右手の筋に刀傷があるらしゅうございます。ご府内の目明かしに触《ふ》れをまわしておきましたので、こうやって報せてきたわけでございます」

「もしや、過日の？」

「分かりませんが、真木様に面体《めんてい》を検《あらた》めていただければ、見当もつこうかと」

「うむ、しかと覚えてはおりませんが、あるいは、見分けられるやも」

「ご同道願えましょうか」

「お邪魔でなければお供いたします」

「まことにもって、なにからなにまで、ご面倒をおかけいたします」

米造が一つうなずいて首を暖簾のほうへめぐらし、ぽんぽんと手を打つ。すぐに帳場の男が顔を出し、戸口の前に膝を折る。

「浅草まで猪牙《ちょき》を出してえんだが、清次の躰は空いてるかえ」

「あいにく、あと四半刻ばかりで田村《たむら》様がお見えになります」

「そいじゃ屋根船か」

「はい、清次に芳松《よしまつ》をつけてやろうかと」

「手の空いてるのは」

「音吉《おときち》だけでございます」

「音か。あいつの棹じゃ船酔いしそうだが、まあ仕方ねえ。浅草の阿部川町へんまで猪牙を出すから、すぐ支度するように云ってくれ」

「承知いたしました」

番頭風の男が戸口からさがっていき、米造が倩一郎に向き直って、チョン髷の頭をかく。同時にお葉が暖簾を割ってあらわれ、腰をおろさずに膝だけを畳につける。

「お父っつぁん、お出かけだって?」

「浅草の阿部川町だ、支度をしてくれ」

「御用の筋かえ」

「右手の筋を切られてる男が長屋で殺されたらしい。先だっての連中かどうか、真木様にご同道願う」

「それならあたしでもよござんしょ」

「無駄に死人の顔なんぞ見てもつまらねえ。それに場所は築地じゃなくて浅草だ、どうもちと、方面が違うような気もする」

米造が腰をあげ、お葉も膝を立てて、仏壇わきの小簞笥《こだんす》へ歩く。お葉が引出しからとり出したのは手拭いに紙入れに扇子に煙草入れ、米造はそれらをお葉からうけとり、それぞれを懐と腰に始末する。仏壇の十手を腰に差さないのは無粋を嫌ったのか、もともと持ち歩く習慣がないせいか。

「それでは真木様、ご厄介でも、お願い申します」

米造が先に立って暖簾をくぐり、倩一郎、お葉がつづく。框前の三和土にはすでに履物《はきもの》が用意され、足をおろした倩一郎にお葉が両刀をささげ出す。米造の膝も歩くだけなら不自由はないらしく、矍鑠《かくしゃく》とした歩様《ほよう》で三和土を掘割側へ向かいはじめる。細長い三和土を歩くと裏口の軒にも掛け行灯がともり、石垣をつんだ船寄せに幾艘《いくそう》かの船がもやってある。お葉が灯を入れた提灯を若い船頭に手渡し、その船頭が猪牙の舳先《へさき》に提灯をかける。

「真木様……」

渡し板の前でお葉がふり返り、軒行灯の明かりのなかで、切れ長の目を見開く。

「とんだ酔い冷ましで、申し訳ございません」

「乗りかかった船、それにここは船宿だ」

「これに懲りることなく、またごゆっくりお越しくださいまし」

「お葉殿に酌などされて、懲りる男がおるとも思えんがな」

「ご冗談ばっかし」

「いや……」

船頭が猪牙の船尻で棹をとりあげ、こつんと船板に音をたてる。米造はもう腰掛けに納まっていて、波のない水面《みなも》に芳町《よしちょう》あたりの灯が薄赤く映っている。

「お嬢さん、船を出しやすぜ」

「あいよ。音さんも慌てないで、ゆっくりやっとくれ」

「バカ云っちゃいけねえ。葛西の肥船じゃあるめえし、ちんたら漕《こ》いでたら日が変わっちまわあ」

「その肥船にいつも先を越されてるのは、どこの船頭だえ」

「あれあれ、あんなこと云うよ。おいらだって風邪っぴきのときゃあ、ちった腕も鈍《なま》りまさあ」

お葉が笑いながら倩一郎を船にうながし、倩一郎は大刀を手に船板を渡る。倩一郎が腰を落ちつける間を見計らって、お葉がもやい綱を放つ。船頭が石垣に棹をつき、お葉が手振りで切り火を打つ真似をする。

 掘割に船を浮かべると堺町《さかい》方向にも日本橋方向にも、夜の空に七夕の紙飾りが星屑《ほしくず》を散らしたように、きらきらと舞って見える。その上の天の川《あまがわ》に星が鋭く流れ、大川からの風が心地《ここち》よく川面《かわも》を吹き抜ける。

両国橋の上手《かみて》で花火があがったのは、蔵前《くらまえ》の札差《ふださし》あたりが雇った鍵屋《かぎや》の花火船だろう。橋の上にも夕涼みの下駄音が往来し、屋根船や屋形船のあいだを物売りのうろうろ船が出入りする。

遊び船の賑《にぎ》わいをよそに、倩一郎たちの猪牙は大川をさかのぼり、幕府米蔵の手前から阿部川町へ向かう新《しん》堀に入る。御蔵前片《かた》町から寿松院《じゅしょういん》門前町、そこから短橋を三つ四つくぐって、こし屋《や》橋の橋袂に猪牙を寄せる。橋の左手側一帯が浅草阿部川町で、周囲は小寺院とその門前町に囲まれ、ドブ店《だな》と呼ばれる貧民町もこのすぐ上野寄りにある。

船頭が棹で猪牙も固定させ、倩一郎から先に船をおりて、米造の手を雁木《がんぎ》から河岸《かし》へひきあげる。船頭が棒杭《ぼうくい》にもやい綱をかけ、提灯をもって河岸に飛びあがる。

「音、ちょいと番屋へ走って、五郎兵衛店とやらを聞いてこい」

「へい、がってん」

音吉という船頭が提灯を米造に渡し、着物の裾をはしょって河岸道を走りだす。着物は松葉散らしの粋な柄、その肩に豆絞りの手拭いをかけ、月代も広く剃ってある。風俗だけは清次という船頭にも似ているが、いかんせん足がガニ股で頭が大きく、平べったい顔に低い鼻と金壺眼《かなつぼまなこ》がついている。艪をあやつりながら唸《うな》っていた都々逸《どどいつ》も、贔屓目ではなく、まだ倩一郎の潮来《いたこ》節のほうがましだろう。

提灯をかかげて小半町もすすむと、向かいから自身番の提灯と一緒に音吉が駆け戻ってくる。

「親分、五郎兵衛店はその先の横町を入って、直《じき》だそうでござんす」

「町役人はそろってたかえ」

「五人とも雁首を並べてまさあ」

「ご検視は」

「ちょいと前に北町奉行所が向かったとか」

「てえと勘助《かんすけ》のやつは、先にこっちへ報せてくれたわけか。あいつも若《わけ》えくせに余計な気をきかせやがる」

音吉の提灯を先に河岸道を歩き、左の横町へ曲がってまた一町ほどすすむ。阿部川町は付近でも元鳥越《もととりごえ》町と並ぶ大きい町人地で、横町にも飯屋や小屋台が店を並べている。やがて長屋木戸の前に人だかりが見え、奉行所の小者らしい男が提灯で人の出入りを見張っている。

音吉がその人垣をかき分け、小者が三人を木戸の内へ案内する。裏長屋の造作《ぞうさく》なんか深川でも浅草でも似たようなもの、普段なら夕涼みの住人が縁台をもちだしているだろうに、今は奉行所の関係者だけが散らばっている。

木戸をくぐった米造に、奥から四十前の男が駆け寄る。

「こりゃあ思案橋の親分、わざわざのお運び、ご苦労にござんす」

「勘助さんにはいらぬ気をつかわせて、すまなかったね」

「滅相もありやせん。まあ、見当が違ったかも知れませんが、仏の手首が切られておりやすので」

「とにかく見せてもらおうよ。ご検視はどなただえ」

「へえ、お北の……」

　そのときあけ放った戸障子から二人の武士が顔を出し、米造の前に足をとめる。一人は着流しに黒紋付きの巻き羽織、弛《ゆる》めの帯に刀を落とし差した色の小白い男で、歳は三十前後か。もう一人は鬢《びん》に白いものが交じる五十年配、薄物の羽織に袴をつけ、前腰に扇子と朱房の十手を差している。

「米造親分、お待ちしておった。勘助にそちらとの係わりを云われての、検視を手控えていたのですよ」

「これはこれは平野《ひらの》様、お気遣い、恐縮にございます」

　米造が二人に小腰をかがめ、そのままの姿勢でうしろの倩一郎をふり返る。

「真木様、こちらはお北のご検視係与力、平野三左衛門《さんざえもん》様にございます。そしてあちらが定町廻《じょうまちまわ》りご同心の友部八郎《ともべはちろう》様。平野様に友部様、こちらのお武家は福井町の佐伯道場で師範代をお勤めなさいます、真木倩一郎様でございます」

与力と同心が一瞬顔を見合わせ、それぞれに口のなかでなにか云って、ていねいに頭をさげる。

「真木様にはちと行き掛かりがございましてな、仏の顔を見ていただこうと、ご同道願いました」

「それはご苦労なことです。仏はこの暑さで相当に傷《いた》んでおりますが、顔だけはなんとか見分けられましょう」

平野が米造と倩一郎をうながして先にすすみ、小者が立ち番をしている戸障子の前で足をとめる。すぐに障子が開かれ、小者が提灯をさし入れる。内から魚の腐ったような臭気が湧きだし、提灯の明かりに殺風景な室内が照らされる。調度の少なさは倩一郎の部屋といい勝負、たたまれた夜具に火のない手焙り、衣桁にかかった升《ます》模様の浴衣と柳行李。煮炊きはしなかったらしく、竈《かまど》横の棚には鍋も笊《ざる》も見られない。そんな畳敷きの部屋のまんなかに、男が仰向《あおむ》けに倒れている。左側の壁には刷毛《はけ》をふるったように血飛沫《ちしぶき》が弧をえがき、畳には楕円《だえん》形の血溜まりができている。どちらの血痕も黒く乾いているから、男の死は昨日や今日のことではないだろう。

「ご覧のとおりの有り様でしてな、これが病死なら大笑い。検視に出張《でば》ってきたのがバカばかしいほどですよ」

平野が草履のまま畳にあがり、懐からとり出した手拭いで鼻と口を被う。

「真木殿、顔を見られるか」

「拝見いたそう」

倩一郎も草履のまま畳にあがり、小者がさしつける提灯の明かりに、男の顔を観察する。すでに腐敗がはじまって肉がゆるみ、その肉が下から腫れて顔が倍ほどの大きさになっている。それでもずんぐりした首まわりや見開いた目の凶暴さが、倩一郎に築地での記憶を呼び戻させる。なるほどこの死人はあの夜、最初に匕首《あいくち》をふるってきた男に、似ていなくもない。

「与力殿、こやつが右手にまいておる手拭いを、外してみたいのだが」

平野がうなずいて小者に顎をしゃくり、小者がくるくると手拭いをまきとる。男の右手首裏から親指側へ一寸ほどの刀傷があり、傷は縫合《ほうごう》もされぬまま、ぱっくりと口を開けている。倩一郎はその傷に自分の太刀筋を確認し、同時に男の人定《じんてい》にも確信をもつ。

腰をあげ、倩一郎は土間に立ったままの米造に、目顔の合図を送る。

「勘助さん、仏の素性は知れてるんだろうね」

「この長屋に巣くってる為五郎《ためごろう》というヤクザ者でござんす」

「平野様、傷は刀傷でございましょうか」

「一刀の袈裟《けさ》斬り、相当に腕の立つ者の仕業《しわざ》でしょうな」

「死んでからどれほどがたちましょう」

「さようさの、十日とはたつまいが、三日四日ではないと思う」

「ありがとうございました。これ以上ご検視のお邪魔をしてはご迷惑、私どもはこれで去《い》なせていただきます」

米造が戸障子から身を外にひき、倩一郎も土間へおりて外に出る。勘助という目明かしも米造につづき、長屋の路地を横町への木戸口へ向かう。与力も同心も「どんな行き掛かりなのか」と倩一郎に問いもせず、そして米造への対応も、少しばかり慇懃すぎる。いくら米造が実績のある目明かしとはいえ、町奉行所与力といえば二百石取りの直参、町人が対等に付合える相手では、ないはずだが。

木戸を出て人垣を外れたところで、米造が勘助をふり返る。

「どうやらやっぱり、こっちの件と係わりがありそうだ」

「さようでござんすか」

「近くにどこか、肴の結構な店はないかえ」

「煮売り屋なんぞでよけりゃあ」

「なんでもいいやな。俺と真木様は酒を途中ではしょってきた。お前さんにも明日からの段取りを頼みてえし、面倒だろうが、ちっと付合ってくんなえ」

勘助が会釈をして先に歩きだし、米造、倩一郎、音吉がつづく。横町道には夕涼みの縁台や屋台店がくり出し、まだ子供も遊んでいる。

四人が入ったのは障子に屋号を書いただけの煮売り店。四、五人の客が板の間に散らばって飯や酒をとっている。品書きを見ると一品がどれも八文で酒が二十四文、肴には昆布、川魚、貝類、里芋や椎茸《しいたけ》などの煮染めがそろっている。四人は店の隅《すみ》に車座で場所を占め、酒とそれぞれの肴を注文する。

酒がきて音吉が四つの小湯呑につぎ分け、一度その酒をほしてから、米造が改まったように口を切る。

「真木様、ご紹介が前後になりましたが、こちらの勘助さんは元鳥越町から阿部川町近辺を縄張りにしている、手前どものご同業でございます。浄念寺《じようねんじ》門前町で線香屋などを営みますゆえ、世間では門前の勘助とやら申すようで」

「よしなに」

「へい」

「こちらの真木様は……」

「おっと思案橋の親分、お目にかかるのはお初でござんすが、佐伯道場の青鬼といやあ、このお江戸で知らねえ者はござんせんよ。ですが正直なところ、もっとおっかねえ顔をしたお武家かと思っておりやした」

「実は勘助さん、俺もお目にかかるのは今夜が初めてでな、お近づきにうちの膳を召しあがっていただいていたところに、お前さんからの報せがあったわけさ」

「さいでござんすか。そいつはとんだ、野暮をいたしやした」

「なーに却って好都合だった。先日《こないだ》の触れじゃ詳《くわ》しく云わなかったが、この月の初め、うちのお葉が拉致《かどわかし》にあいかけてなあ」

「そりゃまた」

「で、その危ねえところを救ってくださったのが、真木様なのさ」

「なーるほど、てえと為五郎の手首を切られたのが？」

「そういうこった。賊は三人いたそうだが、そのうちの一人は為五郎に違いねえ。そうでございますね、真木様」

倩一郎は米造と勘助にうなずいてみせ、音吉からの酒をうけて、静かに咽をうるおす。米造も勘助を相手にすっかり目明かしの口調になり、顔の皺にも鋭さが増して、どこか凄味《すごみ》のある、威嚇《いかく》的な雰囲気さえただよわす。

「されど米造殿、先ほどの死人《しびと》、手首の傷に治療の跡はなかったぞ」

「そのようでございますね」

「死んでから四日以上となれば築地でお葉殿の拉致に失敗し、その直後にはもう殺されたのかも。となると他の二人も今ごろは……」

「そう考えるのが道理でしょうかな。医者を当たれば三人を割り出せると思っていたのは、どうやら手前の見当ちがいかと」

　注文した煮染めや胡麻《ごま》和えが並びはじめ、腰を浮かしたり身をひねったり、音吉が甲斐《かい》がいしく給仕をする。顔の造作は失敗だが仕種や表情には愛嬌があって、性格も陽気でマメらしい。

　米造が小湯呑を口に運び、右の膝をさすりながら、ちっと舌打ちをする。

「まあ大方の見当はつくが、勘助さん、あの為五郎って野郎はどんな評判だえ」

「評判もなにも、強請《ゆすり》たかりを商売にしてる根っからの悪党でさあ。田舎から出てきた小娘を手込めにして、あげくに千住《せんじゅ》や内藤新宿《ないとうしんじゅく》あたりへ売り飛ばしたり、そんなことまでしてたようで」

「歳は」

「三十二、三だとか。なんせ長屋じゅうの鼻摘《はなつ》まみだったようで、明日あたり大家が赤飯を配るんじゃねえでしょうかね」

「殺されたのが四日前として、今日まで誰も気づかなかったのかえ」

「長屋の連中は側にも寄らねえ。家をあけることもしょっちゅうで、幾日《いくんち》戸障子が閉まってたところで、気にもしなかったんでしょう」

「それじゃ、今日仏を見つけたのは」

「ドブ店の通りに店を出してる酒屋の小僧でしてね、主人におっとばされて、恐《こわ》ごわ掛け取りにきたそうです。それがちょうど暮六ツ時分、小僧はそのままひきつけを起こしやがって、長屋の路地でバッタリ」

「そいつはまあ、とんだ災難だった」

「あとは長屋の連中が自身番へ走るやら、あっしの所へ報せにくるやらで、まだ御番《ごばん》所《しょ》も動いちゃおりやせん。放っときゃどうせ、ヤクザ者同士の喧嘩とかいう段取りで収まってしまいやしょう」

酒がなくなって音吉が手を鳴らし、しばらく四人で箸を動かしてから、ふと勘助が顔をあげる。

「ですが親分、為五郎はなんだって、お葉さんの拉致を謀ったんでござんしょう」

「観音の吉兵衛さ」

「へえ？」

「お前さん、ここ半年ばかりの押し込みを、どうにらんでるね」

「そいつは見当もつきやせんが」

「吉兵衛がお江戸を騒がせた十年前のことは、いくらか覚えてるかえ」

「そりゃあっしも親父の下で、汗を流しやしたから」

「吉兵衛一味の手口は塀からの押し込みだった。五、六人が肩車で身の軽い一人に塀を越えさせ、そいつが内から木戸の閂《かんぬき》を外す。賊はいつも二十人ばかしだ、家の者が気づいたときにゃもう遅《おせ》え、ダンビラや匕首をつきつけられ、騒いだり手向かったりすりゃバッサリやられる。押し込みにかける時間はせいぜい四半刻、悪党なんざみな血も涙もねえもんだが、あの吉兵衛ってのは、とびっきりの悪《わる》だった」

「ねえねえ、親分……」

箸に鱠《なます》を挟んだまま、音吉が首をのばして口を入れる。

「そんな悪党がどうして〈観音〉なんてふたつ名を」

「背中に観音様の刺青《もんもん》をしょってたって、それだけのことよ」

「へっ、観音様もいい面《つら》の皮《かわ》でやんの」

「そういうこった。で、最近の押し込みも、どうやら塀を乗り越えて入るらしい。家の者が気づいたときにゃもう遅《おせ》え、騒げばバッサリてのも昔と同じだし、四半刻以内でひきあげるところなんぞも、吉兵衛と同じやり口だ」

酒が来てそれぞれに小湯呑を満たし、米造は煙草に火をつけ、音吉は店の団扇《うちわ》でぱたぱた風を入れはじめる。

勘助がくいっと酒をあおってから、膝をこまかくゆすって、角張った顎を米造に向ける。

「ですが親分、観音の吉兵衛一味が狙《ねら》ったのは、みな江戸でも指折りの大店でござんした。それにくらべると今度のやつらは……」

「腕慣らしじゃねえのかなあ」

「腕慣らし？」

「人数も十二、三人ってえから、大店に押し入るにゃ頭数がたらねえ。仲間を増やすにも金はかかるし、てめえらの暮らしにも押し込み先の下調べにも金はかかる。だから今のところは中店を襲うにしても、最後は一万両二万両と、大仕事を狙ってるに違《ちげ》えねえ」

「へえ、云われてみりゃあ」

「今度の連中が観音の吉兵衛に縁のある者となりゃあ、当然この米造に意趣をもってる。いやな、うちの船頭やお葉にちょっかいを出しやがったからこそ、俺も吉兵衛との係わりを思ったわけさ」

「なるほどねえ」

「そこでだ勘助さん、明日から為五郎の悪仲間を洗っちゃもらえねえかえ。お葉を襲ったのは為五郎のほかにあと二人、こいつらを割り出しゃあ、押し込みの本元へも唾《つば》がつく。かりにその二人が殺されてたところで、糸口ぐれえはつかめようよ」

「承知しやした」

「音、てめえは今夜中に、うちの下っ引き連中へ連絡《つなぎ》をつけておけ。明日から勘助さんの身内と一緒に、為五郎の悪仲間を探すんだ」

「がってん」

「おいおい、そんなに飲みやがって、艪は平気かえ」

「やですよう親分、こう見えてもたき川の音吉だあ、酒の一升《しょう》や二升で艪を放しますかってんだ」

「こいつはお見逸《みそ》れした。いつだったか酔いつぶれて俺に猪牙を漕がせたのは、ありゃおめえじゃなかったか」

「またまた、親分も人が悪いや。いえね、門前の親分も真木の旦那も、そんときゃおいら、ちょいと腹痛を起こしただけなんですよう」

音吉が髷の先をつまみながら三人に酌をし、てらてらと赤くなった顔を、火男《ひょっとこ》のように曲げてみせる。出ていた肴は大方なくなり、勘助が見繕《みつくろ》いで三品ほどの追加をする。

「米造殿、お手前方の仕事に口を挟むつもりはないのだが」

板の間に背筋をのばして端座したまま、倩一郎は飛んできた蠅を箸先でつまんで煙草盆の灰吹に放り込む。

「為五郎とやらが盗人の一味だったとして、その為五郎がなぜ殺《あや》められたのかな」

「そりゃ真木の旦那……」

勘助が唖然《あぜん》とした顔で灰吹を見おろしながら、首をすくめて、四角張った顔を前につき出す。

「為五郎たちはお葉さんの拉致に失敗して、お葉さんにも旦那にも顔を見られておりやす」

「うむ」

「加えて手首を切られたとなりゃあ、もう盗人の役には立たねえ。医者なんぞにみせればそこから足がつきましょうし、捕まっちまったらてめえらの尻に火がつく。そこで後腐れのねえように、バッサリってやつで」

「非情なものだの」

「相手は悪党でござんすよ」

「大きなお世話かも知れんが、あの斬り口は逆袈裟だった」

「へえ？」

「与力殿は一刀の袈裟斬りと申されたが、傷の方向が逆かと思われる」

「と、仰有いますと」

「為五郎を斬った者は居合いの遣い手であろう。あの長屋は手焙りにも衣桁にも乱れはなかった。正面から刀をもって迫られれば、誰でも多少は混乱する。手向かうかも知れず、逃げようとするかも知れず、いずれにせよ手焙りぐらいは蹴飛《けと》ばしたはず」

「へえ、なるほど」

「為五郎はたぶん、相手が刀を抜くところも見なかったろう。自分が死んだことにさえ、しばらくは気づかなかったかも知れんな」

勘助と米造が呆れたように顔を見合わせ、二人が同時に、ほっと息をつく。

米造が煙草を灰吹にたたき、キセルを印伝《いんでん》の筒に納める。

「そんな手練《てだれ》が交じってるとなると、勘助さん、こっちもよほど、褌《ふんどし》を締めなおさねえといけねえな」

「さいでござんすね」

「それにしても真木様のご眼力は、目明かし裸足《はだし》でございますなあ」

「ついでと申してはナンだが、ちと聞かせてもらえませぬか」

「なんでございましょう」

「いや、私にはどうも、お手前方の生計《たつき》に得心がまいらぬ。聞くところによると、目明かしに奉行所からの給金は出ておらぬとか。そんなことで子分、下っ引きの生計まで賄えるものですか」

米造がまた勘助と顔を見合わせ、やってきた芋田楽に箸をのばしながら、目尻を深く笑わせる。勘助も苦笑を堪《こら》えるように首のうしろをさすり、胡座の尻をもぞもぞと動かす。

「いえね、それが……」

ちらっと米造の顔色をうかがい、勘助が手酌で酒をついで、肩を倩一郎のほうへかたむける。

「まあ、知ってるお人は知っていなさる。ねえ親分」

「そういうこったな」

「実はね真木の旦那、御番所から給金が出てねえなんて話は、ありゃ嘘っぱちでござんすよ」

「ほーう」

「御番所の御勝手金から、給金はちゃんといただいておりやす。ただちっと事情がござんして、あっしどもには奈良《なら》屋から渡されるんですがね」

「奈良屋と申すと、町年寄の」

「へえ、現在ご府内の目明かしは二十四、いえ、思案橋の親分を入れて二十五人でござんすが、一人頭《ひとりあたま》月に十両、それがあっしども、目明かしの給金でござんす」

　月に十両といえば年間に百二十両、閏月《うるう》のある年なら百三十両で、それは百二、三十石取りの御家人と同額になる。町方同心が三十俵二人扶持《ぶち》、一人扶持は五俵《ぴょう》だから全体で四十俵、一俵一両換算なら四十両になるが、町方同心の給金でさえそんなものでしかない。

「しかし、月に十両というのは、たいそうな金額ですな」

「それだって子分の世話から下っ引き連中の小遣い、聞き込みにゃ心付けが必要な場合もありやすし、どこの目明かしもみんなかつかつでござんすよ」

「なにゆえ町奉行所からではなく、奈良屋から」

「そいつは……」

米造がまた煙草に火をつけ、煙を長く吹いて、倩一郎の小湯呑に酒の酌をする。

「それは真木様、有徳院《ゆうとくいん》様（吉宗）の御代《みよ》に目明かしの禁止令が出されましてな。ですから表立っては御奉行所も私どもに給金を出せない理屈でございます」

「目明かし禁止令を、な」

「清廉《せいれん》な公方様、という評判だったらしゅうございますが、ちと下情にうとすぎましたようで」

「ですからねえ真木の旦那」

勘助が酒をあおって胡座を組みかえ、懐からとり出した手拭いで首の汗をふく。

「あっしの家では女房が線香屋、ほかの目明かしも瀬戸物屋だの駄菓子屋だのを看板にしておりやすが、そんなものはみんな、建前でござんす。茶碗や駄菓子を売る片手間にお上の御用なんぞ、勤まるはずはござんせん」

「道理だの」

「云ってみりゃ歌舞伎《かぶき》役者が成田《なりた》屋だの音羽《おとわ》屋だの、お上向けに小間物《こまもの》や絵草紙《えぞうし》を商ってるのと同じこと」

「なるほど」

「でやすが、御番所からの給金は表に出せねえ。そこで世間のやつら、あっしらが強請やたかりで食ってるとか云い触らす。そりゃ内済の間に入ったり、引合いを抜いたり、そんなことで金を包まれることはござんすがね。それだってなにもこっちが要求するわけじゃねえんだ。江戸の目明かし二十四人、後ろ暗《ぐれ》えことなんぞ、誰一人いたすもんじゃござんせんよ」

「まあまあ、勘助さん」

米造がキセルをしまって小湯呑をほし、目の端《はし》で勘助を制しながら口をへの字にひきしめる。

「力んでみたところで俺たちは所詮ミミズと云われる日陰者稼業だ、世間様に説教をたれちゃいけねえやな」

「へえ、分かっちゃおりやすが」

「真木様、世間では目明かしを様々に申しますし、下っ引きのなかにはたまに、質のよくない男も交じります。ですが信用のない目明かしにお江戸の治安など、預かれるはずがございません。そのあたりは手前も、しっかり目を光らせております」

「米造殿は目明かしの束《たば》ねを」

「歳の甲羅《こうら》を被っておりますのでな、まあ、そのような按配でございましょうか」

「相分かった。米造殿が世間の評判と異なる御仁ゆえ、ついいらぬ口を出しました」

「なーに、真木様とて世間では、鍾馗《しょうき》のようなお顔をした怖いお武家と噂されております。世間の噂など、所詮そんなものでございますよ」

倩一郎は毛深くて赤ら顔で、一見仁王《におう》像のような荒井七之助を思い出し、内心で少なからず苦笑する。世間の噂は当たっていることもあれば、外れていることもある。

そのとき尻の下に嫌な気配がうごめき、同時に床と壁と天井が、ずんと震動する。

店内の話し声が一瞬静まり、そのあとしばらく、天井の広範囲行灯《はちけん》が不規則にゆれ動く。

「うん？」

見ると音吉が頭を抱え込み、尺取り虫のように尻をつき出して、褌までさらしながら床に這いつくばっている。

「音、なんてえ様《ざま》をしてやがる」

「だ、だ、だって親分、おいら鯰《なまず》大明神は、剣呑《けんのん》なんですよう」

「バカ野郎。いい若え《わけ》もんが、つまらねえ寝ごとを云うんじゃねえ」

「それだって親分、船がゆれるのは道理でやすが、地べたがゆれるのは間尺《ましゃく》に合わねえ」

「いつまでも情けねえことを云ってると、大川へたたっ込むぞ」

「だっておいら」

音吉が腕のあいだから目だけをのぞかせ、へっぴり腰のまま、壁や天井を眺めまわす。すでに地揺れはおさまってゆれているのは広範囲行灯《はちけん》だけ、銚釐《ちろり》も小鉢も倒れず、店を飛び出した客もない。

「おい、早《はえ》えとこその汚《きたね》え尻をひっ込めやがれ」

「鯰大明神は通りすぎやしたかね」

「とっくに通りすぎて、今ごろは木更津《きさらづ》あたりにおわしまさあ」

「ああびっくりした、おいらなにが怖《こえ》えって、地揺れと鶏《にわとり》ほど怖えものはねえ。鶏のあのおっかねえ目でにらまれると、まったく肝《きも》が縮《ちぢ》まっちまう」

もぞもぞと身を起こし、低い鼻から大きく息を吐いて、音吉が着物の襟をくつろげる。青くなった顔には脂《あぶら》っぽい汗が浮いていて、地揺れに見せた反応は大げさでも冗談でもないのだろう。

「さて、明日からの段取りはいいとして、勘助さん、近くで猪牙を頼めるかえ」

「お安いご用で」

「一棹頼みてえ」

「へえ」

「親分親分、猪牙ならうちのがあるじゃねえですか」

「酔っぱらった音の艪なんざ、鯰大明神より危ねえや」

「あれあれ、あんなこと云ってるよ」

「いいからてめえは、これからすぐ下っ引き連中へ連絡《つなぎ》をつけにいけ。益蔵《ますぞう》に卯之《うの》助《すけ》、金太《きんた》に余五郎《よごろう》ぐれえに渡りをつけりゃ、他の連中へも話は届く。俺は真木様をお送りしてから家へ帰ってらあ」

懐から紙入れを出そうとした勘助を手で制し、米造が自分の紙入れをとり出す。

「まあまあ勘助さん、今夜んところは年寄りの顔を立てなせえ」

「ですが」

「いいってことよ。頼み事をしたのはこっちのほうだ。明日からはうちの若《わけ》えもんが、また世話になる」

「へえ」

「俺はちょいと自身番をのぞいてるから、猪牙はそっちへまわしてくれ」

勘助が挨拶をして座を立っていき、米造に顎をしゃくられて、音吉もあたふたと腰をあげる。

「音、てめえはうちの提灯をもっていけ。自身番の提灯は俺が返しておく」

「がってん」

　駆けだした音吉の背中に目を細めながら、米造が小女を呼んで勘定《かんじょう》を聞き、その勘定に二十文の心付けをそえる。目明かしなんか所詮町方同心の手先、半分はヤクザ稼業と思っていたが、倩一郎の認識には誤りがあったらしい。考えてみれば定町廻り同心なんか南北両奉行所を合わせても十二人、そんな人数で江戸百万人の治安を守れるはずはなく、実態は米造の云うとおり、江戸の治安は彼ら目明かしやその配下に委《ゆだ》ねられているのだろう。

「米造殿、今夜は重ねがさね、馳走になりました」

「なんの、真木様には却ってご迷惑をおかけいたしました。ところで……」

「うむ」

「申し訳ありませんが、ちょいと手をひいていただけませんかな」

「膝が痛みますか」

「いえいえ、それが真木様、実を申すと手前も地揺れが大の苦手で、恥ずかしながら、腰が抜けておるのでございますよ」

四

七月七日早朝の地揺れは江戸市民の肝《きも》を冷やし、翌八日には「浅間のお山が焼けたらしい」との噂が広まった。九日にはすでに読売《よみう》りが絵入りで山焼けの模様を伝え、江戸の空にも一面に赤っぽい霞《かすみ》がかかって、風向きによっては灰や砂粒までが降りそそぐ。それでも長屋や土塀が倒れるほどではなく、倩一郎も朝から佐伯道場に顔を出している。浅間が焼けたところで江戸からの距離は三十数里《り》、読売り屋が声を張るほど人は関心を示さず、道場の稽古にも遺漏《いろう》はない。見所《けんぞ》には今日も谷九郎の姿はなく、荒井七之助の「バカ気合い」だけが山焼けのように鳴りひびく。

年少の門人五人ほどに稽古をつけ、倩一郎は上座の休み所に戻って首筋に手拭いをつかう。刻限はそろそろ正午、稽古を午前中で切りあげる門人もいれば夕方まで通す門人もあり、昼すぎからきて軽く汗を流すだけの門人もいる。

道場と奥との境に下男の佐吉《さきち》が顔を出し、敷居の向こう側に膝をつく。掃除や戸締まりでは道場に入る下男たちも、稽古のつづくあいだは敷居をまたがない。

佐吉が目顔で倩一郎に用を報せ、倩一郎は座を立って戸口の前に歩く。

「真木先生、最前からお町方《まち》のお役人が、控えの間でお待ちでございます」

「俺を？」

「定町廻りの友部八郎様とか」

「用件は」

「いえ、ただ、真木先生をと」

「そうか。なんだか知らんが、茶でも出しておいてくれ」

佐吉が頭をさげて奥へ消えていき、倩一郎は袴の裾をさばいて休み所へ戻る。道場では今も荒井と三屋が木剣を闘わせていて、その気合いがすさまじい。三屋の稽古に気合いが入る理由は分かっているが、谷九郎は三屋家から申し込まれた縁談を、すでに断っているのか。荒井と綾乃の縁組にいくらかの進展はあったのか。師の谷九郎から経過は聞かされず、もちろん綾乃も口を開かない。

九ツの鐘と一緒に荒井が稽古を終わらせ、大声で午前の終了を告げる。門人たちが道場の縁に分かれていき、荒井が大股で上席へ歩いてくる。

「いくらか日が翳ってるようで、今日はちっと涼しいじゃねえか」

云いながらも荒井が諸肌を脱ぎ、手拭いを肩にかけながら、どっかと腰をおろす。

「浅間の灰で日が遮《さえぎ》られておる」

「おう、そう云や火を噴いたとか焼け岩が流れたとか、えれえ評判だなあ。麓《ふもと》の村では死人も出たろうよ」

「七之助」

「なんだえ」

「ゆくゆくはこの道場をつぐ身、いささか振舞いに気をつけたらどうだ」

「振舞いとは」

「お主のその裸形を見せられたら若い門人が怖《お》じ気づく」

「あんな陰間《かげま》みた様な連中に、気なんかつかえねえ」

「怖じ気づくのは綾乃殿とて同様だろう」

「おう？　いや」

荒井が戸口へ首をのばして顔をしかめ、視線を倩一郎に戻して、舌打ちをする。

「脅《おど》かすんじゃねえよ。どうも俺は、綾乃殿の名前を聞いただけで肝が冷える」

「相当な懸想だの」

「云ってくれるな。このところ綾乃殿の様子が、その、前よりも余所よそしい」

「それが女心というもの」

「なんのこった」

「先生はご養子を荒井七之助と定められた。そのことを綾乃殿へも伝えたのだろう」

「お……」

帰り支度を終えた門人たちが二人の側へきて、それぞれに挨拶を述べていく。そういう門人を二十人ほど相手にしてから、荒井が胡座の膝を倩一郎にすり寄せる。

「それで倩一郎、今、なんと云ったえ」

「先生はお心を決められたと」

「本当かよ」

「過日先生の寝間へ呼ばれて、しかとうかがった。俺にあれほど明言なさるからには、当然綾乃殿へも云い渡したはず」

「おう、おう、それで?」

「それだけだ」

「肝心《かんじん》の綾乃殿は」

「知らぬ」

「倩一郎、ここまできて知らぬとは、ちと薄情だろう」

「綾乃殿へもそれとなく問うてみたが、特別に好いた男はおらんという」

「俺も好かれていねえ」

「嫌われてもおらん」

「そんなことじゃあ……」

「しかし話がここまですすめば、あとはお主次第だろう。だから振舞いのことを云ったのだ」

荒井が手拭いで顔と胸の汗をぬぐい、尻をもぞもぞと動かして、肩で息をつく。世間では佐伯の赤鬼と恐れられ、町を歩けば臥煙陸尺《がえんろくしゃく》ですらよけて通る荒井七之助も、こと綾乃に関してだけは勝手が違うらしい。

「その、なあ倩一郎、振舞い振舞いと云われたって、俺にはどうも、見当がつかねえ」

「綾乃殿は矢場《やば》や水茶屋の女とは異なる」

「それは、そうだ」

「気位も高かろうし、あのお支度を見れば、きれい好きで華やか好きでもある」

「うーむ」

「婿にと云われる男があたりかまわず諸肌を脱ぎ、髭も剃らず髪に櫛《くし》も入れず、若い門人を大声で怒鳴《どな》りつける。それでは綾乃殿とて、いい顔はできぬ」

「そ、そういうものかえ」

「そういうものだ」

「お主がそう云うなら、まあ、そうかも知れねえ」

「七之助に道場跡継ぎの自覚が生まれ、師範としての威厳と品格が備われば、綾乃殿のお気持ちとて自然にお主へかたむく。俺の見るところ、ここ一月《ひとつき》ばかりが正念場だろう」

仁王像のような顔で目を見開き、汗を噴き出させながら、それでも荒井が着物の袖に肩を納める。道場にも門人が少なくなって、弁当を広げる者や型稽古をつづける者や四、五人が残るのみ。

「ところで七之助、今日は浅草寺の四万六千日《しまんろくせんにち》だ。稽古のあと浅草へまわらんか」

「なにを柄でもねえ。それに今日は所用があって、夜は抜けられねえ」

「最近は所用が多いな」

「そりゃあ、お主と違って、口うるさい親戚が腐るほどいやがる。あれやこれや、厄介叔父の仕事も多いわけよ」

荒井が腰をあげ、倩一郎も座を立って、二人で奥への戸口に向かう。

「七之助」

「おう」

「控えの間に俺への客が来ている」

「女か」

「町奉行所の同心だ」

「野暮な知合いがいるじゃねえか」

「つまらぬ引合いでな。盗人がどうの、ヤクザ者がどうのと云うだろうが、気にしないでくれ」

「知ったことか。俺はちょいと、その、ナンだ、髪結床《かみゆいどこ》へ行って、ざっと髭でも剃《あた》ってくらあ」

廊下から控えの間へ入ると黒紋付きの巻き羽織が端座していて、倩一郎と荒井に、かしこまって頭をさげる。荒井は友部八郎を一瞥しただけで刀と煙草入れを摑み、大股に部屋を出ていく。

友部の前に腰をおろした倩一郎の前に、台所から小女のおさんが麦湯を運んでくる。

おさんがさがってから、倩一郎と友部は改めて挨拶をする。

「失礼ながら、先ほどお見えになった方が、荒井七之助殿でござるか」

「当道場の筆頭です」

「こう云ってはナンですが、真木殿とは違って、いかにもお強そうな御仁ですな」

「強そうに見えて実際にも強い。人間に裏表のないところがあの男の本領です」

友部がうなずきながら茶を一すすりし、小さく吐息をついて頬をゆがめる。定町廻りにしては日灼けの色が薄く、唇にも女のような赤みがさしていて、目にもどことなく気弱な印象がある。

「本日おうかがいしたのは、余のことではござらぬ。過日殺された為五郎と真木殿との係わりを、ちと詳しく、お聞きしたい」

「それは門前の勘助も存じておりましょう。〈たき川〉の米造殿に聞かれてもよろしいはずだが」

「さようではござるが、拙者《せっしゃ》としても真木殿にお話を聞きませんと、お役目が立ちませぬゆえ」

「ご苦労なことです」

「お聞かせ願えましょうか」

「隠す要もないでしょう。当月の初め、米造殿の娘ごが築地の裏道において、拉致《かどわかし》にあいかけたことは？」

「勘助から聞いています」

「その折り、私がたまたま通りかかりまして、三人のヤクザ者を追い払ったまでのこと。それ以外の係わりはありません」

「そのときの一人が為五郎であったと」

「いかにも」

「顔を見てお気づきになられたのか」

「顔だけではちと、どうであったか。なにせ着物の柄も見分けられぬほどの暗がりでしたので」

「そうすると、やはり、あれですか」

「ヤクザ者それぞれの手首をはねました。為五郎の手首にあった傷は間違いなく私がつけたもの。そのことがなにか、咎《とが》になりますか」

「いやいや。しかしあとの二人というのが、まだ見つかっておらぬのですよ。ですからかりに、真木殿がどこやらでその二人に出会ったとして、顔を見分けられましょうか」

「さあ、それは」

倩一郎は路地の暗がりを頭に思いえがき、あの日の場面に記憶を戻してみたが、男たちが地回り風だったという以外、顔も髪形も浮かばない。ヤクザに地回りに博徒《ばくと》に遊び人に、倩一郎にはみんな、同じように見えてしまう。
「ほかの二人は為五郎より背が高かったはず。ですが顔だけで見分けられるかという
と、無理でしょう」
「無理ですか。まあ、人相書きなどつくれればと思ったのですが、それはいかにも、
残念」
友部が茶をすすって湯呑を茶托《ちゃたく》に戻し、両膝に手をおいて、背筋をのばす。
「ところで真木殿、此度の事件、米造親分は十年前の観音の吉兵衛に係わりあり、と
云われておるそうですが、ご貴殿もなにか、聞いておられますか」
倩一郎は麦湯で咽をうるおし、まだ滲《にじ》んでいる首筋の汗に、そっと手拭いを押しつ
ける。
「詳しくはなにも。そのようなこと、それこそ友部殿が米造殿に聞かれればよろし
い」
「それが、その、私など新参でござるゆえ、あの御仁の家には参りにくいのですよ」
「ご同心が目明かしを憚《はばか》るとは、ちと奇妙」
「そうは申されるが、思案橋の米造親分は江戸の目明かし二十四人の束ね、お奉行以
上に気がおけまする」

「ほーう、それほどに」

「定町廻り同心は南北両町奉行所に六名ずつ、その十二名がそれぞれ二人の目明かしに鑑札を授けておりますが、それはあくまでも建前。実際に目明かし連中を束ねておるのはあの米造親分です」

「お奉行所も建前ばかり多くて、面倒なことですな」

「さようさよう、私など急養子でお役入りしてからまだ一年、慣れぬお勤めに加えて不可解な慣習ばかり。真木殿に愚痴を申してもナンですが、いやはや、毎日気骨《きぼね》の折れることでござるよ」

友部が照れたように目尻を笑わせ、端座の膝を少しゆるめて、茶托の湯呑に腕をのばす。定町廻りにしては色が小白いのは、なるほど勤めの経験が浅いせいか。それにしても米造を憚って倩一郎のもとへ聞き込みにくるとは、友部も同心として、いささか気弱すぎる。

「で、観音の吉兵衛なるもののこと、私も記録部屋にていささか調べてみました。してみますと、吉兵衛一味がお江戸を荒らしたのは安永《あんえい》二年から三年にかけての約八か月、その間に押し入った商家が七か所、奪った金子《きんす》が二万二千両あまりと、近年ではまれにみる大盗賊だったとか」

安永三年といえば倩一郎が白河から江戸へ移り住んだ年。まだ歳も若く、西も東も分からぬ江戸暮らしのなかで、そんな盗賊の噂を耳にしたか否か、記憶は戻らない。

「この吉兵衛の手下は総勢で二十五、六人。これがみななんと、新川《しんかわ》河岸で酒問屋の手代《てだい》人足に化けておった次第。盗んだ金も荷船にてどこやらへ運び出す直前だったようで、それはもう、南北両町奉行所あげての大捕り物だったとは、古参同心などの語り種《ぐさ》にござる」

「その捕り物を手配したのが、米造殿と」

「火盗改など飾り物。盗賊どもの割り出しから秘密宿の探索、また捕り物当日における与力同心の陣取りに、お船手方《ふなてかた》の配置などの手配り一切を米造親分がなされたとか。それでも当日に秘密宿へ戻らぬ者もあったようで、一人二人は捕り逃がしたらしゅうござる。ただ今お江戸を荒らしておる盗人どもは、そのときの残党でありましょう。ただ……」

友部が鼻の下をこすりながら首をかしげ、伏目がちの視線を、二、三度倩一郎の顔に上下させる。

「ただ、思いますに、為五郎の一件が吉兵衛一味の残党につながりますかどうか、ちとうなずけぬ部分もござる」

「別な係わりと」

「調べてみますとあの為五郎という男、人を殺すぐらいは朝飯前。娘を拉致《かどわか》して岡場所へたたき売るのが商売といったような、ひどい悪党でした。そのような男なら無理に吉兵衛一味に結びつけずとも、たんにお葉殿をさらって金に換えようとした、とも考えられる」

「それも道理」

「まして為五郎を殺したいほど恨んでいた人間は、数えきれぬほどとか。さすればあの件、単純な仲間割れかもしくは、為五郎が手傷を負ったをさいわい、誰かがひと思いに意趣を晴らしたのかも知れず。米造殿のお考えはいかがなものでしょう」

「友部殿」

「はあ」

「そのようなことを私に聞かれても、ご返答できかねる」

「あ、いや、ごもっとも。私も米造親分に意見など申せる身ではござらぬゆえ、つい愚痴をこぼしました。新参者の戯言《ざれごと》と、お聞き流しくだされ」

友部が頭をかきながらその頭をさげ、膝をうしろにずらして、また頭をさげる。

「私としたことが、とんだ長居をいたしました。実を申すと、その、高名な佐伯道場の門を一度くぐってみたかったという、それだけのことでござる。おくつろぎのところを、まことに失礼いたした」

もう一度頭をさげ、右わきから刀をとりあげて、友部が静かに腰をあげる。倩一郎に見送る気は起こらず、座したまま会釈をする。友部が控えの間を出ていき、廊下から玄関へ姿を消す。下男のどちらかが友部を見送った気配が伝わり、倩一郎はやっと膝をくつろげる。阿部川町の長屋で為五郎の死体を検分してから三日、その後の経緯は分からず、米造からも報せはない。倩一郎にしてもこちらから係わりをもつほどの好奇心はなく、〈たき川〉へ出向くにも名目がない。お葉は「またゆっくりのお越しを」と云ってくれたが、あんなものはどこにでもある、客商売用の世辞だろう。

勝手口のほうからおさんが顔をのぞかせ、もってきた盆に客用の湯呑を始末する。おさんは練馬《ねりま》村から奉公にきている百姓の娘で、丸顔で色が黒くていささかの出っ歯、それでも気働きはあって丸い目に愛嬌があるから、道場の若侍には人気がある。

「真木先生、さっきのお役人様は、なんのご用だったね」

「うむ、なんの用だったのか、俺にもよく分からん」

「だけんど八丁堀の旦那ってのは、やっぱ粋だねえ」

「ふーん、そうかな。不粋《ぶいき》な俺には昼飯を頼む」

「ええと、荒井先生は」

「おのれの振舞いを恥じたのだろう」

「へーえ？」

「こっちの話だ。どうせおっつけ戻ってくる。荒井の膳はやつが帰ってからでいい」

おさんが首をかしげながら部屋を出ていき、倩一郎は麦湯に口をつけてから襟をととのえて、ため息をつく。荒井には身だしなみを云ってみたが倩一郎だって似たようなもの、月代も剃らず印籠ももたず、衣類は柄も不分明な木綿の単衣《ひとえ》に古袴。自分の生き方に恥を感じることはなくても、やはりお葉やたき川には似合わない。おさんですらあんな弛帯《ゆるおび》の同心を粋と思うのだから、どうせ荒井は野蛮で倩一郎は野暮。今度の衣替えには新品の袷《あわせ》でも奮発するかと、倩一郎は湯呑をもてあそびながら、また一つため息をつく。

*

空が靄《もや》っていたところで浅草寺の人出は変わらず、広小路にも御成《おなり》道にも往来の人息が蒸《む》れ返る。鬼灯《ほおずき》の鉢をぶら下げている家族連れはすでに四万六千日分のご利益を得た帰り。これからご利益を求めようとする者、屋台店を出して実益をかき込もうとする者と、大川にも花川戸《はなかわど》の河岸に着けきれない猪牙や屋根船が群集する。神仏に無縁な倩一郎も仲見世《なかみせ》の人混みをかき分け、荒井七之助が無事佐伯の婿に納まれるようにと、本堂の賽銭《さいせん》箱に波銭を放り込む。ご利益が四万六千倍なら波銭でも十八万四千文の価値、小判にすれば四十六両の理屈になる。

奥山《おくやま》で松井源水《まついげんすい》の曲独楽《きょくごま》と水からくりを見物し、暗くなりかけた道を駒形堂《こまんどう》前にと蔵前から浅草《あさくさ》橋、夜店で賑わう広小路を見物して両国橋を渡り、空腹を感じながら東両国に出る。歩くうちに日は暮れきって、東西の両国も花火玉のような灯を放っている。

倩一郎は東両国の喧騒を横目に竪川沿いをすすみ、二ツ目橋を渡って、五間堀にかかる弥勒寺橋にさしかかる。

「旦那、真木の旦那、ちょっと待っておくんなせい」

五間堀にもやってあった猪牙から男が顔をつき出し、飛ぶように河岸へあがってくる。

「おう、音吉殿か」

「殿なんて云われたら臍《へそ》が茶あ沸かすよ。そんなことより、ねえねえ、ちょっと」

船宿〈たき川〉の船頭音吉が倩一郎の袖をとり、堀沿いの暗処《くらみ》にひき入れる。低い鼻に汗が浮かんで金壺眼は泣きそうにゆがみ、首にかけた手拭いも汗で濡れている。

「ねえ、それが旦那、大変なことが起きちまった」

「うむ？」

「お嬢さんが、また……」

「拉致されたのか」

「どうやら、たぶん」

「たぶんでは分からぬ」

「いえね、それが、お若《わか》って女中を連れて、浅草寺の四万六千日へ出かけたと思いなせえ」

「うむ」

「でもって帰ってきたのは女中だけ、六ツ近くになってもお嬢さんが戻らねえ」

「女中が帰ってきたのは」

「八ツ半時分で」

「すると、一刻半……」

「お参りを済まして随身門《ずいじんもん》へ抜けたあたりで、お若がうしろから、誰かに突きとばされたとか。よろっと転げてわっと人が散って、あれあれとか云いながらお若が立ちあがってみるてえと、もうお嬢さんの姿がねえ。四半刻ばっかそのへんを探したってんだが、なんせ四万六千日の人出だあ、とてもじゃねえが人なんか見つかりやせん。お若もお嬢さんが先に帰ったかと……」

「で、たき川へ戻ってみたが、お葉殿は帰らぬ」

「へい」

「お若がお葉殿を探していた四半刻と、帰るまでの時を入れれば二刻以上。お葉殿も家人の心配をよそに、見世物になどうつつを抜かす気性ではあるまい」

「そのとおりで」

「とすれば、やはり拉致か」

「先日《こないだ》のこともありやすからね。親分は『真木の旦那を煩《わずら》わしちゃいけねえ』と云うんだが、おいらどうにも心配で。だって旦那、為五郎を殺したやつは居合いの達人なんでやしょう。そんなのがあっちについてたら、今度こそお嬢さんの命が危ねえ」

「米造殿はどこに」

「大川の橋番屋へ詰めてやす。目明かし下っ引き連中、五十人ぐれえでお嬢さんを探してやすが、どうにも見つからねえ」

「その橋番屋へ、俺も行く」

「ありがてえ、そうこなくっちゃ」

「俺などがいっても役には立たぬが、気休めぐらいにはなるだろう」

音吉が身をひるがえして猪牙に飛び乗り、倩一郎も後につづく。もやい綱を外して猪牙は六間堀《ろっけん》へすすみ、竪川に戻ってから大川へ漕ぎだす。お葉が浅草寺から姿を消したのが八ツ前後、倩一郎も六ツには浅草寺にいたが、目と鼻の先でそんな事件があったとは、なんという皮肉。昼間でもあり、縁日でもあり女中連れでもあり、お葉も米造も、気がゆるんだか。しかしこうなれば同心の友部八郎が云うような、金目当ての拉致とは、完全に違ってくる。

音吉の漕ぐ猪牙は飛び魚のように大川をさかのぼり、大川橋下にたむろする猪牙や屋根船を蹴散《けち》らして、花川戸の船寄せにつく。猪牙をつけた河岸から橋番屋までは一町たらず、二人はその距離を、一息に歩く。橋番屋の前には六十ほどの年寄りが縁台に腰掛けていて、提灯を横に放《はな》し鰻《うなぎ》を売っている。四万六千日の賑わいも衰えを見せず、広小路には灯火と物売りが渦をまく。

橋番屋の広さは長屋の一間《ひとま》程度、橋袂《たもと》に面して腰高《こしだか》障子があり、橋を見張れる位置に格子窓が切ってある。米造が詰めていたのは土間につづく上がり框《かまち》で、わきには煙草盆と湯呑がおかれ、小鉢には茄子の糠漬《ぬかづ》けが盛ってある。

「お、これは……」

入っていった倩一郎の顔を見て、米造が灰吹にキセルの雁首をたたく。すぐうしろには音吉の大きい頭があるから、米造でなくとも状況に見当はつく。

「やい音、あれほど云ったのに、てめえって野郎はどこまで頓馬《とんま》なんだえ」

「だって親分、佐伯の青鬼がいてくれりゃ、心強《づえ》えですよう」

「このおっちょこちょい、お葉の行方すら知れねえってのに、真木様がいらぬ心配をなさるじゃねえか」

「米造殿、音さんをお叱りくださるな。すべてはお葉殿の身を案じてのこと」

「そりゃ分かっておりますが、あまりご迷惑をおかけするのは、心苦しいばかり」

「なんの。私などいても物の役には立つまいが、せめてご一緒に、お葉殿の身を案じさせてください」

米造が白髪頭を深々とさげ、キセルを筒に納めて、ほっと息をつく。猛禽《もうきん》を思わせる目にも殺気に似た光がただよい、刀傷でゆがんだ左頰がやつれて、額には脂汗が浮いている。着物の裾が乱れているのは、内心に相当な動揺があるのだろう。

太刀を外して米造のとなりに腰をおろした倩一郎に、音吉が煎《せん》じ茶をさし出す。

「音、つまらねえお節介をしてねえで、真木様に鰻でもあつらえてきやがれ」

「いや、腹は空いてない。実は私も六ツすぎまで、浅草寺の四万六千日を見物していたのだ。そうと知っていれば、もっと早く駆けつけたものを」

「そうは仰有いますが、こればかりは仕様のなきこと。為五郎まで殺して用心をしていた連中が、こうも間近にお葉を狙うとは。手前も正直、焼きがまわりました」

「お葉殿は、やはり拉致にあったと」

「間違いございません。随身門へんから花川戸の一帯へ、しらみつぶしの聞き込みをかけました。すると八ツ時分、随身門前に店を出している太物《ふともの》屋の手代が、薄水色の縮緬《ちりめん》を着た女が二人の男に担がれていく様を、偶然に見かけておりました。ですが今日は浅草寺の四万六千日、年寄り女子供が泡を吹くのは毎度のことで、手代も気にはとめなかったと」

「この人出でこの暑さなれば、さもありましょう」

「はい。ですがお葉の支度は水色縮緬に袖頭巾《ずきん》、二人の男に担がれていったのは、お葉に間違いありません。それに山之宿《やまのしゅく》の辻では煎餅《せんべい》屋の女房が、同じ着物の女が駕籠にのせられるところを見ております」

「そのときのお葉殿の様子は」

「ぐったりしていたと云いますから、殴《なぐ》られたか、当て身をくらったか」

「男たちはどのような」

「さあ、それでございます。駕籠屋は駕籠かき風だったと云いますが、お葉を担いでいた二人はお店者《たなもの》風とも職人風とも、若いとも年寄りとも、どうも云う連中によってまちまちで。ですが煎餅屋の女房が申しますには、女をのせたあと駕籠は垂れをおろしたと。このクソ暑い昼日中、辻駕籠が垂れをおろすのはちっと奇妙だってんで、それで女房も覚えていたと申します」

「駕籠の向かった方向は知れているのですか」

「神田方面だとか。それで元鳥越から上野神田日本橋、大川を渡って向島《むこうじま》本所押上《おしあげ》村の方面まで、八ツ過ぎごろ垂れをおろした辻駕籠を見かけなかったかと、大勢で手分けをしております」

「人けの少ない築地で失敗したので、今度は逆を狙ったわけか」

「そういうことでしょう。ごった返した人なかってえのは、案外に目立たないもの。この四万六千日を狙うとは、連中もよくよく考えたものでございます」

「しかし、米造殿……」

　云いかけたとき外に物音がして、三人の男が押し合うように入ってくる。一人は角張った顔の門前の勘助、もう一人はたき川の庭で見かけた勘助の子分、あとの一人は太縞の着物に月代をのばしたヤクザ風の男で、右手を懐に入れ、左手は背中にまわされて首からの縄につながれている。頰骨のあたりには青痣《あおあざ》があり、着物の袖は半分千切れて、裾には泥汚れがついている。

勘助の子分が男を土間につき飛ばし、勘助が手拭いで顔の汗をふきながら、米造と倩一郎に頭をさげる。男たちが溢れて土間が狭くなり、倩一郎と音吉が板の間にあがる。

「こいつあ真木の旦那、いいところへおいでで。いえね思案橋の親分、この野郎は三《み》ノ輪《のわ》の近くに巣くってる弥八《やはち》って地回りなんですが、幾日か前から右腕をつってるってたれ込みがありやして、一応顔を見てやろうと……したところこの野郎、突然逃げ出しやがって、泣くの喚《わめ》くの大騒ぎ。右手の傷は鰹《かつお》をさばいてるとき手が滑ったとか云いやすが、右利きで右手を切るバカもいますめえ。てっきりお葉さんを襲った仲間に違《ちげ》えねえと、ひっくくってきた次第で」

子分を戸口の前に立たせたまま、勘助が框に腰をおろし、その勘助や子分に音吉が甲斐がいしく茶をいれる。番屋の年寄りは外の縁台に腰掛けたまま、参詣《さんけい》客と世間話をしながら放し鰻を売っている。

「やい、弥八……」

米造が煙草に火をつけ、弥八の顔に長く煙を吹いて、痛む右膝を土間に向ける。

「ここは大川橋の橋番屋だが、三途《さんず》の川の川守《かわもり》でもある。おめえが川の向こうへ渡るかこっちへとどまれるか、性根《しょうね》を入れて返答するがいいぜ」

うずくまっていた弥八がちらっと顔をあげ、不精髭《ぶしょうひげ》の目立つ頬を、不遜な形に曲げてみせる。歳は三十前で鼻梁が高く、右のこめかみに古い傷痕がある。

弥八の目が一瞬倩一郎の顔にとどまり、息を呑む気配がして、すぐに視線が伏せられる。

「おい音、こいつが懐へ入れてる右手を、真木様にご覧いただけ」

「そいつはあっしが」

勘助の子分が戸口からすすんで、弥八の右肩を殴りつけ、怯《ひる》んだ隙に弥八の懐から右手をひねり出す。その手首には手拭いがまかれ、傷が痛むのか、弥八の口から悲鳴に近い呻《うめ》きがもれる。

勘助がすっと座を立ち、戸口の障子を閉める。

子分が弥八の右手をねじ曲げたまま、くるくると手拭いをまきとる。弥八の手首は化膿して赤く腫れあがり、縫い合わせた傷口から膿《うみ》混じりの血がにじんで、赤紫色の腫れが指先にまで広がっている。

「ばか野郎、てめえ医者にみせねえで、そのへんの女郎にでも傷を縫わせやがったか」

ぽんと灰吹をたたき、米造がキセルに残った煙を土間に吹く。

「真木様……」

「間違いない。それになにやら、この顔にも覚えがある」

「さようでございますか。やい弥八、てめえなんざどうせ、浅草寺様にお参りもしちゃいめえ。罰《ばち》が当たって当然の野郎だ」

「放っておけばその手首、切り落とさねばならんの」

「なーに獄門台へさらす首に、手なんぞは不要でございますよ」

弥八の顔がびくっと上向き、口が開いて、首が激しくふられる。涎《よだれ》と鼻水が着物の襟を汚し、目から不遜な色が消える。

「なんだえ、云いてえことがあるなら、云ってみねえな」

「お、おいら、なにも知らねえ」

「知らなくてもいいやな。こちらのお武家は真木様と仰有って、福井町の佐伯道場で師範代をなさってる。佐伯の青鬼の噂はてめえだって聞いていよう」

「え……」

「その真木様に手首をはねられたのが運の尽きだ。てめえが俺の娘に拉致を仕掛けたのは、どうにもゆるがねえ。しくじった拉致なんざせいぜい重追放が御定法《ごじょうほう》、だがなあ弥八、思案橋の米造も娘のためには、鬼になるんだぜ。大番屋では石抱きに海老《えび》責め、ご牢屋《ろうや》内では羽目板打ちに糞《くそ》飯盛りに、この世の地獄をたっぷり見せてくれる。てめえの足腰が立たなくなるまで責めて責めて、その汚《きたね》え首が獄門台へのっかる前に、生きてる目鼻にウジ虫を湧かせてやるから、覚悟しやがれ」

顔色のなくなった弥八の口からとめどもなく涎が流れ、目が虚《うつ》ろになって、肩と首がふるえだす。左手は背中にまわされて首とつながれているから、その動きが壊れたからくり人形のように見える。

「勘助さん、ご覧のとおりだ。弥八が喋らねえんじゃ仕方ねえ。すまねえが、茅場《かやば》町の大番屋へ放り込んでくんな」

「へい、承知」

「ま、ま、ま……」

「なに、いいまんまが食いてえだと」

「ま、待ってくんない。思案橋の親分、後生だ、本当においらは、なにも知らねえんだ」

「バカ野郎、なにも知らねえ野郎が真木様に手首を切られるか」

「そうじゃねえんで。へい、そりゃたしかに、為五郎に誘われて拉致の手伝いをひきうけやした。ですがあの女が、いえ、その、ご新造が親分のお嬢さんだなんて、おいら、金輪際《こんりんざい》知らなかった。嘘じゃござんせん。親分のお嬢さんと知ってたら、おいらなんぞ、一町だって近寄れねえ。どうか、後生だから、信じておくんなさい」

米造が煙草をつめかけた手をとめ、倩一郎、勘助、その子分に音吉と、顔を順ぐりに見くらべる。弥八は傷の痛みも忘れたのか、右手で涎をふきながら土間に額を押しつける。

「勘助さん、弥八に水を飲ませてやんなえ。それにここまできて逃げだすバカでもあるめえから、縄も解いていいぜ」

勘助が子分に顎をしゃくり、子分が弥八の縄を解いて、瓶からの水をあてがう。弥八が放たれた左手で押しいただくように水を飲み、土間に正座をして座りなおす。

米造が煙草を一服してから、傍《かたわ》らの湯呑をとりあげて、しゅっとすする。

「なあ弥八、俺が地回りの一人や二人、黙ってても獄門台へ送れることは、分かってるな」

「わ、分かっておりやす」

「もしてめえの云うことが嘘と知れたら、獄門まで手間はかけねえ。牢屋内でなぶり殺しにしてくれるから、そのつもりで性根をすえやがれ」

「金輪際、金輪際、嘘は申しやせん」

「それなら事の顛末《てんまつ》を初手から話してみろい」

「へえ、それが……」

　水を飲みほし、大きく息をついて、弥八が不精髭の頬をひきつらせる。

「為五郎に話をもちかけられただけってのは、嘘偽りなく、本当でござんす。手間の一両は前金でもらいやしたが、拉致す相手の名前も素性も、まったく、聞かされなかった」

「前にも似たようなことをやってるか」

「え、いいえ、そんなことは」

「まあいいやな。で、為五郎から話をもちかけられたのは、いつのことだ」

「前の月の終わる、十日ほど以前で」

「もう一人の野郎も為五郎から声をかけられただけか」

「へい、狙う相手のことは、やはり知らねえと」

「そいつの名前は？」

「その……」

「弥八、人間歳をとると、気が短くなるんだぜ」

「へい、その、伊佐次《いさじ》って野郎で」

「住まいは」

「下谷《したや》の御数寄屋町《おすきや》だとかで。長屋の名前は聞いておりやせんし、いったこともござんせん」

「拉致のために為五郎がてめえと伊佐次を雇ったと、そんな按配か」

「そうだと思いやす」

「雇われてから十日、てめえら三人は、ずっと俺の娘を見張ってたのかえ」

「いいえ、おいらと伊佐次の二人は鉄砲洲《てっぽうず》の飯屋で、ごろごろしておりやした。為五郎が連絡《つなぎ》にきて、その日は都合が合わねえってえと、六ツごろには帰ったわけで」

「あの日もやはり為五郎が」

「へい、八ツすぎに飯屋へ顔を出して、三人で御門跡《ごもんぜき》裏へ向かいやした。そこで半刻ばかし待ってるてえと、男がやってきて、どこかで駕籠をかっぱらってこいと云いやがる。それで三人で……」

「ちょっと待て。その御門跡裏へやってきた男ってのは？」

「名前は知らねえ。なんだか威張った感じの野郎で、歳は三十二、三ってとこでしたか。風《ふう》は着流しでござんしたが、どうも屋敷者みた様な。ありゃどこかの中間でござんしょう」

「三十二、三で中間風。為五郎とその男は、拉致す相手の身元を知ってたようか」

「そんな感じで」

「で、それから」

「道端で煙草を吸っていた駕籠屋を堀へたたっ込んで、その駕籠をかついで御門跡裏へ戻ってくると、しばらくしてまた、その男がきて、駕籠を築地の路地へまわして待っていろと。あとのことは、へい、そちらのお武家がご存じのとおり」

「娘をさらったあとはどこへ運ぶ段取りだった」

「知らねえ」

「この野郎」

「ほ、本当でやす。段取りは為五郎が承知していただけで、俺と伊佐次はほんの手伝い。あれからてんでに逃げ帰って、あとはずっと、長屋に隠れておりやした」

「為五郎が殺されたことは」

「長屋の近くを読売り屋が通りやしたんで」

「それでてめえは、どうした」

「どうもこうも、傷は痛《いて》えわ熱は出るわ、あれからこっち、ずっと生きた心地《ここち》は、しておりやせん」

「ついでに聞くが、今日の八ツ時分は、どうしてたえ」

「そりゃもう、ただ寝てただけで」

「てめえが寝てたことを誰が知ってる」

「相長屋の婆さんが、昼と晩に飯を届けてくれやしたから」

「伊佐次との連絡は？」

「滅相もねえ。やたら連絡をしてこっちの長屋が知れたら、なにが起こるか分からねえ。もうちっと傷が癒《い》えたら安房にでも落ちようと思ってやしたが、思案橋の親分に目えつけられちまって、こりゃもう、年貢《ねんぐ》を納めるより、仕方ござんせん」

弥八が首をすくめて米造の顔をうかがい、土間に落ちた手拭いを右手首にまきつけながら、ぶるっと身震いをする。しばらく風呂に入っていないのか、狭い番屋に弥八の体臭が充満する。

「どうだね勘助さん」

米造が背筋をのばしながら眉をひそめ、こけた頬を、疲れたように笑わせる。

「弥八も年季の入った悪党らしい、まんざら嘘を云ってるとも思えねえが」

「さようでござんすね。切られたところがあれだけ腫れてちゃ、出歩きも儘《まま》になりますめい」

「仕様もねえ野郎だが、手心を加えてやるかえ」

「親分さえご承知なら、あっしに異存はござんせん」

「そうかえ。どっちみち今、こんな小悪党をたたいてる暇はねえしなあ」

一度倩一郎に笑ってみせてから、咳払いをして、米造が弥八に向き直る。

「弥八、聞いたとおりだ」

「へ、へい」

「だが人さらいを企《くわだ》て、駕籠屋を堀へたたき込んだ罪もある。このまま放免ってわけにもいかねえぞ」

「覚悟しておりやす」

「勘助さん、とりあえず弥八を鳥越の自身番へでも放り込んでおくれ。この四万六千日、花川戸の自身番では町役人連中が迷惑するだろう」

「かしこまりやした」

「それから手間でも、弥八をまともな医者にみせてやんなえ。もう匕首《あいくち》はふりまわせめえが、手がついてりゃ飴売りの太鼓《たいこ》ぐれえはたたけよう。こいつも地回り仲間にゃ、もう顔はきくめえからなあ」

勘助の子分が弥八の襟を摑んで立ちあがらせ、勘助が戸障子を開けて、弥八と三人、米造と倩一郎へ頭をさげる。大川橋の賑わいは衰えをみせず、鬼灯の鉢をさげた家族連れがぞろぞろと渡っていく。

勘助、その子分、弥八が橋番屋を出ていき、音吉が湯吞を土間の隅に片づける。米造と倩一郎に新しい茶をいれてから、音吉が着物の両袖をたくしあげて、低い鼻を上向ける。

「親分、弥八の云った伊佐次って野郎は、どうしやすかね」

「今度の拉致に係わってるとも思えねえが、放っとくわけにもいくめえよ」

「ひとっ走りいって、ひっくくってきやしょうか」

「おめえが山下《やました》の自身番へでも連れ込んで、ちっとたたいてみな。話が弥八のものと合ってりゃ、駕籠の盗みで大番屋へ放り込んじまえ」

「がってん承知だあ」

返事と同時に音吉が飛び出し、かわって橋番の年寄りが戸口に顔をのぞかせる。年寄りは番屋内をざっと見まわし、なにも云わずに外の縁台へ戻る。

倩一郎は外のざわめきを聞きながら、静かに茶を飲み、框に腰掛けたままの米造を見る。のびた背筋に薄茶色の夏羽織、腰には扇子と煙草入れを差し、服装《なり》だけなら相変わらずの数寄者風。それが弥八のような地回りを相手にすると、地獄からよみがえった牢名主のような凄味が出る。

「米造殿、いらぬ口出しとは思うが、いささか気になることがある」

米造が湯呑を口の前で構えたまま、首を倩一郎へめぐらせる。

「これは過日も思ったのですが、お葉殿の拉致、まことに観音の吉兵衛一味とやらの意趣返しでしょうかな」

「と、申しますと」

「意趣返しなら、なぜお葉殿を拉致すのか」

「それは……」

「それも二度まで。米造殿に昔の恨みを晴らしたいなら、拉致などせず、お葉殿を殺めてしまえばよろしい。築地でも今日の縁日でも、いくらでも機会はあったはず」

「実は私も、真木様と同じことを考えたのでございますよ。初手は頭に血がのぼりまして、まして倅や孫のこともあったりで、てっきり観音の一味と思い込みました。ですが今日またお葉が拉致されてみますと、なにかこう、しっくりいたしません」

「別口に心当たりでも」

「いえいえ、そういうわけではございませんが、為五郎に弥八に伊佐次、それに今日お葉を拉致した四人の連中など、どうやらみな雇われ者。こういう手口はただの夜盗押し込みとは、ちと様子が違う感じで」

「くどいようだが、別の一味に、心当たりがあるのでは？」

「さあ、それは……」

そのときまた橋番の年寄りが顔を出し、小腰をかがめて米造に耳打ちをする。

「おう、そうかい、とにかく入ってもらおうじゃないか」

年寄りが戸口の外に声をかけ、百姓体《てい》の中年男を番屋内に迎え入れる。着物には肩に当て布がつがれ、じんじん端折《ばしょ》りに藁地履《わらじば》き、頭に手拭いをまいて、顔から胸に大粒の汗を流している。

土間へ膝をつこうとする百姓を手で制し、米造がとなりの框をすすめる。百姓が頭の手拭いをとりながら框に腰をのせ、とった手拭いで首の汗をふく。

「とっつぁん、与兵衛《よへえ》さんとやらに水を飲ませておやり」

橋番が腰を曲げて瓶に歩き、木椀に水を汲《く》んで、百姓に手渡す。橋番はそのまま表へ出ていき、与兵衛という百姓が、馬のように水を飲みほす。

「とにかくご苦労だった。で、さっそくだが、清次という若え者からの言伝《ことづ》てってやつを、聞かせてもらおうかね」

与兵衛が椀を框の板におき、首をすくめるように肩を尖らせる。

「へえ、わっしは葛飾《かつしか》の渋江《しぶえ》村で、自前百姓をしております」

「ふむ」

「昼すぎっから近くの寺で檀家の寄合いさござぇまして、その帰るさのこん、夫婦《めおと》地蔵さの前まで参りやすと、へえ、その清次さんちゅう若え衆に呼びとめられやして、大川橋の橋番屋まで走ってくれろと。大事なお上の御用だ、思案橋の米造親分へ報せてくれろと、へえ、そんでもってわっしは、こうやって……」

「お前さんが声をかけられた刻限は」

「ざっと四半刻も前のこんで」

「清次の言伝てを聞こう」

「へえ、それが、捕り物支度をしてくれろと」

「捕り物支度を」

「その夫婦地蔵の近場に潰れ屋敷があるだども、その屋敷に係わりさあるんだべえ」

「潰れ屋敷なあ」

「急いでくれろと。捕り手は二十人もいるべえかと」

「ほかには」

「聞いておりやっせん。わっしも親分さん以外へは喋っちゃなんねえと、念を押されてごぜます」

「分かった。渋江村の夫婦地蔵とやらへいけば、清次が待ってるわけだね」

「さいでごぜやす。渋江村のとっつきに西光寺《さいこう》ちゅう寺があるだども、その寺をすぎたあたりで夫婦地蔵と聞かれりゃ、在《ざい》で知らん者はごぜません」

「よく報せてくだすった。この米造、心から礼を云いますよ」

米造が懐から紙入れをとり出し、なかから南鐐《なんりよう》を一枚つまんで、与兵衛の手に握らせる。与兵衛が驚いたように顔をあげ、しつこく顔の汗をふく。

「いいってことよ。与兵衛さんには手間をかけちまった。だが清次の云ったとおり、このことは誰にも話さないでおくれ。今夜内には片がつくだろうから、村の者もその潰れ屋敷とやらには、近寄らないがいいね」

与兵衛が息を呑みながら腰をあげ、南鐐を押しいただくように、おずおずと後退する。南鐐二朱銀《にしゆぎん》は八枚で一両だから、渋江村から言伝てをもってきただけの駄賃としては、誰が考えても多すぎる。

「真木様……」

与兵衛の消えた戸口に目をやったまま、刀傷でゆがんだ左頬をつりあげて、米造がこめかみをふるわせる。

「清次がよこした連絡《つなぎ》です。まず間違いはありますまい」

「お葉殿の行方が知れたと」

「さようで。ですが捕り手を二十人も用意しろとなると、相手は少なくとも五人。みんなお葉を探して散っておりますから、集めようがございません」

「奉行所の手は」

「こう申してはナンでございますが、ご同心方など屁《へ》のつかえにも」

「ならぬか」

「はい」

「かと云って猶予《ゆうよ》もならぬ。清次さんは私も見知っている。渋江村など走れば四半刻はかかるまい」

「真木様が」

「走る」

「重ねがさね……」

米造がくっと茶を飲みほし、框から腰をあげて、棚にのっているぶら提灯をつかむ。

「足手まといでしょうが、わが娘のこと、手前も駕籠でお供いたします」

ふり返った米造に倩一郎は大きくうなずき、刀をとって板の間から土間へおりる。外の喧騒は耳に入らず、生暖かい夜気に皮膚が悪寒で反応する。お葉が拉致されてすでに四刻、無事でいる保証はないが、しかし殺すつもりならもう、昼間のうちに殺されている。

米造が橋番の年寄りに声をかけ、行く先を「渋江村の夫婦地蔵近く」と念を押して、二人で広小路への辻に向かう。辻には参詣帰りの客を当て込んだ駕籠が十挺もたむろしていて、米造が手前の棒組を呼び寄せる。

褌《ふんどし》に半纏《はんてん》だけの駕籠かきがそろって鉢巻きをとり、髭面をひきつらせるように頭をさげる。

「思案橋の米造がご用を頼む。渋江村の西光寺ってのを目指して、死ぬまで走りやがれ」

米造が駕籠に腰を落として草履を脱ぎ、倩一郎も草履を脱いで袴の股立《ももだ》ちをとる。棒組が駕籠を担ぎあげ、一声ずつ気合いを入れる。そうやって走りだした駕籠に倩一郎が並走する。渋江村は浅草側から見ると小梅《こうめ》村の先、名所旧跡古刹《こさつ》もなく、住んでいるのは人間より狐狸烏《こりからす》のほうが多いという。

駕籠は大川橋を一気に走りきり、源兵衛《げんべえ》橋を渡って水戸家下屋敷の横を、秋葉権現《あきばごんげん》方向へ向かう。このあたりまでくると人家はまばら、灯火は商人の寮や百姓家からもれるだけになる。駕籠かきと倩一郎は競《せ》り合うように走りつづけ、第六天《だいろくてん》の門前まできて、やっと提灯の火をもらう。本来なら十日ばかりの月が足元を照らすはずなのに、星さえ見えないのはやはり、浅間の山焼けが理由だろう。

第六天の門前で駕籠屋に一服させ、中川《なかがわ》と大川を結ぶ用水沿いをまた渋江村に向かう。そこから西光寺までは十町ばかり。用水沿いを一気に走って四ツ木《よつぎ》村へ入る橋を渡り、橋近くの百姓家で西光寺の在所を尋ねる。教えられたとおりにすすむとすぐに西光寺の裏門、たんなる田舎寺で門前町もなく、四囲の稲田では蛙《かえる》の声が驟雨《しゅうう》のようにやかましい。駕籠は西光寺の生け垣を迂回《うかい》して表門側へまわり、そこで米造が駕籠をおりる。倩一郎も腰に挟んでいた草履に足を通し、袴の股立ちをおろして、大きく息をつく。

「駕籠屋さん方、この場を動いちゃいけないよ。遅くなっても必ず戻ってくる。ちっと藪蚊が多くて気の毒なようだが、そのかわり当分は酒にも女にも、不自由はさせないつもりだ」

駕籠屋の提灯から橋番屋の提灯に火をとり、その灯で米造が倩一郎の顔を確認する。

「お葉を拉致したやつら、この手の犯罪《おつとめ》には素人《しろうと》のようでございます」

「ほーう、なぜに」

「人を隠すなら人なか、やたらド田舎まで連れてくるから目立つのでございますよ」

「道理とは思うが、もしや米造殿をおびき寄せる罠《わな》では」

「さあ、それは。いずれにしても清次に会ってみれば、詳しいことも分かりましょう」

米造が提灯を足元にさげ、狭い参道を先へすすむ。参道はすぐに途切れて田舎道になり、蛙の声に混じって梟《ふくろう》や夜鷹《よたか》の声が、低く高く聞こえてくる。

横手の暗闇に人の気配を感じ、倩一郎は足をとめて、米造をかばう。闇が動き、薄い影が足音もなく忍び寄る。米造がさしかけた提灯の明かりに、頬被りをした清次の姿があらわれる。

「お、これは、真木の旦那まで」

「たまたま橋番屋におられてな、用心棒をお願いした」

「そいつは心強《づえ》え。で、ほかの連中は」

「飛びまわってて連絡がとれねえ。橋番屋へ言付けておいたから、おっつけ何人かは駆けつけようが、いつになるか、どれだけ手がそろうか、見当がつかねえ」

「そうですかい。まあ連中も、殺すためにお葉さんを拉致したとは思えねえ。まだちっとは間もござんしょう」

清次の背後には小さい祠《ほこら》状の影があり、提灯の明かりが届いて、うっすらと二体の地蔵が透かし見える。一体は赤い頭巾に赤いちゃんちゃんこ、もう一体は頭に手拭いをまいて前垂れをかけ、なるほど云われてみれば二体の肩がかたむき、お互いが寄り添っているようにも見える。

「それで清次、その潰れ屋敷ってのは」

「ここから一町半ばかしいったところで」

「お葉のやつは間違いなく？」

「自分の目で見たわけじゃねえが、見当に狂いはありますめえ」

「順を追って話してみろ」

「へい、それじゃ向かいながら」

清次が米造から提灯をうけとり、低く足元を照らして、田舎道を歩きはじめる。行き来する人影はなく、ほかに提灯の明かりも見えず、ただ蛙と梟と夜鷹だけが鳴きさわぐ。

「いえね、あれから下っ引き連中が、みんな上野や本所の方面へ散ったもんで、あっしは逆のほうへと。でもって小梅村の秋葉山近くまできやすと、料理屋の亭主がそんな駕籠を見かけたという。まっ昼間に垂れをおろして両隣を男が挟んで、まあ急ぐふうでもなかったと云いやすが、刻限も人数も、山之宿で見られたものと符合しやす。駕籠は水戸街道のほうへ向かったってんで、とにかく片っ端から当たり当たり、第六天近辺を通ってこの渋江村まできたわけで」

「清次の勘なら、まず間違いはあるめえ」

「でもって、あっしが西光寺前までたどり着いたのが六ツ近く。門前の茶屋で聞いてみたら、そういう駕籠が通ったという」

「おう」

「この道はまっすぐいくと用水、橋があって、橋向こうには飲み屋や地酒屋がかたまっておりやす。ですが近辺の誰に聞いても、駕籠なんか見かけてねえという。橋は渡ってねえと見当をつけてひき返してきやすと、用水の手前岸に田舎には似合わねえ武家屋敷がある。そこいらの百姓に聞いてみたら、三年前まで木下《きのした》ナントカの守《かみ》ってお旗本の抱え屋敷だったものが、改易《かいえき》になってからは空いたままだとか。その空き屋敷に最近どうも人がいる感じで、見かけねえ男が酒を買いにきたり、浪人者が飲み屋へ顔を出したり、まあそんなことが、前の月あたりから始まったと云いやす」

「話は合ってるな」

「駕籠は西光寺の門前を通った、だが用水の橋は渡ってねえ。橋からこっちには百姓家が五、六軒、そいつもみんな当たってみやしたが、駕籠が着いた家もなく、見かけたやつもいねえ」

「分かった。駕籠が入ったのはその空き屋敷に違いあるめえ。お葉もてっきり駕籠の内だ」

「親分……」

　雑木林が途切れて笹藪にかわり、欅《けやき》のそびえるちょっとした広道に出て、清次が声をひそめる。月明かりがなくて判然とは見えないが、欅の向こうに冠木門《かぶきもん》の屋根瓦《がわら》が浮いている。周囲には高塀がめぐらされているようで、屋敷のどこからも明かりはもれ出さない。

　提灯を欅の陰に隠し、その提灯を囲んで、三人がしゃがみ込む。

「さーて、親分、どうしやすかね」

「屋敷の広さはどんなもんだえ」

「ざっと三百坪見当ですか。裏っ側《かわ》は用水に面しておりやすが、木戸も船着場もござんせん。なにしろ塀が高《たけ》えもんで、内の様子が見られねえ」

「塀板の一枚や二枚、どこか破れてねえのか」

「けっこう頑丈な造作でしてね。それに空き屋敷になって三年じゃ、たいして古いわけでもねえ」

「木下ってお旗本が改易になった理由は」

「妾《めかけ》が殿様を刺したんだとか、殿様が犬に子を産ませたんだとか、在の者は勝手なことを云ってやす」

「とんだ酔狂だが、まあいいや。で、なかには今、何人ぐれえがいると見る」

「駕籠を担いでたのが二人、浅草寺からお葉さんをさらったのが二人、居酒屋に顔を出した浪人者までいるとなると、それだけでも五人」

「ほかにも一人や二人はいるかも知れねえな」

「へえ。明るいうちに門へ寄ってみたところ、最近になって出入りした足跡が五つ六つ。くぐり戸には閂がかかってやす」

米造が腰から煙草入れを抜きとり、提灯の蠟燭《ろうそく》から、煙草に火をうける。清次もそれにならって煙草に火をつけ、羽音をふるわせる藪蚊に、ふっと煙を吹きつける。

「どうも蠟燭の火ってのは、煙草がまずくなっていけねえな」

「さいでやすね」

「ですが真木様、先ほどの『罠かも知れぬ』というご懸念は、無用だったようで」

「ほーう、なぜに」

「相手は多くみても十人、江戸の目明かし下っ引きが三百人も押しかければ、罠にはなりますまい」

「それほどの人数が」

「明日でよければ集まりましょう」

「だけど親分……」

「分かってる。あの塀内にお葉がいるってのに、明日まで待っちゃいられねえ」

「米造殿、すぐに参ろう」

「すぐに参ろう、と云われましても」

「毎日人を斬る稽古をしている。五人や十人のゴロツキなら、私一人でも斬れる」

「そりゃまあ、そうでございましょうが」

「まずは屋敷内を見取るが先決」

「はあ」

「清次さん、あの塀が越えられぬか」

「一間半はござんすから」

「肩車をすれば上に手が届く。清次さんなら登れると思うが」

「まあ、できねえことは、ねえでしょうが」

「人間など不意を襲われたら脆《もろ》いもの。たとえ幾人かがお葉殿を囲んでいても、気づかれずに部屋の近くまで寄ることができれば、必ず救い出せる」

　米造と清次が顔を見合わせ、それぞれに煙草の火玉を吹いて、キセルを腰に納める。

「真木様の仰有るとおりだ。やたらに間をおいて、気づかれてもつまらねえ」

「助っ人もこっちへ向かってやしょうしね」

「清次、屋敷内へ忍んでみるか」

「やりやしょう」

「どんなやつらか知らねえが、目明かしに盗人の真似なんぞさせやがって、この思案橋、金輪際許すもんじゃねえ」

　清次が提灯の火を吹き消し、三人は闇のなかに腰をあげて、門の方向へ足音を忍ばせる。梟と夜鷹が警戒するように声をひそめ、雑木林からいやな風が吹きつける。

冠木門の前まで忍び寄り、倩一郎は念のため、大門とくぐり戸の施錠を点検する。どちらも錆《さ》びついたように動かず、内から人の気配も伝わらない。三人は板塀沿いを四半町ほど移動し、内側から松の枝が塀を越してくる場所で足をとめる。田舎の抱え屋敷にしては頑丈な板塀で、木目のなかに節穴すら見られない。

倩一郎が真上の松を指さし、清次がうなずく。

「私と米造殿は門の前で待つ」

「へい」

「内へ入ってもしばらくは動かず、目が慣れるのを待て。相手に悟られなかったことが知れたら、内側からくぐり戸の閂を外してくれ」

「承知」

「肩へ」

「それじゃ、ご無礼なすって」

清次が草履を脱いで懐へしまい、塀に手をかけながら、倩一郎の肩に足をのせる。倩一郎はゆっくりと腰をあげ、足をふんばる。清次も徐々に膝をのばしていき、右手を松の枝に届かせて、左の肘《ひじ》を塀の上端にかける。倩一郎の肩から不意に、清次の重みが消える。

清次の足が塀の上端を越えたのを見届け、倩一郎と米造は門の前に戻る。

「月と星がないのが、どうやら幸いしたようでございます」

「船頭というのは身が軽いものだ」

「なかでも清次のやつは目端《めはし》がききましてね。お上の御用なども普段はあいつに任せております」

「それは心丈夫。しかし米造殿、この賊はやはり、ただの夜盗ではない」

「真木様、その話はまた、後ほどにいたしましょう」

藪蚊を払っているうちにくぐり戸の内で気配がし、板がこつこつと、二回たたかれる。倩一郎が合図を送り返し、閂を外す音がつづく。

戸が小さく開いて、清次の顔がのぞく。

「裏庭のほうに明かりは見えやすが、こっち側に人はおりやせん」

清次の言葉にうなずき、倩一郎と米造は草履を脱いで、それぞれ懐にしまう。くぐり戸を押して門内に入ると松や百日紅《さるすべり》の混生した疎林、節操なく植えたらしい躑躅《つつじ》や楓《かえで》などが無様《ぶざま》な大木になっている。それでも武家屋敷らしく玄関は造ってあり、内側からかすかな明かりがこぼれて、その明かりが玄関わきに町駕籠を映し出す。

「玄関には草履や藁地や雪駄なんぞ、五、六足がひっ散らかっておりやす。それから親分……」

清次が米造に蒔絵の櫛《くし》を手渡し、米造がその櫛を、丹念に眺める。

「間違いねえ、お葉のもんだ」

「あの駕籠わきへ落ちていやした」

「くそ、もう勘弁ならねえ。お葉にちっとでも傷がついてたら、みんなまとめて地獄へたたき込んでくれる」

米造の口が夜叉《やしゃ》のようにひきつり、闇のなかで清次が、薄く苦笑する。

「清次さん、屋敷の部屋数は、どんなものだろうな」

「せいぜい二間《ふたま》か三間《みま》、もちろん納戸に女中部屋や中間部屋を除いてのことで」

「この暑さだ、どうせ部屋も開け放ってある」

「裏庭が用水に面しておりやす。あの薄ぼんやりした明かりは、そっちの方面でやしょう」

倩一郎は玄関と屋根の高さを見くらべ、塀の奥行きを勘案して、建物の広さに見当をつける。十も数えるうちには一気に走り抜けられそうな広さで、それだけの時があれば青竹でも、百本は断ち斬れる。

「私は裏庭へまわって、そこから斬り込む。米造殿と清次さんはここに隠れていて、百も数えたあとに玄関から踏み込んでくれ。みな匕首をもっていようし、浪人者が交じってるやも知れぬ。相手の腕を見極めて、無理をせぬように」

清次が大きくうなずいて、懐から短い十手を抜き出し、米造も闇のなかで頭をさげる。

倩一郎は「よし」と低く気合いを入れ、袴の股立ちをとりながら、建物の板壁に身を寄せる。ちょうど夏草が茂って足音を殺し、落ちはじめた露が足裏に粘りつく。蜘蛛《く も》の巣を気にせず先へすすみ、建物の横をまわり込んで、裏庭との境に出る。裏庭には座敷から行灯《あんどん》の明かりがこぼれ出し、築山《つきやま》に石灯籠《いしどうろう》、槙《まき》や一位《いちい》など、造園の名残《なごり》らしいものを映している。人声も聞こえて酒肴の匂いが流れ、花札でもめくっているのか、札音に嘆息と哄笑《こうしょう》が混じり合う。倩一郎は人声と物音に耳を澄ませ、座敷の人数を六人と判断する。

呼吸をととのえ、鯉口《こいぐち》を切って、静かに刀を抜く。抜いたとたんにはもう走りだし、一気に廊下へ駆けあがる。認めた頭数はやはり六人、浪人者も一人交じっていて、全員が身動きもせずに息を呑む。倩一郎は車座の中央に躍《おど》り込んで刀をふるい、三人の肩と胸と背中を、一刀に斬りさげる。膳や食器が飛んで絶叫が渦をまき、最初の刀をかわした三人が座敷に転がって、それぞれに匕首と刀を抜く。倩一郎は構わずすすんでヤクザ者の手首を斬り落とし、返す刀でもう一人の手首も斬り飛ばす。二つの手が匕首を握ったまま宙に舞い、唐紙《からかみ》や天井に狂気絵のような血飛沫をまき散らす。倒れた五人の男たちはのたくって転げまわり、叫んだり罵ったり喚いたり、十畳の座敷を修羅《しゅら》場《ば》の光景に変えていく。

玄関のほうから足音がして、米造と清次が顔を出す。

「ま、真木様……」

「お葉殿の姿が見えぬ。どこぞの小部屋に押し込められているのかも」

座敷の惨状に啞然とした顔をしながら、それでも米造と清次が他の部屋へ散っていき、倩一郎は廊下側へ移動した浪人に、ぴたりと青眼《せいがん》の刀をつける。浪人は着流しに古い袴をつけた三十男、日灼けした頰を固くひきしめ、抜き放った刀をなため下段に構えている。

「座敷内では足元が不浄、庭へおりて立ち合いませぬか」

浪人が倩一郎の言葉にうなずき、刀を構えたまま、廊下から庭へ場所を移す。倩一郎も転げまわる男たちを縫って廊下へすすみ、浪人から二間離れた位置に、静かに足をおろす。浪人が刀をななめ下段から少し上向け、逆にじわっと、腰を沈める。

「馬庭《まにわ》念流を学ばれたか」

「…………」

「上州《じようしゆう》あたりのご浪人ですな」

「…………」

浪人の口がひきつるように動き、沈めた腰が足の幅だけ、じりっと間合いをつめる。

「よろしければ姓名をうかがおう」

「私は佐伯道場に籍をおく、真木倩一郎と申す」

浪人が一瞬息を呑み、眉間に皺を寄せて、不思議そうな目で倩一郎の顔を見る。つまった間合いが元の位置に戻り、頬に気抜けしたような笑《え》みが浮かぶ。

「拙者は鷲見彦四郎《すみひこしろう》、故《ゆえ》あって国名は云えぬ」

「さようか、では参る」

倩一郎がつつっと間合いをつめ、浪人はさがらず、正面から馬庭念流の突きを入れてくる。倩一郎は刀を合わせることなく身をかわし、飛び交いざまに相手の逆胴を、深々と払う。浪人の血が石灯籠に向かって噴き出し、一声呻いたあと、その瘦身《そうしん》が俯《うつぶ》せに倒れる。もう浪人の躰は動かず、倩一郎は血糊《ちのり》を懐紙でぬぐって、刀を鞘に納める。

　清次と米造が駆け込んできて、倩一郎も座敷に戻る。

「真木の旦那、どこを探しても、お葉さんが見つからねえ」

「湯殿や厠は」

「調べやした」

「薪小屋《たきぎ》などはないのか」

「ござんせん」

「そこに転がってるでかい男を、ちと蹴飛ばしてみろ」

「だ、だって」

「案ずるな。派手に血は噴いてるが、傷の深さは五分《ぶ》程度。蹴っても殴っても死にはせんさ」

　倩一郎は転がっている二本の手首を庭に蹴り落とし、ほかの三人も調べて、二本の匕首を始末する。匕首を持っていなかったのは一人だけ、三十二、三の細長い顔で、遊び人風の小袖は着ているが、髷《まげ》の形がどこかの中間か若党を思わせる。

「うむ？」

「なんでやす」

「呻き声が聞こえる」

「そりゃ旦那、こいつらみんな呻いてやすから」

「その呻き声ではない。これは……」

片膝立ちで耳を澄まし、壁、天井、襖《ふすま》に庭にのたくる男たちと、倩一郎は順ぐりに目を凝らす。音域の高い吐息のような声が切れぎれに聞こえるのは、まさか鈴虫ではないだろう。

部屋を見まわしていた倩一郎の目が床《とこ》の間《ま》の地袋《じぶくろ》にとまり、右耳がその方向へかたむく。同時に足が二人の男を蹴飛ばし、膝が地袋の前にすべる。倩一郎の手が地袋の戸を横に払い、同時に内から、淡い水色縮緬の着物がこぼれ出す。

「おう、お葉……」

米造が駆け寄り、同時に清次が這い寄る。お葉は手と足を細紐《ほそひも》でくくられ、手拭いで口を被われて、半開きの目は白目になっている。倩一郎は地袋の前にお葉をひき出し、脇差《わきざ》しを抜いて、手と足の縛《いまし》めを切る。米造と清次がお葉の肩を抱きあげ、半眼だったお葉の目が、徐々に開く。

「真木様……」

「怪我はないか」

お葉の口と目蓋《まぶた》が二、三度動き、切れ長の視線がゆれて、米造の顔にとどまる。

「あれ、お父っつぁん、膝は痛まないのかえ」

「バカ野郎。こんなとき、余計な気をつかうんじゃねえ」

「ねえお父っつぁん、あたしは、助かったのかねえ」

「助かった助かった、真木様がしっかり助けてくださった。もう心配はねえ、寝るなと泣くなと、おめえの好きなようにするがいいぜ」

「そうかえ、あたしは、運のいい……」

そこまで云って、お葉は微笑《ほほえ》みながら目を閉じ、ぐったりと米造の腕に倒れ込む。

米造の皺目からも涙がこぼれ、殺気だっていた顔に安堵の色が浮かぶ。

「米造殿、この座敷ではいかにも不浄、お葉殿を別の部屋へ移しては」

「さようでございますね。では、失礼して」

米造がお葉の腋の下へ腕を入れ、膝の痛みなど忘れたように、よっこらしょと腰をあげる。お葉を抱えたまま米造が座敷を出ていき、また情景が修羅になる。

ただ呻いているだけだった声のなかに、いくらか筋の通った言葉がまぎれる。

「お、お、俺の手がねえ」

「すまんな。さっき庭へ捨ててしまった」

「この野郎。い、生かしちゃおかねえから、覚えてやがれ」

「俺は覚えていられるが、お前さんはあと半刻で死ぬ。残念なことだ」

「お、俺は、死ぬのか」

「総身の血が抜ければ人は死ぬ。そうやって左手で押さえたぐらいでは、血はとまらんだろう」

「た、た、助けてくれ」

「いやだ」

「後生だよう、助けてくれよう」

「お前さんを助けたら、俺を生かしておかんのだろう」

「あ、ありゃ嘘だ。おめえさんは恨まねえ。それどころか、し、死ぬまで恩に着る。後生だから助けてくれ」

「死んだほうが楽とは思うが、考え方は、いろいろだの」

倩一郎はお葉を縛めていた細紐を拾いあげ、男の傍らへすすんで、切断された手首に紐をまきつける。

「清次さん、すまんが、もう一人手首を落とした者がいる。ついでにそいつの血もとめてやってくれ」

　清次がもう一本の紐を拾って別な男に近づき、一端を歯でかんで、その手のない手首を縛りあげる。

「旦那もお顔に似合わず、酷《ひで》えことをなされる」

「男がヤクザ者になって匕首を握ったときから、どうせ死を覚悟している。その理屈どおりに処分をしたまでだ」

「そんなもんですかね」

　清次が腰をあげて廊下側へ歩き、背伸びをするように、庭へ首をのばす。

「で、旦那、そっちの浪人者は」

「殺した」

「手加減が間に合わねえほどの、凄腕でござんしたか」

「いや、なまくらさ」

「それなら……」

「この男も三十は過ぎていよう。それほどの歳なら妻子がいるかも知れぬ」

「でしたら、なおさら」

「生きたまま獄舎へつながれたら妻子が迷惑、死んだほうが身内のためになる。この男にもその理屈は分かっていた」

「そうですかね。どうもお武家の理屈ってのは、ちんぷんかんぷんだ」

そのとき玄関と庭に足音がひびき、二方向から同時に、提灯の明かりが殺到する。庭から入ってきたのは音吉に門前の勘助にその子分、家内《いえうち》から顔を出したのは同心の友部八郎と三人の男。提灯の明かりが四つも増えて、血の海がより鮮やかになる。

「清次兄い、真木の旦那、ご無事でやんしたか」

「へっ、おいらは指一本動かしてねえ」

「お嬢さんは」

「心配ねえよ。親分が向こうの部屋へ連れてった」

「それにしてもこいつあ、なんとまあ、呆れたもんだ」

音吉や勘助が庭から座敷を眺めあげ、首を横にふりながら、唖然と口を開ける。襖も畳も血だらけで五人の男がのたうちまわり、庭には浪人者が死んでいる。修羅場には慣れているはずの目明かしでも、これは呆れるより仕方ない。

「友部様、わざわざのお出まし、ご苦労にございます」

米造が座敷へ戻ってきて友部に声をかけ、庭の勘助と音吉にも、軽く顎をしゃくる。

「おお、米造親分、今般はなんともはや、災難でござったな」

「いえいえ、お陰様をもちまして、娘も無事でございました。ですが友部様は……」

「うちの小者がそちらの芳松と出会いまして、お葉殿が行方知れずになったと。で、親分が大川橋の橋番屋へ詰めていると聞かされ、出向いたわけですよ」

「これはまた、とんだお手間をおかけしました」

「捕り物に同心が出張るのは当然のこと。しかし米造親分、御番所へ報せてくだされば人手も集められたでしょうに」

「とっさの始末でございましてな。お報せが後先になりまして、ご無礼をいたしました」

「いや、そんなことはかまいませんが、こう見事に片づけられると、なんだか気が抜けますなあ」

友部が顔をしかめながら座敷を見まわし、倩一郎を認めて、片頬を笑わせる。

「で、この者どもの素性は、分かっているのですか」

「詮議はこれから。まずは娘の身を、と考えましたので」

「さようですか。いずれ寄せ集めのゴロツキでしょうが、お葉殿をさらうなど、もってのほか。大番屋で息の根がとまるほどたたいてくれましょう」

「正太《しょうた》に芳松……」

米造が戸口の二人に声をかけ、呻いたりのたうったりしている男たちへ、小さく顎をしゃくる。

「こいつらの傷をなにかで縛ってやれ。ここで死なれちゃ後でたたくこともできねえ」

云いつけられた二人が血だらけの畳に腰をかがめ、手拭いや浴衣の紐で、手早く男たちの傷口を縛る。

「音、猪牙《ちょき》はいくつ来たえ」

「おいらの艪一挺だけで」

「それじゃ間に合わねえ。近辺の百姓衆へ頼んで荷船をあつらえろ」

「がってんだあ」

駆けだそうとする音吉を呼びとめ、米造が廊下の端へ向かう。それから紙入れを出して一分金《いちぶきん》をいくつかつまみ、庭の音吉に握らせる。

「百姓衆の迷惑を考えて、よく理を説明するんだぜ。人手もあと十人は必要だ」

「へい、がってん」

音吉が駆けだし、浪人者の死体を検分している勘助に、米造が声をかける。

「勘助さん、すまないが、後の始末を頼まれてくれるかえ」

「もちろんでやす」

「お葉を一刻も早く家へ帰してえんだ」

「そうしてやっておくんなさい」

「友部様、私は先に退かせていただきますが、顚末は清次にお聞きくださいませ」

「心得申した」

「清次、俺はお葉を駕籠にのせて、先に帰る。おめえは始末を見届けてから、後で報せにこい」

「ですが親分の膝が……駕籠は一挺だけでやしょう」

「なーに、ゆっくりいけば世話はねえさ。それに小梅村まで戻りゃ、料理屋から猪牙か駕籠が出せる」

「へえ、さいでやすか」

「そういうことで真木様、ご面倒でもまた、ご同道願えましょうか」

「造作もなきこと。一刻も早く、お葉殿に休んでいただこう」

倩一郎は友部や勘助に会釈をし、芳松という男からたき川の提灯をうけとって、米造のあとにつづく。内廊下に出かけた米造が足をとめ、座敷をふり返る。

「正太に芳松、おめえら二人は二、三日そこいらの百姓家へ泊めてもらって、この屋敷を見張ってみろ。まだ仲間がいるかも知れねえし、誰かが連絡にこねえとも限らねえ」

云い残して米造が歩きだし、倩一郎も埃のつもった内廊下を玄関へ向かう。黴《かび》が臭って天井には蜘蛛の巣が光り、仕切りの板戸は部屋内へ倒れ込んでいる。清次の見取ったとおり座敷はたった三間、廊下はすぐに尽きて玄関の式台へつづき、その式台にはうなだれたお葉が茫然《ぼうぜん》と腰をおろしている。

「お葉、直《じき》に家へ帰れるんだ。もうちっとシャキッとしねえか」

「米造殿、無理を云われるな」

「なーに普段はキャンなことばっか云いやがって、ちょいと災難にあうとこの始末だ。気が強《つえ》えのは口ばっかし、根はから意気地《いくじ》のない娘でございますよ」

お葉がふらりと腰をあげ、泣きそうな目で、困ったように倩一郎の顔を見る。髷の根がくずれて鬢《びん》の毛が頰にほつれ、唇にひいた紅も乱れている。それでも着物の襟や裾をととのえてあるのは、お葉の気丈さだろう。

米造が懐から蒔絵の櫛をとり出し、お葉に渡す。お葉はその櫛で左右の鬢をなでつけ、髷の根を押さえて、髪に櫛をさす。水色縮緬の小袖からその白い二の腕が、ちらりとのぞく。

草履を玄関へおろし、米造と倩一郎が足を入れる。

「お葉、二町ばかし向こうへ駕籠を待たしてある。歩けるかえ」

「お葉殿は履物を失っている。私が負《お》ってまいろう」

「滅相もない、子供の時分は……」

「そう申されるな。縛られていた足はまだ痺《しび》れているはず。お葉殿の一人ぐらい、負ったまま江戸へでも歩けるさ」

倩一郎が提灯を米造に渡し、お葉の前に腰をかがめる。お葉が米造の顔をうかがい、米造がうなずいて、お葉の腕が躊躇《ためら》いがちに倩一郎の肩にかかる。倩一郎の背にお葉の重みが移り、鼻腔を汗の匂いがかすめる。

米造の提灯を先に玄関を出て、植え込みのあいだを抜け、くぐり戸から外に出る。

夜風が涼しくなって鳥の声がよみがえり、雑木林から猫の鳴き声が聞こえてくる。

「お葉さん」

「はい」

「見かけより、重いの」

「いやな旦那」

「おう、そういえば」

「なんです？」

「夕餉《ゆうげ》を食いそびれていた。しかしお葉さんが無事で、本当に、よかった」

五

浅間からの煙塵《えんじん》がうすれ、江戸は盆を迎えて麻幹《おがら》を焚《た》く煙に包まれる。盆のあいだは佐伯道場も休み、酒井家下屋敷への出稽古もなく、倩一郎は洗濯や朽《く》ち壁の修繕、繕い物に雑巾縫いに破れ障子の張りかえにと、普段より忙しく働いている。

裏庭の草取りをし、盆栽に魚粉肥料をほどこして手を休めたとき、表の戸口に人影が立つ。

「ご免なさいまし」

土間に入ってきたのは矢鱈格子《やたらごうし》の薄物を着たお葉、黒い塗り下駄に鼠無地《ねずむじ》の帯をしめ、腕には藍染の風呂敷を抱えている。戸口の外に男の雪駄が見えるから、船頭でも供に連れてきたのだろう。

倩一郎は縁側から内へあがり、お葉の前に歩く。

「ほーう、外出《そとで》などして躰に障らないのか」

「いやですよ旦那、あれから五日もたってます。店へも次の日には出たんですから」

「それは重畳《ちょうじょう》。気丈なお葉さんのことだから、案じてはいなかったがな」

お葉が眉をくずして口元を笑わせ、風呂敷包みを框《かまち》において、改まったように頭をさげる。

「お盆様がきちまったりで、お礼にうかがうのが遅くなりました。その節はまことにありがとう存じました。旦那には二度も助けられて、お礼の申し様もござんせん」

「そう改まられてはこちらが恐縮。剣術使いなど人を斬るより能のないもの、礼を云われるほどのことはない」

「ですが旦那はあたしにとって、本心、命の恩人です」

「大げさな、その、茶でもいれるゆえ、まあ、あがってくれ」

「それではちょいとお邪魔を」

素直に下駄を脱いでお葉が部屋へあがり、かわって倩一郎が土間の古下駄に足をおろす。

「ちと井戸をつかうあいだ、しばし待たれよ」

云いおいて倩一郎は戸口を離れ、外に立っている船頭に会釈をして井戸端へ歩く。

すでに日はのぼりきって長屋の路地にも陽射しが届き、掃き溜め前の空き地にはお滝の洗濯物がひるがえる。

手と顔を洗ってから戸内に戻り、竈《かまど》の火をかきまわして土瓶に水を足す。お葉は濡れ縁の手前にまで膝をすすめていて、澄ました顔で裏庭に視線を送っている。倩一郎は土瓶の加減を眺めながら、框の端に腰をのせる。

「旦那、あの彼岸花《かじっぱな》みた様に咲いてるのは、朝顔ですか」

「親父殿が丹精していたもので、毎年色や形が変化する」

「変わった朝顔ですねえ、菊や福寿草《ふくじゅそう》なら変わり咲きも見ましたけど」

「来年はどんな花が咲くか知らんが、芽が出たらお葉さんのもとへ届けよう」

「あら嬉《うれ》しい。お客の部屋には花なんぞも活《い》けますのに、本人は見かけどおり、いたって不粋《ぶいき》なんです」

「そんなことはない。この江戸でお葉さんほど粋な女子は、知らん」

「旦那は見かけより口がお上手で」

お葉が華奢《きやしや》な肩を部屋のうちへ向け、切れ長の涼しい目で倩一郎をにらむ。今日は紅を濃いめにひいて襟の抜き方も深く、そのせいかなにやら、気配が妖艶に見える。

「ですが旦那、あたしなんかがお邪魔して、よろしかったですかね」

「なーに、ちょうど暇をもてあましていた」

「旦那んところのご宗旨は、真宗《しんしゅう》で？」

「曹洞《そうとう》だが」

「そうですか。なんかご門徒のようですねえ」

「神仏には無縁と決めている。しかし暇ではあることだし、親父殿の墓ぐらいには参ろうかな」

　お葉の疑問はもっとものこと、倩一郎の部屋に盆迎えの供え物はなく、戸口に迎え火の鉢も出していない。盆の行事をしないのは浄土《じょうど》真宗の門徒だけで、それ以外は貧富貴賤《きせん》の区別なく精　霊《しょうりょう》祭りに精を出す。昨夜も暮れ前から江戸じゅうに麻幹の煙が充満し、奇特な者は墓まで出向き、そうでない者も家の戸口に立って先祖の霊を迎え入れた。江戸府民がみな大麻《たいま》の煙に酔い痴《し》れたのだから幽霊でも祖先の霊でも、なんでもやってくる。

　土瓶から湯気がのぼりはじめ、倩一郎は盆に二人ぶんの茶を用意して部屋に戻る。お葉が膝をすすめ、湯呑をとりあげて、静かに茶を飲む。

「あら、云っちゃ失礼ですけど、いいお茶ですねえ」

「佐伯先生への進物が払いさげられる。それより……」

　倩一郎も茶を飲み、汗の気配もないお葉の瓜実顔《うりざねがお》を、ほっとした気分で眺める。

「過日捕らえた悪党ども、口を割ったかな」

「いえ、どうにもしぶとい連中だとかで、お父っつぁんも呆れてますよ。なにか知っていそうなのは一人だけで、あとのゴロツキはお銭《あし》で雇われただけらしいとか」

「一人だけ、とは、中間風の」

「どうですか。御用のことはあたし、あんまし聞かないもんだから」

「うむ、お葉さんに無粋《ぶすい》な捕り物話は似合わんか。しかしそれにしても、以前から解せぬことがある」

「なんでしょう」

「船頭衆のことだ。清次さんや音吉さんも捕り物では仕事をする」

「そうですね」

「過日のような騒動があった場合、商いに障りは出ないのか」

「仲間調達をするんですよ」

「仲間調達?」

「あの堀には都合七軒の船宿がござんしてね、船頭が足りないときは仲間内に助っ人を頼みます」

「なるほど」

「先だっても仲間から船頭を借りまして、商いをしたんですよ。お父っつぁんもけじめにはやかましい人で」

「あの日まで商いをしたとは恐れ入る」

「帳場は番頭の利助《りすけ》さんが仕切ってますし、お種《たね》さんって女中頭《がしら》もいて、あたしなんか呑気なもんですよ」

　お葉が目を細めながら茶をすすり、肩をすくめて、小首をかしげる。乙《おつ》に澄ました婀娜っぽい顔がその仕種のときだけ、江戸娘らしいお転婆《てんば》な表情になる。

　倩一郎が茶をいれかえようとしたとき、長屋の路地に足音がする。誰かに倩一郎の住まいを問う声のあと、すぐ戸口に尻端折りの小男が顔を出す。

「へえ、こちら、真木倩一郎さまのお長屋で」

「お長屋、というほどのものではないが」

「あたくしは天野善次郎様につかわれております、茂助《もすけ》と申します。福井町の道場から、こちらへまわってきました」

「それはご苦労、で、天野になにか」

「旦那様から真木様への言伝てにございます」

「ほーう」

「今夕六ツ半、柳橋《やなぎ》の料理屋〈喜久本《きくもと》〉までお越しくだされと」

「柳橋の料理屋？」

「へえ、喜久本で」

「一膳飯屋の間違いではないのか」

「料理屋と云われております。大事なご用向きなので、万障《ばんしょう》くり合わせるようにとの、言伝てにございます」

一瞬松平定信の名前を出しかけ、お葉を憚《はばか》って、倩一郎は言葉を呑む。天野が酒を飲むためだけに柳橋などに誘うはずはなく、どうせ定信の意を受けている。帰参の話を蒸し返されるのか、あるいは白河の御家内で、なにかの騒動でもはじまったか。

「六ツ半に柳橋の喜久本だな」

「さようで」

「承知したと伝えてくれ」

「へえ、それでは、ご免くださいまし」

小男が頭をさげて戸口を出ていき、倩一郎はその足音を聞きながら、ふと由紀江の顔を思い浮かべる。定信が実質的な当主に納まって国内も平静を保っているとはいうが、今、旧弊《きゅうへい》な老職連中はどうせ反定信派。主導権争いに面子《メンツ》に利害に怨念《おんねん》に謀略、そんなものに係わるつもりはなくても、由紀江と白河にいる母の千枝に関してだけは、行く末が気にかかる。

「旦那、すっかりお邪魔しちまって、そろそろお暇《いとま》しなくちゃ」

「今、茶をかえるが」

「そうもしてられないんですよ。あっちこっち、義理のあるお墓を……盆内は店の手が空《す》きますから、旦那、ぜひお寄りくださいまし」

お葉が畳の上を小腰で歩き、戸口側へ移って、そこでまた膝を折る。

「これを……」

藍染の風呂敷を倩一郎のほうへ滑らせながら、お葉がうつむいたまま、肩をすくめる。

「お気に召すかどうか。ついでのときにでも、袖を通してくださいな」

「うむ?」

「お葉さんが?」

「急ぎ仕立てだったもんで、不手際もござんしょうけど」

「あたしだって女ですよ。針仕事ぐらい心得てます」

軽く指をついて腰をあげ、塗り下駄に足をおろして、お葉が小さく下駄音をたてる。

「お父っつぁんも待ってますから、本当に旦那、〈たき川〉へ顔を出してやってくださいな」

そのままお葉が戸口に消えていき、倩一郎は藍染の風呂敷包みとお葉の消えた戸口とを、苦笑いで見くらべる。渋江村の潰れ屋敷に拉致《かどわか》されてからたった五日、普通の町女なら床もあげられないだろうに、お葉の度胸と気丈さには、少なからず恐れ入る。

倩一郎は頭をかきながら風呂敷包みの前に膝行し、布の耳をつまんで、風呂敷の結び目を開く。納まっていたのは渋い茶の小袖、上質の木綿物が霰《あられ》小紋に染まり、その着物に半襟《はんえり》をつけた肌襦袢《はだじゆばん》と、おまけに二本独鈷《にほんどっこ》の博多帯《はかたおび》がそえてある。帯だけでも二両はする上品だが、まして小袖はお葉自身の仕立てという。衣類のすべてを柳原の古着店であつらえる倩一郎にとって、これはあまりにも、贅沢すぎる。

「お葉さん、気持ちはありがたいが、着ていくところがない」

倩一郎はまた頭をかき、お葉のつかった湯呑に、なんとなく目を向ける。湯呑の縁にはうすく紅の色が残り、その向こうの庭には変わり咲きの朝顔が萎《しお》れかけている。裏の長桂寺では油蟬《あぶらぜみ》が鳴きはじめ、土塀を越して線香の煙が流れ込む。

昼餉《ひるげ》の支度をする気にもならず、さて、髭でも剃って出かけるかと、倩一郎は腰をあげながら、大きく背伸びをする。

＊

新寺町《しんてら》の妙安寺《みようあん》で倩右衛門の墓参を済ませ、奥山でも冷やかそうかと考えて、ふと足をとめる。浅草橋から蔵前通りを歩いてきた都合でうっかりしたが、妙安寺から新堀川《しんほり》沿いを戻れば浄念寺、そして浄念寺門前には線香を商う勘助が住んでいる。小寺が密集した新寺町には墓参の下駄音が行き交い、掘割にも猪牙の波紋が影をひく。

倩一郎は数呼吸の間思案し、堀沿いの道を神田方向へ歩きはじめる。堀の対岸は為五郎の殺された阿部川町、その後拉致《かどわかし》一味の探索がどうなっているのか、他人事ながら気にかかる。

二つの小橋を右手に見ながら道をすすみ、三つ目の手前を左に折れて浄念寺の門前に出る。浄念寺のとなりは幕府米蔵の人足屋敷、門前町には茶店や蕎麦屋の暖簾も見え、山門への角奥に線香屋が店を開けている。店先には小桶に差した墓花、棚には線香に蠟燭に付け木や袱紗《ふくさ》が売られている。

「ご免、こちら、勘助親分のお宅かと思うが」

倩一郎の声に、奥から襷をかけた丸顔の女が顔を出す。歳は三十二、三で姉さん被り、小柄だが色白で目が大きく、笑った顔に愛嬌がある。

「はい、勘助はうちの亭主でござんすが」

「真木倩一郎と申す。勘助親分とは最近の知合いでな」

「あれ、真木様と仰有いますと、あれあれ、そうでござんすか、いえもうお話は聞いております。先だっての捕り物でもご苦労いただいたとかで、ねえまあ、ようお越しくださいました」

「近くまで参ったのでお寄りした。ご亭主はご在宅か」

「それはもう、いえね、ちょいとそこの髪結床へ行ってるだけで、すぐ呼んでまいります」

「造作をかけては」

「いえいえ、本当にすぐそこの、富坂町《とみさか》でござんすから」

勘助の女房が家内《いえうち》をふり返り、襷を外しながら奥へ声をかける。

「おっ母さん、お客様にお茶をお出ししておくれ。勘さんへのお客さんでね、あたしゃちょいと、亀床《かめどこ》へ呼びにいってくるよ」

倩一郎に返事をさせず、勘助の女房が下駄を鳴らして走りだす。倩一郎は店先の縁台に腰をおろし、杉の影が濃い山門前の道に目を細める。揚羽蝶が日陰と日向《ひなた》をひらひらと出入りし、職人風の夫婦が山門から子供の手をひいてくる。

奥から老婆が茶をもってあらわれ、縁台の端に湯呑と煙草盆をおいていく。

待っていたのはほんのしばし、蔵前のほうから浴衣掛けの勘助が顔を見せ、縁台の前へ小走りに駆けてくる。うしろには丸顔で色白の女房、勘助は角張った顔で色が黒く、二人の組み合わせが里芋と蕪《かぶ》を思わせる。

「へい旦那、先だってはお疲れさまにござんした」

「休んでいるところを申し訳ない」

「なーにちょいと油を売ってただけで、世話はござんせん。それよりまた旦那は、なんのご用で」

「お節介とは思ったが、事の成行きが気になってな。父親の墓参ついでに寄らせてもらった」

「さいでござんすか。いえね、それがなかなか……」

勘助が倩一郎に並んで腰をおろし、ちらっと湯呑を眺めて、四角い顔をうしろにふり向ける。

「おいお久《ひさ》、茶なんぞと野暮なものを出さねえで、冷やで一杯もってこい」

「勘助さん、構わんでくれ」

「盆の最中でござんすよ。ちょうどここは寺の門前、あっしらが並んで一杯やるのも、仏様方への供養ってもんだ」

「信心深いことで、結構だが」

「旦那もいいところへきてくだすった。あっし一人だってえと女房のやつ、いい顔で飲ましてくれねえんだから」

勘助の女房が盆をもってあらわれ、大振りの湯呑を二つ、倩一郎と勘助の前においていく。湯呑にはなみなみと酒がつがれ、小鉢には茗荷《みょうが》と胡瓜《きゅうり》の糠漬けがそえてある。

「まあまあ旦那、きゅーっとおやんなさい。昼間の酒は結構な暑気払いでござんす」

自分で云って自分で酒を飲み、勘助が咽を鳴らして、大きく息をつく。剃ったばかりの月代がてらてらと光り、口が一文字に結ばれる。顔は強面《こわもて》だが目には実直な温かみがあり、女房とも息が合っている。子供の一人二人はいていい歳だろうが、家内から子供の気配は伝わらない。

「で、勘助さん、渋江村で捕らえた連中は、その後どうなった」

「それが旦那、やつらの名前素性は分かったんでやすが、それから先の埒があかねえ。みんな金で雇われただけのゴロツキで、お葉さんが米造親分の娘ってことすら知らなかったと。ですがそんななかにただ一人、簑助《みのすけ》って野郎がおりやしてね。こいつだけが口を割らねえんだが、ほかの連中に話をもちかけたのも、この簑助らしゅうござんす」

「それは三十二、三の、中間風の男かな」

「へえ、中間かどうか、そのあたりも分からねえんですが、簑助が差配してたことは確かなようで」

「親分が大川橋の橋番屋へ連れてきた男は」

「弥八でやしょう。あいつにも簑助の面を見せやして、為五郎に連絡《つなぎ》をつけにきた男と知れておりやす。そんだもんで簑助の口さえ割らせりゃあ、いくらか見当もつこうかと」

「為五郎の仲間はもう一人いたはずだが」

「そいつは伊佐次って名前で、思案橋んところの音吉がひっくくりやした。ですが、こいつもただの雇われ者でさあ」

「すべては簑助だけが心得ている、ということか」

「大番屋で責めちゃいるんですがね。どうにもこうにも、バカみてえに口を開かねえ。ゴロツキ連中も賭場《とば》で声をかけられただけってことで、簑助のことで知れてるのは名前ぐれえ。簑助って名前すら、本名かどうか知れたもんじゃござんせん」

「お葉殿を拉致した後どうするつもりだったか、誰か聞いているだろう」

「万事は手前に任せろってことで、簑助は先のことを云わなかったと。下っ引き連中が簑助の素性を追ってやすから、そっちからなにか知れたら、いくらか捗《はか》もいくんですがねえ」

勘助が湯呑に口をつけて、ちっと舌を鳴らし、額の汗を浴衣の袖でこすりあげる。かたむいていく陽射しを油蟬の声が追いかけ、倩一郎の額にも汗がにじむ。

「なあ勘助親分」

「へえ」

「まさか簑助が一人で、この拉致をたくらんだわけではあるまい」

「そりゃあござんせんよ。ゴロツキどもを雇うにしたって、相当の金をつかっておりやす。渋江村の潰れ屋敷も、素人が簡単にもぐり込める場所じゃねえ」

「米造殿の子分衆が屋敷の見張りをつづけたはずだが、その後は」

「ウンでもスンでもねえとか。あの捕り物騒ぎでは村じゅうを騒がせちまった。簑助の仲間が近場まできてたとしても、どこかで勘づきやしたろう」

「拉致の一味が観音の吉兵衛とやらの縁者という話は、親分、どう思う」

「それでやすが……」

腰から抜いたキセルに煙草をつめ、煙草盆をひき寄せて、勘助が火をつける。

「初手に阿部川町で話を聞いたときゃ、まあそうかなと思いやしたがね。だが追い追い考えてみるてえと、どうも腑に落ちねえ」

「やはりの」

「だいたい夜盗を働くような連中と町のゴロツキってのは、質が違うもんでやす。盗人ってのは普段から人目につくような真似はしねえもの、逆にヤクザ地回りなんてのは、肩で風を切って人目に立ちたがる。夜盗がゴロツキを雇ってお葉さんをさらわせたと考えるのは、理屈に合いますめえ」

「なるほど」

「それに思案橋への意趣返しってことなら、拉致なんて手間はかけず、ブスッとやりゃいいわけで」

「米造殿も本心では、別口に心当たりがあるらしいのだが」

「別口、と申しやすと」

「話してもらえぬ」

「そりゃ悪党どもの恨みは山ほど買っておりやしょうが、思案橋の親分に今度のような仕掛けをするってえと、そのへんの小悪党じゃ、どうにも追っつかねえ」

煙を三口ほど短く吐き、雁首を灰吹に打ちつけて、勘助が額に深い皺を寄せる。つき出した咽仏が大きく上下し、組んだ足先で下駄がゆれ動く。

「勘助親分、本当はあんたにも、心当たりがあるのでは?」

「め、滅相もねえ。あれやこれや思案しちゃみたが、これってのは、どうにも思い当たらねえ」

「過日ご同心の友部殿が、佐伯道場へ見えられた」

「へえ?」

「拉致の一味について聞いていかれたが」

「へーえ」

「お葉殿がさらわれた日の正午時分だ」

「聞いておりやせんが、それがなにか」

「米造殿から直接話を聞けぬので、俺のところへきたという」

「そいつはまた」

勘助がぽんとうしろ首をたたき、湯呑をあおって、可笑《おか》しそうに白い歯を見せる。

「そりゃ真木の旦那、友部の旦那じゃ無理もねえ。思案橋の親分とは貫禄が違いまさあ」

「しかし定町廻り同心といえば目明かしの支配。いくら貫禄が違っても、同心が目明かしを憚るのは理屈に合わぬ」

「知らねえお人にはそうも見えやしょうがね、建前は建前、実は実でござんす。特に友部の旦那ってのは余所から八丁堀へ入られた方、遠慮が抜けねえのは仕方ねえ」

「急養子で家督をついだとは聞いたが」

「まだ一年とたっちゃおりやせん。そんなこんなで、あの旦那も苦労されてる訳合いでござんしょう」

酒を飲みほし、奥へおかわりの声をかけてから、勘助がまた煙草に火をつける。女房が二つの湯呑をとりかえていき、町家の老夫婦が墓花と線香を買っていく。

新しい湯呑に口をつけ、勘助が横から、ちらっと倩一郎の顔をうかがう。

「ねえ旦那、八丁堀のご同心衆が一代の抱え席ってことは、ご存じですかい」

「聞いたことはある」

「それぞれが一代だけ奉行所に雇われるわけでやすが、それもやっぱし建前、実のところは世襲で代々ご同心の役をつがれやす。嫁取り養子縁組なんぞも大方八丁堀の内だけでやりやすから、与力ご同心方、みんなどっかで縁続きのような按配で」

「ほーう、そういうものか」

「でやすからね、先代の友部旦那が卒中で倒れなすったときも、筋からいやあ当然、仲間内からご養子を迎えたはず。あっしらもそのつもりでおりやしたところ、どうしたわけか、余所から今の八郎旦那が入られた。これじゃ古株のご同心方が面白《おもしれ》えはずもなく、しばらくはすったもんだもめておりやしたよ」

「友部殿はどこから八丁堀に」

「市ヶ谷の鉄砲組でやす。そこの与力筋のお家柄だとかで、なにせお奉行様直々のお声掛かりだってんだから、これじゃご同心方も歯が立たねえ。定町廻りなんてのは本来、見習いから入られてたたきあげるのが習わし、友部の旦那はその経験もねえ。お仲間内の風当たりも強《つえ》えでしょうが、旦那ご自身も容易じゃござんすまい。ただあのとおり穏やかなご気性ですから、あっしなんぞは心安いんですがね」

「だが、勘助親分」

「なんでやす」

「友部殿が米造殿を憚るのは、新参だから、というだけの理由ではあるまい」

「と、申しやすと」

「米造殿が目明かしの束ねをされておるのは、ただの『年の功』ではないはず。勘助親分も阿部川町で申したではないか」

「あっしが、なにを」

「江戸の目明かしは二十四人、米造殿を入れて二十五人と」

「へえ、そういや、云いましたかねえ」

「定町廻り同心は南北奉行所に六人ずつ、合わせて十二人。つまり一人の同心がそれぞれ二人の目明かしに鑑札を渡している」

「仰有るとおりで」

「それなら米造殿は誰から鑑札をうけておるのだ」

「そりゃあ、ですから、その……」

勘助の眉がゆがんで段をつくり、鰓《えら》の張った顎がもごもご動いて、口からはため息がこぼれ出る。額の汗は酒のせいではないらしく、こめかみから首筋へ、ぽとりと汗が落ちる。

浴衣の袖で額の汗をぬぐい、勘助がぐびりと酒を飲む。

「へっ、まったく真木の旦那は、目明かしより取調べがお上手だ」

「理屈を云ったまでのこと」

「その理屈ってのがおっかねえ。いっそのこと剣術使いなんざやめて、思案橋へ婿に入ったらいかがでやす」

「冗談の前に米造殿のことだ」

「そうは云われても、あっしにゃ分からねえ」

「分からぬ？」

「へえ」

「米造殿が誰から目明かしの鑑札をうけているのか、分からぬと」

「嘘偽りなく、本当に、知らねえんで。旦那から見りゃ大田分けと思えやしょうが、昔っからそういうことになってやして、目明かしの束ねは思案橋の〈たき川〉と、こりゃもう、三度の飯のように決まったことでござんす」

「勘助親分を疑うわけではないが、それはまた、怪風《けぶ》な話だの」

倩一郎は湯呑をとりあげて半分ほど咽に流し、うしろ首をさすっている勘助の角顔を、つくづくと眺める。建前は使用を禁止している目明かしに実際は奉行所が給金を出していること、目明かしとは「目、見えず」というミミズの隠喩《いんゆ》であること。それらがみな事実として、それでは定町廻り同心ですら頭のあがらない思案橋の米造とは、どういう存在なのか。

「いえね、旦那のご不審は、もっともでやすが……」

勘助が煙草盆をどかして尻を寄せ、家の奥を憚るように、ちょっと背中を丸める。

「旦那の仰有るとおり、あっしら目明かしはご同心衆から、身分を証《あか》す書付けを頂《ちょう》戴《だい》しておりやす。ですがこれも先だってお話ししたように、けっして世間様に威張れたもんじゃねえ。まして思案橋の米造親分がお奉行様直々に鑑札をうけてなさるなんぞと、口に出せるもんじゃござんせんよ」

「米造殿は、奉行から」

「噂でやすがね。このことはあっしの親父から聞いた話で、親父もどこから聞いたのか、はっきりはいたしやせん」

「奉行から直々に、か」

「いつのころからかは知りやせんが、昔っから思案橋の家が目明かしを束ねてるのは本当で、ご同心衆も与力衆も、てんで横車は押してこねえ。そんなこんなを考えると、お奉行様から思案橋へ鑑札が出てるって噂も、まんざらの眉唾じゃござんすめえ」

「その話が事実なら、うなずけなくもない」

「ですが旦那、こりゃあっしが云ったんじゃなく、ただの噂でござんすからね」

「心得ておる。しかし勘助親分は、その噂をなぜ米造殿に確かめぬ」

「見損《みそこ》なっちゃいけねえ。あっしだって勘兵衛《かんべえ》から跡目をついだ門前の勘助だ、きっちり米造親分に聞いてみやしたよ」

「うむ、それで」

「頭をポカリと殴られて、それで終わりでさあ。目明かしなんざミミズのように地面へもぐって、人目につかねえところから世間様のお役に立ちゃあいい。目明かしがお奉行様から鑑札をいただいてるなんぞと、口が裂けても云っちゃならねえ、とね」

勘助が首をすくめながら照れたように笑い、尻を元の位置に戻して、また湯呑を口に運ぶ。米造が町奉行から鑑札様のものをうけている、という推測も、同心や与力の対応を見ればうなずける気もするが、それでは逆に、なぜ米造がそこまでの立場にあるのか、という疑問が出てしまう。米造の立場とお葉の拉致、その二つに関連があるのかないのか、結局はなにも分からない。

「旦那を相手に愚痴をこぼすのも、なんてえか、まったく、情けねえ話だが……」

昼酒で酔いがまわったのか、勘助の顔が赤黒くなって、少し舌がもつれる。倩一郎も米造への詮索を放棄し、糠漬けをつまんで酒を口に含む。

「この目明かしって稼業も、最近は世間の風当たりが強うござんしてねえ、あっしなんぞでも気が滅入ることがありやすよ」

「すべては有徳院様の、アホウなお達しのせいかな」

「それもございましょうが、似非《えせ》目明かしだの隠れ目明かしだの、素性の分からねえ連中がはびこりやしてねえ。ご同心のなかにはあっしらに内緒で、ヤクザ者の間者《かんじゃ》をつかわれる方もいる。そいつらが商家料理屋飲み屋あたりへたかり歩きやがって、目明かしの評判を落としてくれる。結句《けっく》世間のやつらはあっしらのことを、地回りや博徒の同類と思い込む」

「勘助親分や米造殿と知り合う前は、俺もそう思っていた」

「お江戸で暮らす人間の半分は、どうせそう思ってるでしょうよ」

「目明かしにその子分、下っ引きだの手先だの、関係が分かりにくいせいだろう」

「そりゃあっしらにもよく分からねえんだ。お奉行所から給金をいただいてる目明かしは、たしかに米造親分を含めて二十五人。ですが子分ってことんなると、こりゃ思案橋なんぞは船頭衆が勤めてやすし、あっしん家《ち》なんかは子飼いに自腹の給金を出してやす。手先、下っ引きってのもまた色々で、家業の傍らに探索を助《す》けてくれる者もいりゃあ、そんときだけ小遣いをくれて雇う者もいる。いわゆる目明かしの息がかかった連中ってことで、下っ引きと手先がどう違うのか、それも親分衆によってまちまち。思案橋が声をかけりゃ三百も集まりやしょうが、商家の番頭、手代、丁稚《でっち》のように、はっきりした区別はござんせん」

「それでは俺に分からぬのも、当然だ」

「でやしょう？　その上暖簾分けってえか、子分のなかで気のきいた者が別に一家を構える場合もござんして、これも思案橋が給金を工面してくれます」

「ますます分からぬな」

「だって旦那、長く勤めた子分を、そのままの飼い殺しにゃできねえ」

「まあ、そうか」

「さしずめ思案橋の清次なんぞも二、三年内にゃたき川を出やしょうかね」

「清次が」

「あいつもそろそろ十年、捕り物の目端はきくし、気風《きっぷ》はいいし、目明かしとしての貫禄も出てきた」

「だが、親分……」

また店に客がきて線香を買っていき、その下駄音がゆっくりと山門へ遠ざかる。倩一郎は湯呑をほして縁台の端におき、どこやらから聞こえる小町踊りの歌声に、一瞬耳を澄ます。

「しかし、なあ、米造殿は清次さんを、頼りにしているのではないか」

「そりゃそうでやしょうが、清次ほどの男を、このままってわけにもいかねえや」

「お葉殿の婿にとって跡目をつがせればよい。あの二人、傍《はた》から見ても似合いと思うが」

「旦那の目からもそう見えますかい」

「うむ」

「いやね、誰が見たってあの二人はお似合いなんだ。お葉さんが芝の紙問屋から出戻ってきたときなんざ、すぐにでも話がすすむと思ってた。こりゃ目明かし仲間もみんな同腹《どうふく》、なんせ思案橋はあっしらの束ねでござんすからね。あすこの跡目が宙ぶらりんじゃ、気がもめて仕方がねえ」

「お葉殿が出戻ってきて、二年ほどになると聞いたが」

「へえ、旦那はあすこの若親分一家のことは、ご存じで」

「あらましは、な」

「それがこの由造《よしぞう》さんて若親分が、米造親分に似て出来のいいお人でねえ。三十前にゃもう一端《いっぱし》の貫禄、米造親分もそろそろ隠居しようかって矢先に、あの箱根だ。お葉さんのほうはその前に紙問屋へ嫁いでたんでやすが、べつに惚れた腫れたってほどの話じゃねえ。そこの若旦那に見初められて、まあいいかなとかってね。なんせ兄嫁のお紺《こん》さんがたき川を仕切ってるし、坊ちゃんも生まれて跡継ぎも決まってる。誰も邪魔になんぞするはずもねえが、お葉さんにもいくらか、肩身の狭《せめ》え思いはあったんでしょうかねえ」

「意外に気をつかわれる質ゆえの」

「そうそう。ですが若親分一家があんなことになっちまって、お葉さんのほうも不縁。それでたき川へ戻りなすったわけだから、婿をとることに遠慮はねえはず。清次なら男前も決まってるし御用の腕も確か。こりゃ誰が見たって、なるようになると思うじゃねえですか」

「うむ」

「ところが二年もたったてえのに、気配もねえし毛も生《は》えねえ。お葉さんも男に懲りなすったのか、あるいは清次のほうに気がねえのか。お他人様の身内事に口を出すわけにもいかねえが、このへんで恰好《かっこう》をつけてもらわなきゃ、目明かし全体が落ちつかねえや」

倩一郎は勘助に相づちを打ち、飛んできた紋白蝶に、ふっと息をかける。勘助が心配しなくても男と女、清次とお葉も落ちつくところへ落ちつくのだろうが、渋江村の潰れ屋敷で助け出した際、お葉はまず倩一郎の名を呼び、それからすぐ米造の腕に倒れ込んだ。朦朧《もうろう》とした意識の内にあったとはいえ、倩一郎と米造のあいだには、清次の顔もあったのだ。

「勘助親分、拉致の話を聞くだけのつもりだったのに、長居をしてしまった」

「あれ、お帰りですかい」

「思いがけず馳走になった。女房殿にもよろしく伝えてくれ」

腰をあげた倩一郎に勘助も縁台から腰を浮かせ、頭をかきながら浴衣の襟をととのえる。

「そういや旦那、手前の話にばっか夢中んなってて、肝心なことを忘れてた」

「うむ？」

「ほら、他でもねえ、旦那が渋江村でお斬りんなった、浪人者のことですよ」

「鷲見彦四郎とか云ったかな」

「へい。調べましたところあの鷲見って浪人は、元上州は安中板倉《あんなかいたくら》様のご家中だったようで。賭場の用心棒やら高利貸しの取立てやら、まあロクでもねえ身過ぎをしてたんでやすが、本所の長屋にはご新造と、五つ六つの倅が暮らしておりやした」

「そうか」

「ところがねえ、自身番で面《めん》を通させたら、そのご新造、自分の亭主じゃねえと云い張りやがる」

「ほーう」

「長屋の大家も呼び出して面検めをやったんですが、大家は鷲見に間違いねえという。間違いねえ、いや違う、間違いねえ、いや違うと、とんだ押し問答で」

「それで？」

「ご新造はどうでも亭主じゃねえと云い張り、仏もひき取らねえという。そりゃまあ事情もあるんでやしょうが、えれえ人情の薄い女じゃござんせんか」

「武家などとはそんなもの。鷲見がいなくなってそのご新造も、国元へ戻れるのかも知れぬ」

「そりゃまあ、ねえ」

「鷲見の遺体は」

「米造親分のはからいで、谷中《やなか》の無縁墓地に葬りやした」

「その妻女も拉致のことなど、聞いてはいなかろうしな」

「為五郎を斬った浪人者に死なれちまったわけで、探索もひと頓挫《とんざ》でやす」

堀道へ向かいかけた倩一郎の足がとまり、細い眉が勘助をふり返る。

「親分、為五郎を斬ったのは、鷲見ではないぞ」

「へえ？」

「そんなことを誰が申した」

「誰が申したって、そりゃ理屈から考えて、為五郎を斬ったのは鷲見だと」

「あの男の剣に居合いの技はなかった。たとえ心得があったところで太刀筋が違う」

「本当でやすか」

「為五郎を斬ったのはもっと、腕の立つ侍だ」

「こりゃ参った。為五郎は鷲見に斬られて、その鷲見は旦那に斬られたってことで、片づけちまった」

「拉致の一味にはまだ仲間が残っている。その仲間にはかなり腕の立つ侍もいる。親分たちも用心をすることだ」

「へえ、どうも」

「そういえば俺も忘れていたことがある」

「へーえ」

「為五郎の人出入りを、ちと調べなおしたらと思う」

「と、仰有いやすと」

「渋江村のゴロツキどもはみな簑助から話をもちかけられた。しかし弥八と伊佐次を誘ったのは為五郎。為五郎は簑助同様、一味に深く係わっていたのではないか」

「あ、なーるほど」

「だからこそ一味は為五郎の口を封じたのだ」

「まったく旦那ってお方は、剣術使いなんぞにしておくのはもったいねえや」

「どうせ暇をもてあましている。助っ人が必要なときは、いつでも声をかけてくれ」

勘助が黒い顔に歯を白く見せ、うしろ首をさすりながら、軽く頭をさげる。そのとき堀道のほうから雪駄の足音がひびき、勘助の子分が奴凧《やっこだこ》のように駆け込んでくる。

「お、親分、大変だ」

「バカ野郎、真木の旦那がいらっしゃるんだ、ちったあ乙に澄ましやがれ」

「だって……」

「まあいいやな。どうしたい、オロシャがお江戸に攻めてきたか」

「そんなんじゃねえんで」

「団十郎《だんじゅうろう》が犬に咬まれたとか」

「いえね親分、簑助が……」

「簑助？」

「大番屋で、簑助が、舌をかみやがった」

「なんだと？」

「もういけねえ。おいらがのぞいたときゃあ白目をむいちまって、すっかり仏だあ」

勘助の視線がめぐってきたときには、さすがに倩一郎も腕を組み、空を暗くする朱鷺の群れを眺めるばかりだった。

＊

新調の小袖などどこへ着ていくのか、と思っていたが、天野善次郎から呼び出しをうけた〈喜久本〉が一膳飯屋でなかったことを思い出して、倩一郎はお葉仕立ての新《さら》物《もの》に袖を通す。身幅の狭い江戸仕立ては足のさばきも軽く、渋茶の霰小紋には糊《のり》抜きがされている。丈も袖丈も測ったような適寸、博多帯の色目も小袖の柄によく合い、肌襦袢からは木綿の清々《すがすが》しい香りが匂い立つ。

くたびれた袴はつけず、着流しで長屋を出る。日が落ちて空気の熱気はうすまり、本所界隈では藪蚊が活気づく。

竪川を渡り、東両国から両国橋、夜店の支度が始まった両国広小路をそぞろ歩いて、神田川にかかる柳橋を渡る。佐伯道場のある福井町も目と鼻の先だが、倩一郎が柳橋に足を踏み入れるのは初めてのこと。もっとも柳橋というのは通称で、四囲を大川と神田川、蔵前通りと松平伊賀守《いがのかみ》屋敷に囲まれた平右衛門《へいえもん》町や旅籠町代地《はたごちょうだいち》などの一郭を、俗に柳橋と呼ぶ。

料理屋の下働きらしい男に〈喜久本〉の所在を聞き、大川に面した河岸地に入る。いつも対岸から眺めるだけの川沿いには料理屋が櫛比《しっぴ》し、黒板塀の内から酔声や三味線の音がこぼれ出す。日が落ちて家々の軒行灯《のきあんどん》に灯が入って、大川の上空には初打ちの花火があがっていく。

喜久本の暖簾をくぐって腰の大小をあずけ、女中に案内をされて二階へ向かう。廊下も柱も手摺《てす》りも檜《ひのき》の無垢《むく》、欄間《らんま》の装飾には桜材や椿《つばき》材がつかわれ、障子紙には金粉が散っている。

廊下をつきあたりの部屋まですすみ、女中が膝を折って倩一郎の来参を告げる。内から襖が開いて大年増が顔をのぞかせ、身をひいて倩一郎を迎え入れる。

「おう、待ったぞ。ささ、こちらの座に落ちついてくれ」

天野が手真似で自分のとなりをすすめ、倩一郎はすでに用意されている膳前に腰をおろす。天野がこんな料理屋に身銭を切るはずはなく、床の間を背にした席には松平定信が端座している。座敷にはほかにも三人の武家がいて、倩一郎の顔に興味深そうな視線を送ってくる。一人は二十五、六で色白小太り、あとの二人は四十半《なか》ばの年齢で着流しに夏羽織。三人とも絹の小袖だから、白河の家士ではないだろう。

定信が皮膚の薄い頬を皮肉っぽく笑わせ、倩一郎にそっぽを向いて、盃を口に運ぶ。

「方々《かたがた》、この男が今話しておった、臍曲《へそま》がり者の真木倩一郎だ。本来ならわしに代わって白河の当主に納まっていたやも知れぬというに、帰参をすすめても首をたてにふらぬ。過日などわしに向かって、朱子学かぶれの大田分けとぬかしおったわ」

大年増が笑いを堪《こら》えながら倩一郎の盃に酒を満たし、定信に黙礼をして、座敷をさがっていく。

「天野、倩一郎を方々にひき合わせよ」

天野が居住まいをただして一礼し、咳払いをしながら、長い顎をひきしめる。

「真木、殿のとなりにおられるのが、新御番《しんごばん》をお勤めになる佐野善左衛門《さのぜんざえもん》殿にござる」

倩一郎と若い新番士が目礼を交わし、その呼吸を見計らって、天野が紹介をつづける。

「そしてこちらは南町奉行所の年番《ねんばん》与力、大久保光政《おおくぼみつまさ》殿、またあちらが勘定奉行所で吟味《ぎんみ》役をお勤めになる根岸鎮衛《ねぎしやすもり》殿だ」

倩一郎はそれぞれの幕吏《ばくり》に黙礼し、佐野、大久保、根岸の顔を見くらべる。佐野は倩一郎と同年配ながら神経質で実直な風貌《ふうぼう》、大久保と根岸は年功をつんだ苦労人風。しかし新番士は名門の旗本が務める幕府の高級役職だから、年番与力や勘定吟味役とは格が違う。そこに親藩十一万石の次期当主がいて天野がいて浪人の倩一郎が呼ばれて、いったいこの座の顔ぶれは、なんの判じ物なのか。

定信が扇子の先でとんと畳をつき、つりあがった目で倩一郎の顔を見おろす。

「なあ倩一郎、大久保と根岸は下情の達人でな。漢籍や手跡に師が必要なのと同様、わしは二人から町話の指南をうけておる。根岸に云わせるとこの江戸には狐狸妖怪、幽霊怨霊《おんりょう》などが跋扈《ばっこ》しておって、たいそう賑わっておるそうな。またこの佐野善左衛門は、こう見えても柳生流の目録を得ておる。佐野の身内が田安家の付け用人をしておった縁で、わしに剣術の指南をしてくれたのだ」

「さようですか」

「されど今宵は狐狸妖怪の話ではなく、剣術談義でもない。根岸が浅間の山焼けを視察して参ったというので、その話を聞こうと思っての。気のおけぬ方々ゆえ、そのほうもくつろいで飲むとよい」

どうやら帰参話の蒸し返しではなく、白河家中に不穏な動きがある、という話でもないらしい。それは結構だが、浅間の山焼けと倩一郎に、なんの関係がある。

襖が開いてまた大年増が顔を出し、女中と一緒に酒と二の膳を運び入れる。膳をそろえて女中は出ていき、座敷には大年増だけが残る。歳は三十をすぎているが仕種には品があって、顔立ちにも華やかな艶《つや》がある。

女が座のすべてに酒をついでまわり、最後に定信と天野のあいだに腰を落ちつける。

「さて根岸、さっそくだが、浅間での見聞きを話してもらえぬか」

根岸鎮衛が日灼けした額に皺をつくり、慌てて鯛《たい》の刺身を飲み込む。

「いやあ、それがでございますなあ、見ると聞くとでは大違い。江戸を発《た》つ前は煙を噴いただけと思っておりましたが、お山の頂上付近はすべて噴き飛び、焼け岩なども雪崩がごとく流れ出ましたよし。被害は信濃《しなの》側より上州側へ集中しておりまして、麓の鎌原《かんばら》村など、一村すべてが焼け岩に呑み込まれたほど」

「死人などの数は」

「さようでございますな、身共《みども》が見聞きしました範囲でも、千は超えておりましょう」

座に低い嘆息が共鳴し、沈黙が広がって、大川に浮いた鍵屋の船から、とんとんと花火が打ちあがる。開け放った障子窓からは両国橋が遠望され、夕涼みの提灯が蛍のように行き来する。

「で、勘定奉行所では、鎌原村にどのような施策をいたすのだ」

「さあ、それが、なにせ天災のことゆえ、施策など考えようもなく」

「されど生きて焼け出され、耕す地など失った百姓どもに生計《たつき》の道は与えねばなるまい」

「それは隣村の有徳者など数名が、生き残った男には女を、子を失った親には子を、それぞれ周旋などしておるよし。米味噌《みそ》醤油なども隣村よりほどこす者があり、餓死者などは出ておりません」

「公儀など初手《しょて》から当てにしておらぬ、ということか」

「民とはさようにたくましきもの。お上が不当な介入をいたさなければ、それぞれ勝手に生きていくようでございますな」

定信が鼻白《はなじろ》んだような顔をし、女がすかさずその盃に、酒を満たす。

「されど根岸殿……」

与力の大久保が汁椀を膳におき、盃をとりあげながら、咳払いをする。

「過ぐる年の火事、例の目黒行人坂《めぐろぎょうにんざか》より出た火事にござるが、あの折りなど死人《しびと》が万を超え、町家寺社武家屋敷など、江戸の三分の一が焼失してござる。鎌原村一村が焼け岩に押し流されて死人が千余であれば、不幸中の幸いではござらぬか」

「ものは考え様、死人の数で災難の優劣はつけられませんが、身共にはちと、気になることがございましてな」

「はて、それは」

「山焼けにより噴き出た煙の行方にござる」

「煙などすでに薄れておるが」

「それがですなあ、視察に同行した天文方《てんもんかた》の話によると、煙に粉塵《ふんじん》の交じったものが、そっくり奥州へんの空を被うやも知れぬと」

「なに、奥州へんの空を」

　盃を構えていた定信の手がとまり、背筋がのびて、目尻がつりあがる。

「根岸、上州の山が焼けて奥州まで粉塵が流れるとは、いかなる仕儀じゃ」

「そのあたりは不案内でございますが、天文方の申すには、風向きになにやら目のようなものがあるそうで」

「風向きの目とは」

「海に潮の目があると同様、風向きにも目があるとか。その風目は朝鮮から蝦夷地《えぞ》の方向へ流れておるそうで、それによって上州の粉塵を奥州まで運ぶのだと申します」

「されど粉塵など雨が降れば、地へ払われるであろう」

「さあ、それが、粉塵は雨の巣より、もっと上空を被うとか」

「雨の巣より……さすればその粉塵は、日まで遮るのか」

「御意」

「日が遮られたら、奥州へんの米は、これは、まずいの」

とめていた盃を口に運び、定信が頬をひきつらせて、視線を天井にただよわす。川風にのって大川の賑わいが座敷に流れ込み、どこかから芸者の嬌声も聞こえてくる。

定信がふと盃を戻し、長く息をついて、こめかみにぴくっと青筋を走らせる。

「伊達《だて》殿、佐竹《さたけ》殿、それに南部《なんぶ》や津軽《つがる》にも米囲いの談合をせねばならんが、はたして、どうなるやら」

与力の大久保が膝に手をそろえ、白髪交じりの頭を小さくかたむける。

「奥州へんは数年来の不作と聞いております。各御家も用金は払底《ふってい》しておりましょう。西国《さいごく》からの回米《かいまい》と申しても、商人どもが、金を貸すかどうか」

「なんとか幕閣を動かさねばならぬが、頼みは周防守《すおうのかみ》殿かの。飾り物とはいえ老中首座におわす仁、この周防守殿が……」

「当てにはなりますまい」

　小太りの佐野善左衛門が頬をいくらか酒に染め、端座したまま、一言に吐き捨てる。

「周防守様に限らず、今のご老中方はすべて田沼の傀儡《かいらい》、田沼がうんと云わねば一両の金も動きません」

「その金を動かせねば、またも何万の民百姓が飢《う》え死にする。無理は承知でも、座視するわけにはいかぬ」

「率爾《そつじ》ながらその田沼に係わり、奇妙な噂がございます」

「うむ？」

「まさかとは思いますが、倅の山城守《やましろのかみ》を若年寄にすえるべく、画策をはじめたとか」

「それは……」

　定信が言葉を呑み、扇子の先で畳をこねまわしながら、座の顔を見くらべる。大久保も根岸もお互いの顔を見くらべ、頭をふったり鼻を曲げたり、様々な表情をくり返す。

「しかし、それは、佐野様」

根岸が軽く膝をたたき、日灼けした丸顔を横にかたむける。

「いかな田沼様であられても、その横車は押せますまい。若年寄は譜代のお大名衆が勤められる大公儀の要職。山城守様はいまだ、ご家督すらついでおりませぬ」

大久保も相づちを打ち、根岸と見交わした目を佐野の顔に向ける。

「されどご両人、意知《おきとも》が現在勤める御奏者番《ごそうじゃばん》とて、本来は大名がつくお役。田沼はことごとく公儀の慣習を蹂躙《じゅうりん》してござる」

「佐野、その噂とやらは、お城の茶坊主あたりが囁《ささや》くものであろう」

「ではございますが、相手が田沼だけに絵空事とも思えませぬ。かりに山城守が若年寄の座につけば、次の老中職も決まり。鎌倉《かまくら》幕府が執権の北条《ほうじょう》にのっ取られ、足利《あしかが》幕府もまた管領《かんれい》の細川《ほそかわ》、斯波《しば》、畠山《はたけやま》にのっ取られました。徳川幕府も老中職が田沼の世襲と定まれば、それはもう実質的な田沼幕府。先の鎌倉、足利の例もございますれば、ゆめゆめ、侮《あなど》りはなりませぬ」

「佐野も大げさなことを申す。ではあるが……」

定信がつがれた酒をくいと飲みほし、大川の夜景に目をやりながら、口をへの字に閉じる。つりあがった目に行灯の光がゆらめき、こめかみの青筋が膨脹と萎縮をくり返す。

「その茶坊主あたりが囁く戯言、これは案外、面白いかも知れぬぞ」

「と、申されますと」

「田沼が倅を若年寄にすえようなどとは、いかにもありそうなこと。噂の真偽にかかわらず、田沼ならそれぐらいやりかねぬと、誰もが思うではないか」

「まあ、さようですかな」

「さればその若年寄の餌、こちらから田沼の鼻先へぶら下げるのはどうじゃ。かわりに奥州への回米を約させるのだ。十万両も田沼の懐から吐き出させれば、奥州の民百姓五十万の命が救われる。いささか邪道だが、田沼が相手では邪道も許されよう」

「ですが、上総介様」

佐野の言葉を扇子で制し、定信が盃をさし出して、女から酒をうける。

「無茶は承知しておる。また田沼が相手では、事がたやすく運ぶとも考えておらぬ。されど奥州の飢饉《ききん》を目の前にして、手をこまねいてはおれぬだろう。幕閣への根回しはわしが務める。佐野、大久保、根岸、方々は噂が事実や否や、またその噂が奈辺《なへん》にまで広まっておるやら、早急に調べてくれ」

「上総介様がそこまで申されるならば」

「うむ。それから根岸、風向きの目とやらを申した天文方に、もうちと詳しい話が聞きたい。近いうち我が屋敷まで同道してもらえぬか」

「かしこまってございます」

「いずれにせよ奥州へんの不作はつづいておる。田沼がため込んだ賄賂金は本来、幕府のご金蔵へ納まるべきもの。田沼から金を吐き出させることに、容赦《ようしゃ》はいらぬ」

女が間を計るように座を立ち、空いた銚子をもって廊下側の襖を開けていく。三味線の音が流れ込んでは消え、大川からは西瓜《すいか》を売るうろうろ船の声が聞こえてくる。

それまで倩一郎には視線を向けなかった定信が、ぱちりと扇子を開いて、つりあがった目尻を笑わせる。

「どうだ倩一郎、朱子学かぶれの大田分けでも、民の生計は考えておる。その方は朝から晩まで棒切れをふりまわし、民へいかなる益を与えておるのだ」

「私は市井の一民なりますれば、ただ個人の益を考えるのみ。百姓には百姓の、浪人には浪人の、大名には大名の、人にはそれぞれに分《ぶん》がございます」

「なれば公方には公方の、老中には老中の分がある理屈だの」

「いかさま」

「倩一郎から見て、田沼は老中の分を全うしておると思うか」

「さあ、それは、どのご老中に比しての話でございましょうや」

「誰とは云わぬ。ご政道の中心に田沼が居すわっておる今の世に暮らしておって、民は幸せかどうか、それを聞いておる」

「奥州の飢饉も浅間の山焼けも、田沼様お一人の責任とは思えませんが」

「それではこの大川の賑わいはどうだ。両国にも芝居町にも吉原にも、日に千両の金が落ちるという。商人にしても三井《みつい》住友《すみとも》鴻池《こうのいけ》をはじめ、近くに蔵を並べる札差どもも、みな何万何十万という小判をため込んでおる。その金を飢饉の地へまわせるのは一人田沼のみ。座して何万の民を見殺しにするのは、老中のすべきことなのか」

「その田沼様をご老中にすえられたのは、殿をはじめ、徳川に連なる大名旗本の方々にございます」

「食えない男だ、あくまでもわしに逆らいおる」

「理屈などはどのようにも成り立つもの。ご無礼ながら殿の田沼様への思いは、多分に私怨《しえん》でございましょう」

天野が倩一郎のほうへ腰を泳がせ、佐野、大久保、根岸も一瞬、顔色を青くする。定信を白河へ追いやり、将軍への道を閉ざしたのは田沼意次。そんなことは誰でも知っているが、あえて口に出せば、定信の神経を逆撫でする。

一同が息をとめて見守るなか、定信がぱちりと扇子を閉じ、素知《そし》らぬ顔で膳の玉子焼きに箸をのばす。こめかみには青筋も浮かず、唇には笑みさえ見せている。

二口ほど玉子焼きをつまんでから、定信が箸をおいて、倩一郎に肩を向ける。

「倩一郎、過日そのほう、家士領民さえ安逸なれば、領主など嫡流でも傍流でも、なんでも構わぬと申したの」

「云いましたかな」

「本来なれば手討ちにも致すべき申し様だが、実はわしも、お前と同じ考えをもっておる」

「理屈でございますれば」

「領主の出自など、たしかに犬猫でも構わぬ。東照権現様《とうしょうごんげん》とて元をただせば三河《みかわ》の山賊、三河の山賊が将軍となり、しかしそれが歴史を重ねれば、もはや将軍は生まれながらの将軍になる。流民、山賊、百姓、商人などとは、生まれながらに異なる役割を担《にな》わされる」

「人それぞれに分があることは、先ほども申しあげたかと」

「さればよ、わしとて田沼が憎くないとは云わぬ。しかし田沼が民百姓のため、扶桑《ふそう》安泰のために職を行うのであれば、公儀など田沼にくれてやっても構わぬと思う。幕閣の内にも田沼がすすめる商《しょう》の施策、先見の明ありと喝采《かっさい》する者もおる。されど商によるうるおいなど一時《いっとき》の夢、結句は天下のすべてが金に追いまくられ、人の心が卑《いや》しき淵《ふち》で喘《あえ》ぐことになる。わしが田沼を許せんのは、田沼は目先の利のみ、商人が益のためにのみ職を専横しておることだ。あの男の躰からはまだ、足軽の血が抜けておらぬ」

「さようですか」

「田沼の家は元々が根来《ねごろ》の下人、根来の一部は江戸開府とともに鉄砲組として召し出されたが、多くは紀州《きしゅう》に残って足軽、百姓、商人となって糊口《ここう》をしのいでおる。されば田沼が老中の分を全うせず、目先の利のみを追い求めるのも、ある意味、あやつの宿業《しゅくごう》かも知れぬ」

定信が言葉を切り、倩一郎は盃を手の内でもてあそんで、ほかの四人はなにを見るともなく、視線を天井や窓外にただよわす。両国橋の手前で花火があがり、川端に並ぶ料理屋のどこかから歓声がわき起こる。

廊下の襖が開いて女が膝を入れ、銚子をのせた盆を運び入れる。

倩一郎は盃をおいて腰を浮かせ、顔を伏せたまま、軽く頭をさげる。

「ご無礼ながらちと、厠をつかってまいる」

「お、お、それなら拙者も、ついでに」

天野も一緒に腰を浮かせ、あいている襖からつづけて座をさがる。定信の云うとおり両国、日本橋の芝居町、遊廓《ゆうかく》の吉原は一口に「日千両」、それらの金も町人の稼ぎも武士の俸禄も、日本じゅうの金が一方的に大商人や札差の蔵に吸い込まれ、それが貧者へ還元されることはない。倩一郎もその現実に怒りは感じるが、田沼一人を幕閣から排除したところで、この世の中、変わるものかどうか。

二階廊下を途中まで戻ると、裏庭側に出部屋のようにつき出した厠があり、三枚の板戸が並んでいる。手摺りを背にした腰台には厠番の小女が座っていて、それぞれの板戸に倩一郎と天野を招き入れる。倩一郎は厠へ入って用を足し、出てきてから小女に手水《ちょうず》と手拭いの世話をうける。天野もつづけて小女の世話をうけ、二枚の波銭を心付けにする。

「なあ天野、酒肴を振舞われて文句は云わぬが、殿はなにゆえ、この席に俺などを招いたのだ」

廊下の途中で足をとめ、裏庭の手摺りに肘をかけて、倩一郎は天野善次郎をふり返る。天野も欠伸をしながら手摺りにもたれ、握った拳でとんとんと肩を打つ。

「あれでお口には出されんが、まあ、未練かなあ」

「未練とは」

「お主の帰参じゃい。殿とて家中にお味方が少なく、内心は心細く感じておられる。真木が帰参してお側に仕えてくれれば、俺としても心強いんだが」

「お身回りに不穏な動きでも」

「不穏な動き？」

「まさかとは思うが」

「おいおい、それは考えすぎだ。いくら国元の連中が旧弊でも、そこまでは……」

「するはずはないか。しかし天野、殿がこのように外出《そとで》をされるのは、ちと不用心すぎるぞ」

「心配ない。柳生から十人ほど手練《てだれ》を借りて、そこここに配置しておるわ」

「佐野殿の手引きで、か」

「そういうことだ」

「それだけ家中が信用できぬのだろう」

「その、なんだ、江戸のお屋敷は大方殿のご親政に従っておるが、なかには国元とよからぬ意を通じておる者もいる。一応は用心せねばいかんのよ」

天野が長い顔を上からつるっとなで、倩一郎に肩を寄せて、横から目配せをする。

「それより真木、今日はどうした」

「なんのことだ」

「その粋な衣装《なり》、損料屋《そんりよう》からでも借りてきたか」

「うむ、いや」

「まあ、そんなことはどうでもいいがな。あの座敷にいる色年増は、なんだと思う」

「この屋の女将だろう」

「そりゃそうだが、これが訳ありでなあ。殿が以前に通っておった、吉原の大籬《おおまがき》だ」

「ほーう」

「源氏名は朝霧《あさぎり》だったとか」

「大籬の高級女郎《ちゆうさん》をひかせるとは、白河も意外に裕福だな」

「冗談はやめい。あの吝《しわ》い殿が女郎などひかせるかよ。年季が明けて自由になった身に、京の糸問屋がこの店をあてがっておるだけのこと。つまりわが殿は、他人の褌《ふんどし》で相撲をとられておるわけだ」

「なるほど、吝いの」

「だがお吟《ぎん》という女将、元々は武家の娘だとかでなにや彼《か》や、わが御家に便宜《べんぎ》を図ってくれる。そこがそれ、見かけによらぬ、殿のご人徳というやつじゃい」

また天野がとんと肩を打ち、肩の凝りをほぐすように二、三度首をまわす。

「さて、座敷へ戻らんと、殿のご機嫌が損《そこ》なわれる」

連れ立って座敷へ戻り、元の席に腰を落ちつけて、倩一郎と天野がそれぞれ、女将のお吟から新しい酒をうける。座は奇妙に和《なご》やかで、定信をはじめ三人の幕臣も目や口元に笑みを残している。

酒が面《おもて》に出ない質なのか、定信が青白いままの顔を、倩一郎にふり向ける。

「倩一郎、今根岸に面白い話を聞いたところだ。最近町々の辻塀などに、〈賄賂鳥《まいない》の糞溺《くそおぼ》れ〉とかいう落書《らくしょ》が張り出されるそうな」

「噂だけは」

「絵草紙様の刷《す》り版らしく、明らかに老中某《なにがし》と思われる年寄りが千両箱を抱えて、雪隠《せっちん》の肥溜まりに嵌《は》まっておる。千両箱を放せば沈まぬものを、その年寄りは金輪際放さぬ様子だとか。大方老中が柳営《りゅうえい》にて詰める溜まりの間と雪隠の糞溜まりを掛けたものであろうが、民とは辛辣《しんらつ》で、無責任なものだの」

定信が苦笑しながら酒を口に運び、一座もそれぞれに盃をとって皿小鉢に箸をつかう。膳には汁、鱠《なます》、焼き物に煮物に香の物と無難な料理が並んでいるが、〈たき川〉で振舞われた料理のほうが味、姿とも、すべてに気配りが勝っている。

となりの天野から酌をうけ、その酌を返してから、倩一郎は定信に向かって膝に手をそろえる。

「殿、御前には合わぬ話かとも存じますが、ちと大久保殿に、お尋ねしたき儀がございます」

「この場は無礼講だ、遠慮には及ばぬ」

「しからば」

膝先を年番与力の大久保へ向け、倩一郎は軽く頭をさげる。

「大久保殿、堀江町でたき川と申す船宿を営みます目明かしの米造殿は、ご存じでしような」

与力の大久保が盃を構えたまま、ちらっと定信に視線を送り、その視線を訝《いぶか》しそうに倩一郎へ返す。

「もちろん存じておりますが、それが？」

「この月になって二度、米造殿の娘ごが拉致にあいました」

「今は北の月番ゆえ詳しくは知りませんが、そのような話は耳にしております」

「ひょんなことから、拙者、係わりましてな」

「真木殿が」

「拉致の場に出くわしたのはただの偶然。されど俗にも乗りかかった船と申すように、捨ておけぬ仕儀となりました」

「それはまた、ご苦労に存ずる」

「お葉殿と申す娘ご、過日は賊の手より救い出しましたが、一味はまだ残っておりましょう。ただ経緯《いきさつ》に解せぬことが多く、この騒ぎ、目明かしに遺恨をもつ盗賊の仕業とは思えません」

「解せぬこと、とは」

「まず一味がお葉殿の命を奪わなかったこと。目明かしへの意趣返しならば、その場で殺せば済むはず」

「なるほど」

「加えて周到な手配りと一味の数、背後には腕の立つ武士もおりますし、なにやら大組織の気配すら感じられます。また米造殿の身分も不可解、目明かしの束ねという立場にありながら、なぜ米造殿がその立場についておるのか、目明かし仲間でも知らぬよし。そこで大久保殿にお尋ねしたい」

「はあ」

「町奉行が目明かしに対して、直々に鑑札を与えることなど、あり得ましょうか」

「いや、それは……」

一座の視線がすべて大久保の顔にそそがれ、大久保の膝が畳の上で、もぞもぞと動く。

「大久保、面白そうな話だの。なにやらわしも興を覚えるぞ」

定信に顎をしゃくられ、お吟が大久保の傍らへ膝行して、その盃に酒を満たす。大久保はしばらく盃を見つめたあと、肩の力を抜くように、ゆっくりと酒に手をつける。

「真木殿、お奉行よりの鑑札とかいう話、誰からお聞きなされた」

「目明かし仲間での噂だとか」

「さようでござるか。されば実際に鑑札を下賜《かし》されたのは、東照神君であらせられる、という噂は？」

開きかけた倩一郎の口がとまり、一座の箸や盃も、それぞれの位置で凍ったように停止する。

「私も先代の年番与力よりの又聞きにございますれば、細部に齟齬《そご》があるやも知れません。みなさま方、そのつもりでお聞きいただきたい」

大久保が言葉を切っても誰一人言葉を返さず、大川の喧騒さえ座敷の空気を避けていく。

「話をどこからはじめたものか……しかしやはり、有徳院様の御世に起こりました椿《ちん》事《じ》からでございましょうかな。ご承知のように幕府は建前として、町方与力同心の目明かし使用を禁じてございます。これは有徳院様が将軍の職におわしますとき、おんみずから禁止のお触れを発せられた例により、建前としてつづいておる慣習にございます。さりながらこの江戸において目明かしなかりせば、治安の維持などもってのほか。有徳院様も目付の誰某《だれそれ》よりの進言を鵜《う》呑《の》みになされ、うっかりご短慮あそばしたものと思われます。ここで困惑なされたのが当時南町のお奉行職にあられた大岡越《おおおかえち》前守《ぜんのかみ》様。目明かしをつかえなければ江戸が盗人凶賊の巣窟《そうくつ》となるは必定、そこでただ今お話に出ました米造殿の先代と談合し、その先代を同道の上、なんと、柳営へ乗り込まれたと申します」

誰かが唸り声を発したのは当然、町人でも天下祭りとお能拝見日のときだけは江戸城内に足を入れられるが、それもほんの片隅をかすめるだけ。大久保の云う柳営とは政庁のことで、将軍老中が執務する本丸まで町人が出入りすることなど、まずあり得ない。

「大岡様がどのような手立てをなされたのか、そこまでは分かりませせぬ。されど白書《しろしょ》院《いん》に有徳院様のご臨席をたまわり、また時のご老中若年寄の面々も招集され、その先代が所持したる古き書付けを、お示しなされたとか」

「その書付けが……」

「東照神君より米造殿の遠祖にくだされた、目明かしの信任状であったと。このお墨付きの内容がまた、驚くべきものにございました」

そこで大久保が言葉を切ったが、誰も言葉を挟まず、沈黙だけが淡々と座敷を圧迫する。

「上総介様、並びに方々、神君がこの江戸に幕府をお開きになる前の世、滝川一益《たきがわかずます》という太守《たいしゅ》がおりましたことは、ご記憶にありましょうか」

定信が扇子を膝に立て、座を代表するように、重々しく口を開く。

「滝川一益は紀《き》氏の流れをくむ近江《おうみ》の武将。織田信長《おだのぶなが》公に仕え、一時は関八州《かんはつしゅう》を治めたほどの太守であった。後には豊臣《とよとみ》と戦い、また小牧長久手《こまきながくて》では権現様と戦い、最後は越前《えちぜん》に蟄居《ちっきょ》なされた仁」

「さようにございます。そしてその滝川一益公こそが、ただ今江戸において目明かしの束ねを勤めます米造殿の遠祖。神君がお墨付きを下賜されました滝川八郎太《はちろうた》は一益の孫にあたり、またお墨付きの内容は『滝川家に代々蚯蚓《みみず》御用を申しつけるものなり』というもの」

「ミミズ御用とは」

「ミミズがごとく地に伏し、陰よりお江戸の治安を守るお役目、というほどの意味にございましょう。傍書《わきが》きには『ひとたびご政道において非これあるときは、将軍家への直訴も苦しからず』とあったとか。このようなお墨付きがあらわれては……」

「いかな有徳院様とて、言をひるがえすより仕方なかったか」

「さはあれど、将軍家が一度公《おおやけ》にした目明かし禁止のお触れ、たかが目明かしの直訴によってひるがえしたとなればお上のご威光にも係わること。よって目明かしも滝川殿の身分も旧来どおりのまま、陰扶持を与えながら建前だけは『同心が鑑札を与えて使役する小者』とするような、まあ、大岡様が両者の顔を立てたような按配でございます。小牧長久手では敵味方に分かれましたなれど、滝川一益は神君も一目《いちもく》おいた武将。八郎太がどのような縁で神君の知遇を得たやは知れませぬが、元々滝川一族は甲賀《こうが》の忍び、関ヶ原《せきがはら》あたりからはすでに、神君の裏御用を勤めていたとも思われます」

「町奉行所が江戸における表の顔、そして滝川が裏の奉行職としてこの二百年、江戸の治安を守ってきたと」

「いかさま」

「裏の束ねなれば、なるほど、公にはできぬ理屈だの」

「奉行所においてもしかとした経緯を知るは、お奉行のみ。ですがお奉行の代替わりには役宅へ滝川殿をお招きし、こちらより礼を通すのが南北ともの仕来《しきた》りなれば、与力同心、滝川殿に特殊な立場があることは薄々承知のこと。『米造殿へお奉行よりの鑑札』などという噂も、そのあたりから出たものにございましょう」

大久保が息をついて盃を手にし、座の緊張をほぐすように、お吟が一人一人に酒をすすめる。米造の遠祖が戦国大名の滝川一益で、代々奉行所の裏御用を勤める家柄などと単純には信じられないが、年番与力の大久保が定信に向かって公言するからには、ただの噂ではないだろう。米造にしても倩一郎などには告げられなかったはずで、また与力同心が米造を憚《はばか》る気持ちにも、無理はない。

「どうだ倩一郎、ちと面妖な話ではあるが、得心はいったか」

「はて、なんとも」

「大久保の話が事実とすれば、その滝川家につながる者ども、本来なれば高家《こうけ》ほどの家格を得て然るべきものを」

「やはり人の分でございましょう」

「権現様のお墨付き、などという話も俄《にわか》には信じられぬが、されどお葉とかいう娘の拉致は、ちと気になる。大久保、奉行所では調べをすすめておらぬのか」

「北町の月番でございますゆえ。それにただ今お江戸では徒党を組んで商家へ押し込む夜盗が横行し、そちらの探索に掛かりきっている始末」

「夜盗か。これも手を打たねばならんの。江戸は日に日に町家が増え、在方《ざいかた》の飢饉による流入民も増えておる。奉行所や目明かしだけでは、埒があかぬのかも知れん」

お吟が襖を開けながら首の向きを変え、目配せを送って、天野に何事か囁く。

「お、お、そうであったな。いやーっ、七面倒くさい話はそれぐらいにして、今日は盆の十四日。女将が芸者など用意しておると申されるゆえ、ご先祖供養のためにもぱーっと、お言葉に甘えようではありませぬか」

天野の言葉に座が和らぎ、佐野、大久保、根岸と、みな肩の力を抜きながら相好《そうごう》をくずす。定信さえ呆れたように片頰を笑わせ、そして大川にはこの夜、最大の花火があがっていく。

お吟が廊下に消え、待つまでもなく三人の芸者が着物の裾をひいてきて、殺風景だった座敷に脂粉《しふん》の香が満ちる。となりの座敷から奇妙な声が聞こえるのは、声色《こわいろ》屋が唸る瀬川菊之丞《せがわきくのじょう》か。定信も若いころは吉原へ通い、今は情人のような顔をしてちゃっかり茶屋遊びをする。謹厳実直で書物蔵が羽織を着ているよう、という見かけや世間の噂より、実際は意外に、狸なのだろう。艶《あで》やかな芸者から酌をうけながら、倩一郎は口のなかで家康《いえやす》のお墨付き、滝川一益、蚰蜒御用、吉宗、大岡越前と呟き、そして米造の傷顔とお葉の白い瓜実顔を思い浮かべて、背中に走った悪寒を肩をすくめてやり過ごす。

六

「面目ねえ。だがどう養生してもあと四、五日は動けねえ。俺の躰も案外ななまくらだぜ」

「夏場は物が腐りやすい」

「それぐれえのことは知ってるが、実を云うとちょいと、わけありでなあ。それで倩一郎にきてもらったわけさ」

旗本荒井家の中間《ちゅうげん》が倩一郎の長屋に顔を出したのが、昼の八ツ前。前夜柳橋で飲みすごし、倩一郎は昼餉もとらぬまま庭の朝顔を眺めていた。訪ねてきた中間の口上は「昨夜から七之助様が病みつき、急な下痢《げり》と発熱で一時は命も危ぶまれた。それでも薬石《やくせき》の効があったのか、明け方には意識が戻り、韮粥《にらがゆ》もとって浴衣をかえるまでに恢復した。その七之助様に真木様を呼んでくれと頼まれた」というもの。

荒井の屋敷は四谷《よつや》門に近い麴町《こうじ》、大小の旗本屋敷が密集する一郭で、町家は紀伊《きい》屋敷と尾張屋敷の手前に鮫ヶ橋谷《さめがはしたに》町などが見える程度。荒井家はすでに長兄が家督をついで大番組頭を勤め、次兄は三百石取りの旗本へ養子にいって、厄介叔父の七之助は廊下つづきの一間をあてがわれている。

「麻疹にかかったのは何歳《いくつ》んときだか忘れたが、死ぬかと思ったのはあのとき以来でなあ」

七之助は床《とこ》の上に胡座をかき、箱枕を脇息がわりに浴衣の胸をはだけている。不精髭が顔の下半分に翳をつくって目も落ちくぼみ、唇が乾いて頰もこけて見える。「死ぬかと思った」は大げさにしても、荒井がここまで消耗《しょうもう》するのは珍しい。倩一郎と知り合って十年、風邪で寝込んだという話すら、聞いたことはない。

「で、俺を呼んだのは、道場のことか」

「それもある。それもあるんだが……」

荒井が枕にもたれたまま手招きをし、倩一郎は座敷の廊下側から荒井の横に尻を動かす。

「どうした、また腹がくだるか」

「そうじゃなくて、倩一郎、実はちょいとした手違いで、不都合が生じた」

「不都合とは」

「これ、声が大きい」

「しかし……」

「頼むから声を落としてくれ。どうにも家人には、聞かれたくねえ話だからよ」

中庭を挟んだ母屋で人影が動き、長兄の子供が二人、静かに廊下を歩いていく。うしろには中年の武士がつづいて、兄嫁の昌世《まさよ》も見送りに出るらしい。

荒井が月代をなでながら大欠伸をし、左の目尻と頰を、苦っぽくゆがめる。

「倩一郎、お主、亀岡八幡の門前で矢取りをしてるお信《のぶ》って女、覚えてるか」

「さあ」

「ほれ、三月《みつき》ほど前に二人で軽業《かるわざ》を見にいって、矢場《やば》を冷やかしたろう」

「そんなこともあったか」

「あったあった。それでそのとき店で矢取りをしてたのがお信だ」

「覚えてはおらんが、それがどうした」

「勘の鈍《にぶ》い男だなあ。だからつまり、俺がお信の長屋を出たのが昨夜の四ツ前だと思ってくれ」

「なぜ四ツ前にその長屋を出た」

「そりゃあ、六ツ半時分に、長屋へ行ったからさ」

「一刻半もお信とやらの長屋でなにを」

「おい、俺をいたぶるのか」

「そんなつもりはない。俺にはお主の云うことが、まるで分からん」

「だからなあ、ほれ、男が女の長屋で一刻半も過ごせば、やることは決まってるだろう」

「七之助、まさか」

「ま、待て、なんだその顔は。べつにお信が亭主持ちってわけでもなし、他人に非難をうける覚えはないぞ」

「しかし今は綾乃殿との婚儀で大事なとき。身を慎まねばならぬことぐらい、分かっておろう」

「分かってはおる。分かってはおるが俺はお主と違って、精の勝った質だ。水をかぶっても坐禅《ざぜん》を組んでも、三日とは溜めておかれんのよ」

うーむと唸ってみたが、唸ったところで荒井の精に聞こえるはずもなく、倩一郎は膝をくずして、顔の汗をぬぐう。旗本屋敷ばかりの麴町は人声もなく、中庭にはすごい数の揚羽蝶が舞い狂う。

「なあ倩一郎、俺だって分かっておるから……」

荒井が肩を落として首を横にふり、瀕死《ひんし》の鍾馗《しょうき》のような顔で、つっと鼻水をすする。

「分かっておるから、その、昨夜を最後と腹を決め、顔の見納めにお信の長屋へ出向いたのだ。だが顔を見たらまた、つい精が勝っちまった」

「佐伯道場の門弟筆頭、先生もお主を綾乃殿の婿と定められ、末は道場をつぐ身。少しは立場をわきまえたらどうだ」

「いやあ、まったく、面目ねえ」

「だがやはり、話が見えん」

「どこが」

「いくら女と精をやったところで、腹をくだしたり熱を出すお主ではあるまい」

「決まってらあ。たとえ一晩に……いや、そんなことはいいんだが、帰りがけにお信が京屋《きょうや》の薄皮饅頭をもたせてくれてなあ。この饅頭のうまいのなんの、屋敷へ帰るまで待てなくて、歩きながら食っちまった」

「なーんだ、饅頭の食いすぎか」

「まあ、云っちまえばそういうことだが、どうやらその饅頭の、餡が古かったらしい」

「女が毒でも盛ったのだろう」

「おきやがれ。俺が女に悋気《りんき》されるほどの色男かよ。お信も饅頭はもらい物だと云ってたし、俺も口に入れたとき、なにやら味がおかしい気はした。ただ京屋の薄皮饅頭を目の前にして……」

「情けない」

「なんとでも云ってくれ。饅頭なんぞで死に損なったは俺の不覚。だが兄じゃと義姉《あね》上に問いつめられて、まさかお信にもらった饅頭で中《あた》ったとは云えんだろう」

「当たり前だ」

「で、だなあ、昨夜はお主の長屋で酒盛りをして、近くの菜屋《さいや》からバカ貝の刺身をとったと」

「うむ?」

「要するに、ナンだ、熱と腹下しで苦しんでる最中、二人からどこでなにを食ったのかと問いつめられて、つい、口走っちまった」

「迷惑千万」

「だがこういう話は、どこからもれぬとも限らねえ。もしお信とのことが綾乃殿に知れようものなら……」

「婿入りの話は流れるな」

「おい、簡単に云うなよ。こっちは先の一生がかかってるのに」

「その割りには精が無節操だ」

「ま、ま、ま、だから面目ねえと云ってる。倩一郎、いや真木倩一郎殿、これ、このとおり」

荒井がよろけながら居住まいをただし、大仏が崩れるように、ばたりと両手をつく。

「一生の頼み。このようなことで綾乃殿と夫婦になれなかったら、俺は、死んでも死にきれん」

腹立たしいやらバカばかしいやら、それでも倩一郎は荒井の肩を抱えあげ、その背中を元の箱枕にもたれさせる。

「七之助、要するに、俺に口裏を合わせろと」

「すまん」

「近ごろ所用が多いと思っていたら、とんだ所用だったの」

「この荒井七之助、自業自得《じごうじとく》とはいえ、一生の不覚」

「まあ、とにかく」

　廊下に足音がして障子が翳り、兄嫁の昌世がにこやかにあらわれる。裾模様にオランダ蘭《らん》の花を散らした友禅《ゆうぜん》に幅広帯、髪に鼈甲《べっこう》の櫛《くし》をさした丸顔は化粧が派手やかで、とても三十をすぎているとは思えない。倩一郎も節句などに幾たびか晩餐《ばんさん》に呼ばれ、気まずい思いで膳についた経験がある。

「これは真木様、さっそくのお見舞い、かたじけのうございます」

「いや、なに、道場も休みですので」

「それで真木様のほうに、お大事は？」

「幸いにして。大方七之助の食したバカ貝だけ、傷んでいたものかと。義姉上殿や兄上殿にご心配をおかけし、申し訳ござらぬ」

「とんでものうございます。七之助殿は日頃から食のすすみすぎ、これからは私も気をつけましょう」

「ついでに精のほうも」

「はあ？」

「こちらの話です。しかし七之助も大禍がなくてなにより、生来丈夫な質なのでしょうな」

「それにしても少しは、ご本人も気をつけなくては」

「義姉上殿の申されるとおり。七之助、以後は心して身を慎むことだ」

「おう、まあ、云わずもがな」

「真木様、そろそろ昼餉の刻限。粗末な膳ではございますが、どうぞご一緒に」

「いやいや、ちと野暮用もございますれば、すぐにお暇いたします」

「ご遠慮せずともよろしいのに」

「遠慮ではなく、まこと、所用がございますゆえ」

「さようですか。では七之助殿の病など癒えましたら、またごゆっくり」

昌世がにこやかに廊下をさがっていき、倩一郎は庭に舞う揚羽蝶に目をやったまま、小さく空咳《からせき》をする。

「相変わらず艶やかな義姉上だ、お子を二人も産んだ女性《にょしょう》とは思えん」

「そこがまた困ったところよ。一つ屋敷に暮らしてると、どうも精が騒いでいけねえ」

「七之助、まさか」

「いくら俺でも不義までは仕掛けねえさ。だが男の精というのは、なあ倩一郎、ほとほと厄介なもんだぜ」

倩一郎は一つため息をつき、落ちくぼんだ目をぎょろつかせている七之助の顔を、黙って眺める。佐伯谷九郎の云うとおり人間に裏がなく、剣をとらせたら江戸随一《ずいいち》。家柄も風格も佐伯道場の後継に相応しい男なのだが、なんとなくどこかが頼りない。お葉の拉致騒ぎ《かどわかし》で荒井のことを忘れていたが、こちらの養子話も早晩、片をつける必要がある。

「では七之助、道場へはお主の食中りを伝えておく。大事はなさそうだが、とにかく養生をいたせ」

膝を立てようとする荒井を手で制し、腰をあげて、倩一郎は部屋を出る。お葉を築地で助けて以来、奇妙に身辺が騒がしく、盂蘭盆《うらぼん》だというのに躰を休める暇もない。酒席も多くて酒も飲みすぎ、明日からは稽古に気合いを入れないと、腕も躰も鈍ってしまう。そうは思いながら剣術への意欲に翳りがさしてくるのは、これは、なんのせいだろう。

＊

日傘をさしていく新造や町娘、天秤棒《てんびんぼう》に空桶をくくりつけた魚売りに水売りに鬼灯《ほおずき》売り、江戸見物の百姓に勧進《かんじん》坊主に乞食の親孝行と、芳町から照り降り町へ切れ間なく行き来する。親父橋を渡って左に折れると堀江町四丁目で、人通りは嘘のように少なくなる。

河岸蔵のあいだに船宿が点在する道をすすみ、〈たき川〉の前に出る。たき川は大戸をおろして打ち水もなく、板塀の内が静まり返って、人の気配も伝わらない。その佇まいに倩一郎は一瞬、またお葉の危難を連想する。しかし問題が生じたなら店先は却って慌ただしいはずで、それになにをおいても船頭の音吉あたりが注進にくる。

わきのくぐり戸に手をかけようとして、思いとどまり、店の前を先にすすむ。たき川のとなりは土蔵造りの河岸蔵で、その蔵と板塀のあいだに人一人通れるほどの路地がある。いつだったか勘助の子分が庭から米造の居間に顔を見せたことがあり、だとすれば当然、どこかそのへんに木戸がある。

路地を入ると案の定、板塀の堀川側に透かしをほどこした木戸があって、背伸びをすると内庭と米造の居間が見渡せる。居間では米造が右膝をのばして座り、その横でお葉が団扇《うちわ》をつかっている。二人とも浴衣掛けにしごきの帯、猫足の膳が出ていて肴が並び、二人のくつろいだ様子がうかがえる。

倩一郎が木戸を開けると、二人が顔をあげ、お葉が浴衣の襟をととのえながら、縁側の前に膝をすすめてくる。

「あら真木の旦那、奇妙なところからお越しで」

「大戸がおりていたが、お休みか」

「川終《じま》いまでは忙しくしますから、今のうち、ちょいと一息と」

「私も盆で暇をもてあまし、足がつい、こちらへ向いてしまった」

米造が手真似で倩一郎を縁側へうながし、倩一郎は踏み石の前まで歩いて、深く頭をさげる。

「昨日はお葉殿より分不相応な進物をたまわり、恐縮しております」

「なにを仰有います。手前こそお住まいまで足を運ばず、ご無礼を致しました。さ、さ、そのようなところに立っておらず、まずはおあがりなさいまし」

「いや、縁先に掛けさせていただこう。堀からの風が涼しく感じられますゆえ」

倩一郎は腰から抜いた大刀を座敷の内におき、自身は木戸から近い縁側の端に腰をのせる。今日の身なりは着古した小袖に穿き古した袴、たき川まで足をのばすと決めていれば、お葉仕立ての小袖を着てきたものを。

お葉が会釈をして居間をさがっていき、倩一郎は松や楓が植わっているだけの殺風景な庭を、静かに眺める。庭と堀の境は低い大和塀、その向こうには芝居町の繁華街があって、葺屋《ふきや》町からは市村《いちむら》座、堺町からは中村《なかむら》座の火の見櫓《やぐら》が見えている。付近には機械《からくり》や操りの人形芝居、芝居茶屋や陰間茶屋も密集していて、淫靡《いんび》で贅沢な賑わいがある。

「堀をひとつ隔《へだ》てただけなのに、このあたりは閑静なものですな」

「店によっては出合い茶屋のような商いをしておりますので、そのような船宿は今ごろ、繁盛でございましょう」

「船宿もいろいろですか」

「うちには腕のいい料理人がおりましてな。船はつかわずとも料理だけお召しになるお客も多ございます。まさか目明かしが淫売宿を営むわけにもまいりません」

お葉が奥から暖簾を割ってきて、倩一郎の座っている縁側へ角盆をおく。盆には絞った手拭いに竹箸、それに茄子の芥子《からし》煮と鯉《こい》の洗いがそえてある。お葉の唇にもさっきは見えなかった紅がさされ、髪にもきれいに櫛目が入っている。

「今日は料理人が外出《そとで》をしてましてね、こんな物しかござんせんけど」

「いや、これは、かたじけない」

「汗もそんなに。どうぞ手拭いを」

「お気遣い、痛み入る」

「ちっとも雨がなくて、浅間の山焼けやなにか、今年はお天道様《てんとうさま》が狂っちまったのかしら」

倩一郎が濡れ手拭いをつかうのを待つように、お葉が浴衣の袖を左手でおさえながら、瀬戸の筒茶碗をさし出す。茶碗のなかには梅干が鎮座し、その上に浅桶からとり出したギヤマンの小瓶をかたむける。

「ほう、これは」

「上州で造られる麦焼酎《じょうちゅう》ですよ。暑いときに燗酒《かんざけ》も野暮でござんしょ」

「梅干に冷やした麦焼酎とは、乙なもんだ」

「お父っつぁんなんかお酒を冷やで飲むと、気分が悪くなるとか云いましてね」

「それは樽からにじみ出す樹精のせいだろう」

「樹精って」

「樽をつくる杉の樹精だ。私の死んだ親父殿はいらぬ知識を多くもっていた仁でな。その親父殿によると、杉の樹精が頭や胃の腑に悪く働くとか。酒に燗をするのはその樹精を飛ばす知恵、夏だからといってやたら冷や酒を飲めば、樹精に中る理屈だ」

「なるほどねえ、あたしも一つ、物知りにさせていただきました」

お葉が白い歯を見せてにっこり笑い、倩一郎はその笑顔を横目に茶碗の麦焼酎をなめる。口中にほのかな酸味と麦の香が広がり、なにやら汗もひいていく。酒の甘味も粘度もなく、気のせいか頭の芯まで爽《さわ》やかになる。

「おいお葉、せっかく見えた真木様だ。ちったあ年寄りにも順番をまわしなよ」

「あら、そいつぁどうもお邪魔様。お父っつぁんも御酒《ごしゅ》のお相手ができて、ようござんしたこと」

肩をすくめて倩一郎に目配せをし、お葉が敷居際から離れて、米造の筒茶碗にも焼酎をつぐ。庭の松では雀が戯れ、外の掘割からは猪牙《ちょき》の行く水音が聞こえてくる。

米造が片頰をゆがめて焼酎をすすり、お葉が米造と倩一郎にゆるく団扇をつかう。その袖口に白い二の腕がのぞき、倩一郎は目のやり場に困りながら、ぐびりと焼酎を咽に流す。

「ところで米造殿、過日拉致の一味に加わっていた簑助という男が、大番屋で自害したとか。事情を知っていたのは簑助一人ということでは、探索も手詰まりでしょう」

「おう、門前の勘助にお聞きになりましたか」

ちっと舌を鳴らし、米造が皺首をのばして、眉間を気難しそうな色にくもらせる。

「他のゴロツキどもはみな雑魚《ざこ》ばかり。簑助に死なれて、とんと糸口が切れてしまいましたよ」

「中間ではなく、あるいは武家であったかも」

「その可能性もございます。普段は温厚な友部様も、簑助の頑《かたく》なさに業を煮やされたのでございましょう」

「簑助を責めたのは友部殿ですか」

「慣れたご同心なら責め問いにも手加減されたものを、ちと無理がすぎたようで」

「自害ではなく、責め殺しと」

「舌をかんだと聞きましたが、いずれにせよヤクザ者や渡り中間の為《な》し技とも思えませぬ。今回の拉致はやはり、当初の見当よりは根が深いようで」

米造が頬の傷をなでながら茶碗を口に運び、投げ出していた右足を腹の前にひきつける。倩一郎は米造とお葉の顔を見くらべ、それから視線を外して、飛び立っていく雀の群れに目をやる。日もかたむいて芝居小屋の櫓が茜《あかね》色に染まり、麴町の高台には江戸城の甍《いらか》が影をさす。

「米造殿、口外はせぬゆえ、胸中にある心当たりをお聞かせ願えないか」

「手前の胸中……」

「米造殿の遠祖はその昔関八州を治めた滝川一益公とか。権現様とのご縁で代々蚯蚓御用をうけたまわり、お墨付きも下賜されたと聞きました。此度の事件、いわば裏の奉行たる米造殿、並びに権現様よりのお墨付きに由来するものと思われるが、いかが」

お葉の団扇がとまり、その視線が倩一郎から米造の顔に移って、白い首筋に赤みがのぼる。米造も茶碗を構えたままお葉の顔をうかがい、二、三呼吸の間、老父と娘のあいだに視線だけの会話が行き来する。

「お父っつぁん……」

米造がお葉の言葉を制し、倩一郎のほうへ顔をあげて、にやりと笑う。

「真木様、ただ今のお話、南の大久保様よりお聞きになられましたな」

「うむ？」

「南町奉行所年番与力の大久保光政様、勘定吟味役の根岸鎮衛様、新御番士の佐野善左衛門様、それにお旗本の松平定七郎《さだしちろう》様とそのご家中。料亭の〈喜久本〉でなんのご相談でございました」

「いや……」

「お旗本の松平様も提灯のご紋は星梅鉢《ほしうめばち》、真実はお旗本などではなく、奥州は白河の松平様。それにしても変わったお顔ぶれの、お座敷でございましたなあ」

いくら探索が本職とはいえ、そこまで倩一郎の行動を見抜いていたとは、恐れ入る。考えてみれば天野善次郎からの使いがきたとき、長屋ではお葉が使いの口上を聞いていた。料亭喜久本の格式も、素浪人の倩一郎に不似合いな店であることも、お葉は最初から気づいていた。倩一郎の長屋まで駕籠かきに尾行をさせた判断といい、さすがにお葉は、米造の血をひいている。

「お父っつぁん、そんな種明かしをしちまったら、真木の旦那がお困りんなるじゃありませんか」

「てやんでえ、真木様のご様子が心配だからって、喜久本へ船頭を走らせたのはおめえだろうよ」

「だって、喜久本なんぞへ呼ばれて、もし旦那のお手元が不如意《ふにょい》にでもなったら、恥をかかれるかと」

「おめえが気をまわすことかって。真木様にも相応の事情がおありんなさる。そういうつまらねえ詮索をしてると、しっかり嫌われるぜ」

「あたしは、べつに」

お葉がつっと座を立ち、倩一郎から顔を隠すように、ギヤマンの浅桶をもって部屋の暖簾を割っていく。米造が苦笑しながらお葉のうしろ姿を見送り、チョンと結った半白の髷《まげ》を指先でなでつける。

「真木様、あいつも悪気があっての始末ではございません。もともとが娘のお節介がさせたこと、ご勘弁くださいまし」

「いや、私こそお葉殿に無用の心配をかけ、心苦しい。あの席も定信公が世間を広くするために設けられたもので、他意も隠し事もござらぬ」

「承知しております。そして真木様がそこまでご承知なれば、今さら隠す必要なし。これまではいらぬご迷惑がかかっては、とお葉にも口止めをしてきましたが、申されるようにこの滝川は代々蚯蚓御用の支配を務める家でございます。ですが『権現様よりのお墨付き』云々などという話は、根も葉もない戯言、あまりにも可笑しくて、お臍《へそ》で茶を沸かしておりましょう」

「しかし、米造殿の先代が大岡越前殿と共に、柳営へ乗り込んだというのは……」

「それも大久保様が？」

「いかにも」

「そのような風聞があるとは、まあ、手前の耳にも届いております。そこで権現様のお墨付きが幕閣に披露《ひろう》されたとか、されなかったとか」

「事実ではないと」

「考えてもご覧なさいまし。大岡様がいかに有徳院様の覚えがめでたかったとはいえ、一町人を伴って柳営の奥深くまで参上するような仕儀が、可能でございましょうや」

「はあ、まあ」

「まして大岡様にはなんのお咎めもなく、後にはお大名にまで登られております」

「なるほど」

「この滝川が蚯蚓御用支配のお役についたのは三代様の御世。それとて徒党を組んでお江戸を荒らしていた手前どもの遠祖が、幕府側にとり込まれただけのこと。滝川の後裔《こうえい》も当時は野盗に成りさがっていたわけですな」

「それでは……」

「当時の頭目は一益から数えて四代目、配下の無頼《ぶらい》が二十四人。それが今日《こんにち》まで古目《ふる》明かしとしてつづいている次第でございます」

「勘助さんも、では」

「むろん当時からの家筋。真木様に滝川の出自を詰問されて冷や汗をかいたと、こぼしておりました」

「そして権現様のお墨付きは、存在しないと」

「嘘偽りなく、そんなものはございません。有徳院様の御世に起きました椿事に誰やらが尾ひれをつけ、それにまた尾ひれがついて、そのような風聞になったものでしょう。滝川にはとんだ迷惑、どうか真木様にも、笑ってお忘れくださいまし」

云われてみればなるほど、東照権現のお墨付きだの柳営での直談判だの、冷静に考えれば少しばかり、講談じみている。倩一郎にしても大久保の話を鵜呑みにしたわけではないが、しかし同時に、町奉行所年番与力でさえ信じた風聞には、どこかにそれなりの、根拠がある。

「米造殿」

「はい」

「お墨付きの件は得心しましたが、今申された『有徳院様の世の椿事』とは、どのような」

「さあて、ことの発端は、それでございましょうなあ」

米造が短い髷をなでながら焼酎をすすり、皺目を見開いて、また目を細める。

「真木様、先の世、有徳院様が目明かしの使用禁止令を発せられたことは、お話ししましたな」

「聞きました」

「実はその禁令、有徳院様が、大岡様よりの進言を入れて発せられたもの」

「ほーう」

「大岡様も有徳院様も原則のお好きな方々で、お江戸の治安は町奉行所が守るべき、素性の分からぬ目明かしに委ねるなど、言語道断なりと」

「なるほど」

「それはそれで理屈でございます。滝川の蚯蚓御用拝受も三代様の世、当時智慧伊豆《ちえいず》と称された伊豆守様のお声掛かりだったと聞きますが、それとてお墨付きや証書《あかししょ》があるわけではなく、いわばたんなる慣習。将軍家から禁止のお触れが出されれば、身を退くより仕方なく」

「実際に、身を退かれた」

「さようにございます。私の先代、配下の目明かし下っ引きすべての者がお奉行所との縁を切りまして、それぞれに別稼業を始めたとのこと。こちら側にも多少の混乱はあったようですが、それ以上に困ったのがお奉行所。例の相対済《あいたいすま》し令で札差大商人の恨みを買っていたところに、夜盗や空き巣、辻強盗に強請たかり掻払《かっぱら》いが横行いたしまして、お江戸はもう手のつけられぬ混乱だったとか。それまで地に這いつくばって治安を守ってきた目明かしが一斉《いっせい》に手をひいたのですから、悪党がはびこるのは自然の成行き。大岡様もやっとその理屈に気づきまして、先代に対して元のお役に戻れと。ですが、まあ……」

口元を皮肉っぽく笑わせ、米造が煙草盆をひき寄せて、ゆっくりとキセルをとりあげる。

「ですが私の先代も依怙地《いこじ》と申しますか、臍曲がりと申しますか。お上の気紛《きまぐ》れで目明かしの宿命《さだめ》を決められるのは真っ平、町衆のためにお役を旧に復さないこともないが、それならそれで、将軍家よりの詫《わ》び状を出せと」

「ふーむ」

「本来なればそのようなご託、吐いただけで打ち首になりますものを、幕府もお奉行所も当時はよほど、難儀をされていたのでしょうなあ」

米造が火をつけた煙草を三口ほど吸い、顔じゅうを皺だらけにして、ぽんとキセルの雁首を打つ。

「なんとねえ真木様、先代の無茶が通って、俗に云う手打ちの席が設けられたのですよ。間に入ったのがご老中の酒井忠音《さかいただおと》様、町年寄の奈良屋を見届け人に立てまして、南北両お奉行と手前の先代、その五人がご老中のお役宅に顔をそろえたと申します」

「将軍家からの詫び状も」

「先代の云うには、たしかに詫び状を拝見したと」

「ほーう」

「ですがそのような詫び状、有徳院様が一目明かしにくだされるはずはなく、どうせ偽筆であろうと。ただ偽筆でも真筆《しんぴつ》でも後世に残すわけにはいかず、詫び状は先代が目を通した直後に焼き捨てたよし。奈良屋、奉行所、目明かしの関係が今日のように定まりましたのは、その席以降のことでございます」

「権現様のお墨付き、また柳営への乗り込み云々はそのときの経緯に、尾ひれのついた風聞ですか」

「まず、そんなところでしょうな。噂などというのは尾ひれが派手なほど面白いもの、そのお陰でこちらはいらぬ迷惑をこうむり、世間様とまともなお付合いができぬ始末。二年前に倅一家が箱根で殺されました折りなど、本心お役の返上を考えましたが……」

　暖簾の向こうからお葉が戻ってきて、浅桶を盆の上におき、内から焼酎を満たしたギヤマンをつまみあげる。焼酎は前から冷やしてあったらしく、ギヤマンの表面にすぐ水滴がつく。

　米造と倩一郎がお葉からの酌をうけ、顔を見合わせながら、それぞれに口をつける。

「ですが真木様、そのとき手前の背中をどやしつけたのが、このお葉なんでございます」

「お父っつぁん、なんの話だえ」

「二年前の、あの時分のことよ。ここで滝川が蚯蚓御用支配のお役を返上しちまったら、目明かし仲間の箍《たが》が外れちまう。お奉行所の与力同心衆は袖の下で暮らしを立ててなさるが、その上目明かしまで袖の下を争うようになったら、泣きを見るのは町衆だけ。お父っつぁん、ここは一番、腹のすえ所だよ、なんぞと」

「実にお葉さんらしい」

「そんなこんなで、手前もまあ、この歳まで皺目を見開いておるわけでございますが、ここへきてお葉の拉致がつづきますと、どうも、息が沈んでしまいます」

「やはり拉致に、心当たりがあると」

「それが……」

米造がちらっとお葉の顔色をうかがい、口元をひきしめて、短く息をつく。

「手前に、お役の返上を迫られたお方が、おることは、おるのです」

「口外が憚られるほどの仁、ですか」

「北のお奉行様なれば、これは真木様、たとえ目明かし仲間にとて迂闊にお名は明かせません」

「北の……」

日の翳った空に稲妻《いなずま》が走り、少し遅れて雷鳴がとどろく。雨音もかすかに聞こえ、縁側のすぐ近くを燕が矢のように飛んでいく。

「あら、久しぶりの夕立、今夜は涼しく寝られますねえ」

お葉の言葉に米造も倩一郎も返事をせず、雨の落ちはじめた殺風景な庭に、倩一郎はじっと視線を固定させる。

「真木の旦那、縁側では雨がかかります。どうかおあがりんなって」

お葉が立ってきて倩一郎の袖をひき、倩一郎は思考を中断して、身をお葉に任せる。お葉が倩一郎の草履を拾って店のほうへ消え、倩一郎は米造の斜向《はす》かいに腰を落ちつける。

「米造殿、北のお奉行と申すと」

「曲淵《まがりぶち》甲斐守《かいのかみ》様でございます。その曲淵様から端午の節句にお役宅へ招かれ、酒肴などを振舞われましてな。その折り、建前と実際に齟齬《そご》があるのはやはり不都合、目明かしは建前どおり、同心の組下で働かせるべしと」

「奉行が直々に、ですか」

「それればかりではなく、手前が支配のお役を返上すればお上より、千両の慰労金が下賜されるとまで」

「それはまた」

「もともとが慣習でしかない蚯蚓御用、そんなものの返上で千両のご下賜金などと、いかにも唐突」

お葉が戻ってきて元の座に腰をおろし、二人から視線をそむけて、雨の庭に顔を向ける。雨足は強くなったが雷鳴は聞こえず、かき曇った空のどこかで稲妻だけが明滅する。

「ですが米造殿、かりにそれが酒席での戯れとしても、町奉行にしては高言が過ぎましょう」

「むろん千両のご下賜金など、町奉行の権限ではおよびもつかぬこと。その日はそのままお役宅をさがりましたが、後日南のお奉行、牧野大隅守《まきのおおすみのかみ》様に問いましたところ、牧野様はそのような話は聞いたこともなく、また幕閣で話題にのぼったこともないとのよし。やはり曲淵様のお話は戯れか乱心だったかと打ち捨てておきましたところが、今回の拉致騒ぎでございます」

「お葉殿の身柄とひき換えに、お役の返上を迫る算段と」

「さあ、そこが、判断のつかぬところ」

「しかし、かりにも、町奉行が」

「手前もまさかと思い、勘助たちにも云わず、お葉にも口止めをしておりますが、ほかには思い当たる節もなく」

「たしかに米造殿を殺めても、あるいはお葉さんを殺めても、誰かが滝川の跡目をつげば目明かし支配のお役は存続する」

「まして曲淵様にはかねてより、ゴロツキを偽目明かしに仕立てて私どもの評判を貶《おとし》めている節がございます」

「曲淵は、なにゆえに」

「その理由が分かりません。目明かしが町衆の側にあっては目障りなのか、有徳院様や大岡様同様、たんに原則がお好きなだけなのか。いずれにしても手証のなきことなれば、今のところ手前の邪推、談判に参ったところで知らぬ存ぜぬと逃げられればそれまで。今回の騒ぎ、どこかに筋書きがあるとは思いますものの、こちらには手の打ちようがございません」

米造が目尻の皺を深めて嘆息し、疲れたように右足を投げ出して、お葉に筒茶碗をさし出す。

「お父っつぁん、もう昼間っから飲んでるんだよ。いくら水割りの焼酎だからって、躰に障らないかえ」

「人を年寄り扱いしやがって。腐っても思案橋の米造だ、焼酎の一升や二升で酔うわけもねえ。小姑《こじゅうと》みた様なことを云ってねえで、さっさと酌をしやがれ」

お葉が呆れ顔で米造の茶碗を満たし、ちょっと頬をふくらませて、倩一郎に流し目を送る。雨足は見る間に細くなって空も明るくなり、涼味を含んだ風が縁側を越えてくる。

「まるで辻強盗みた様な夕立だこと。お盆は雷さんも忙しいのかねえ」

「降りすぎても道がぬかって困らあな。夕立なんざこの按配がちょうどいい。今夜は両国の花火も、きれいに咲くだろうよ」

「米造殿……」

倩一郎は空けた茶碗を盆におき、庭からの風に顔をさらして、居住まいをただす。

「いずれにせよ推量だけでは埒があきません。手証なり、証人なりを探さねば」

「さようでございます」

「相手が曲淵甲斐守と定まれば方策もある。町奉行とて評定所《ひょうじょうしょ》にも出れば、夜の宴席にも招かれる。外出《そとで》をすれば辻斬りに出会わぬとも限らず、辻斬りの腕によっては命を落とすこともある」

米造が唖然とした目で倩一郎の顔を眺め、お葉も目を細めて、倩一郎を見つめる。

「守るだけではいつか城も落ちるもの。お葉さんとて他出の不自由がつづけば、いつかは気鬱の病にかかってしまう」

「さようでございますな。私も歳のせいか、から意気地がなくなっておりました。娘の身を守るためなら相手が公方お奉行であろうと、刺し違える腹を決めますかな」

「お父っつぁん、大げさはよしとくれ」

「なにが大げさだえ。お他人様の真木様さえああ云ってくださる。親の俺が娘のために命を捨てるぐれえ、惜しいことがあるもんか」

「年寄りの冷や水ってね。それともお父っつぁん、お酔いなすったかえ」

「バカ云っちゃいけねえ。痩せても枯れても思案橋の米造だ、焼酎で酔ったら奈良漬けに笑われらあ」

ゆらっと重心をかたむけ、わきから煙草盆をひき寄せて、米造がまた煙草に火をつける。「酔ってはいない」と云いながら酒量は相当にすすんでいるはずで、頬の古傷にさえ赤みが浮いて見える。

倩一郎はお葉の手料理に箸をつけ、米造親子の軽口に、微笑ましく苦笑する。

「手前もねえ、真木様……」
二、三服煙草を吹かし、キセルの雁首をぽんと灰吹にたたいて、米造が浴衣の袖をたくしあげる。
「本心は目明かしの支配なんぞ返上して、楽隠居と洒落たいのでございますよ。ですがこう没義道《もぎどう》に仕掛けられちゃ、男の意地が立たぬというもの」

せます」

「あいつだってまさか地から湧いて出たわけじゃなし、生きてるあいだに歩きまわった足跡は、どこかに残しておりましょう。明日から下っ引き連中に褌《ふんどし》を締めなおさせます」

「それと為五郎も」

「お、そうそう、門前の勘助から聞きましたが、為五郎を斬ったのは鷲見彦四郎ではないとか。手前もうっかりしておりましたが、為五郎の悪仲間についても改めて調べなおしを」

「お父っつぁん、あんまし気炎をあげると、また髪が薄くなるよ」

「おめえも口のへらねえ娘だなあ。いつもこんな年寄りに構ってるから、気持ちに黴《かび》が生えちまうんだ。たまにゃ真木様にお供を願って、両国の夜店でも冷やかしてこい」

「やだよお父っつぁん、そんな」

「真木様がご一緒なら巾着切りも近寄るめえ。川開きからこっち、おめえは花火すら見てねえだろう」

「だって、旦那が、ご迷惑だよ」

そのとき店のほうでくぐり戸の開く音がして、下駄音が軽く居間へ寄ってくる。すぐに暖簾が割られ、以前にも見たことのある三十五、六の女が顔を出す。女は敷居の前で膝を折り、目顔で倩一郎に挨拶をしてから、米造に向かって畳に手をそろえる。

「なんだえお種、ずいぶん早い帰りだなあ」

「そりゃ旦那様、本願寺様も浅草の奥山も、ひどい人出でございましてねえ。あたしなんかもう目眩《めまい》がしちまって、あっちで冷や水、こっちで心太《ところてん》、それで御不浄ばっか近くなるもんだから、おちおち手妻《てづま》見物もでききゃしませんのさ」

「婆さんみた様なことを云ってやがる。真木様、こいつはうちで女中頭をやってますお種って女で、ああ見えても先《せん》は深川で羽織を着てたもんでございます」

お種という女中頭が畳に指をそえ、肩を半身に構えたまま倩一郎に頭をさげる。

「ねえお種さん、だけど、下谷へは寄ってきたんだろう」

「それなんですよお嬢さん、まあ聞いてくださいな。あたしはもう悔しいのなんのって、だってせっかくお嬢さんがこさえてくだすったおっ母さんの浴衣を、鶴治《つるじ》の嫁が一目見るなり、あらまあ義姉《ねえ》さん、いい柄の浴衣だこと。だけどこの色目はおっ義母《か》さんにゃちょいと派手じゃないかしら。こんな浴衣を着て出歩いて、となり近所で色ババアとか噂されても困りますから、こりゃあたしが着せてもらいましょうかねって。ええ？　そんときのあたしの、まあ悔しかったのなんの」

「おいおい、お種、浴衣の一枚や二枚で、泣くこたねえじゃねえか」

「だって旦那様、まあ鶴治のやつも憎いったらありゃしない。わきで聞いていながら知らぬ顔の半兵衛《はんべえ》、そりゃこっちもおっ母さんを弟夫婦に押しつけてる引け目がありますから、そうだねえ、云われてみりゃ柄も色目も、おっ母さんにゃちょいと派手だったかねえ、とか顔じゃ笑って見せましたけど、んとにまあ、腹の内は涙雨でございましたよ」

「お種さん、そりゃ義妹《いもうと》さんのことにまで気がいかなかったあたしの迂闊だよ。いやな思いをさせちまって、勘弁しておくれね」

「そんな、いえいえ、そういうこっちゃなくて、とにかくあの嫁は欲が深すぎるんですよ。そこへもってきて鶴治も鶴治だから、あたしゃおっ母さんが可哀《かわい》そうでねえ」

「お種、真木様がいなさるんだ、ちったあ愚痴をひかえやがれ」

「そうだよお種さん、おっ母さんにはあとであたしが袋物でも届けさせるから、それで堪忍しておくれな」

「まあ、お嬢さん、そんなもったいない」

「いいじゃあねえかお種、それよか今日はせっかくの休みだ。早《はえ》えとこ湯屋にでもいって、俺の酒に付合ってくれ」

「でも真木の旦那とお嬢さんが」

「二人は直に出掛けらあ。若えもんは若えもん同士、年寄りは年寄り同士だ。今夜は久しぶりに、おめえの三下《さんさ》がりでも聞かしてくれねえな」

＊

浴衣にしごき帯でもじゅうぶん粋なのに、お葉は麻の葉散らしの単衣《ひとえ》に八端《はったん》の帯をしめ、髪には蒔絵の櫛《くし》と平打ちの銀簪《ぎんかんざし》をさしている。夕方にひと雨きたせいか往還に土埃もあがらず、堀風にも涼しさが感じられる。

茶屋、料理屋で賑わう芳町を抜けて小川《おがわ》橋を渡り、旗本屋敷のあいだから大川端に出る。そのあたりから涼み歩きの遊客が目立ちはじめ、薬研《やげん》堀にかかる元柳《もとやなぎ》橋を越えるともう両国。夜店の灯が目のくらむ明るさで広がり、掛け茶屋に髪結床に団子屋に焼きイカ屋、切り西瓜を売る屋台に蕎麦屋に甘酒屋、それらに交じって見世物小屋や軽業小屋が散在し、広小路は昼以上の賑わいを見せている。

見世物小屋にかかっているのは〈うさぎ馬〉とかいう珍獣で、立て看板の引き口上には「そもそもこの霊獣うさぎ馬は遠くペロシヤの産にして、一度目に触れるや悪疾《あくしつ》わずらう憂いを排し、刷《す》り絵を幼児の枕元に張るれば疱瘡《ほうそう》をも免れるべし」とうたっている。三十二文の木戸銭も見物料ではなくて「拝観料」、また「散毛を煎じて飲めば禿痔疾《はげじしつ》に効能あり」と書いてある。

「あらまあ、それじゃお父っつぁんに、この霊獣様の毛を買ってかなきゃ」

お葉がうさぎ馬の絵看板を見上げてくすくす笑い、少し離れた軽業小屋の前へ下駄を鳴らす。倩一郎は懐手でお葉のあとにつづき、背後から軽業の呼び込みに耳をかたむける。酒菰《さかごも》で囲った高小屋は大坂くだりの早河寅吉《はやかわとらきち》、足曲乗りに逆立ちでの樽回し、棒杭渡りに空中三味線と、かなり大がかりな芸らしい。莫蓙《ござ》戸の内からはチャルメラに鉦《かね》太鼓を交えた騒音がこぼれ出し、呼び込みが負けじとダミ声を張りあげる。

「ねえ旦那、入りましょうよ」

「意外に野次馬だの」

「だってこの早河寅吉、評判なんですよ。うちの女中もみんな見てきて、騒いでましたから」

巾着からとり出した小銭でお葉が木戸銭を払い、二人が並んで莫蓙戸をくぐる。夜風が吹くといっても盆の十五日、小屋内は人いきれと魚油の灯火で熱気にむせ返り、そこに清国だか朝鮮だかの音曲がやかましく渦をまく。人垣の向こうに見えるのは二間長さの竹梯子で、突先《とっさき》では十歳ほどの子供が鳶《とび》のような軽業を演じている。子供の衣装は金糸銀糸《きんしぎんし》の縫い取りに縮緬《ちりめん》の緋襷《ひだすき》、唐人《とうじん》のような縁無し帽子をかぶって布沓《ぬのぐつ》をはき、顔には頬紅や口紅をさしている。その梯子を足裏で支えているのが太夫《たゆう》の早河寅吉で、仰向けになって両足を宙にのばし、梯子と子供を支えながら腹の上で三味線を弾いている。寅吉の衣装も派手な錦で裁着《たつつ》け袴《ばかま》は赤いビロード地、顔には濃い化粧がほどこされているから、歳は分からない。

「さすがは大坂くだり、見事な芸を見せてくれる」

「上の子供も達者なこと。あんなにちっちゃくて、偉いもんですねえ」

「実を云うと俺は、子供のころ松井源水の曲独楽に魅せられてな。奥山へいりびたって親父殿に叱られたもんさ」

「あら、あたしは水からくりでしたよ。衣装が粋で手捌《さば》きが見事で、それに夏は涼しそうで」

「お葉さんなら人気の太夫になれた」

「太神楽《だいかぐら》なんてのにも目がありませんでね。お正月なんかいつも太神楽のあとを追っちまって、よく迷子になったもんです」

「あんたは今も迷子だろう」

「あたしが今も？」

「俺のような素浪人と盆の十五日、両国の見世物小屋で大坂くだりの軽業を見ているのは、心が迷子の証拠だ」

梯子の上で子供が片手倒立の姿勢をとり、お囃子《はやし》が高くなって、見物人がどよめく。子供は倒立の腕を左から右にかえ、その体勢のまま少しずつ躰をまわしていく。下の寅吉は足裏だけで梯子を支えつづけ、三味線の曲弾きにもいっそうの熱を加える。

子供の体勢が一回転したとき、寅吉が三味線をやめ、一瞬に観客が静まる。襲ってきた静寂に寅吉の気合いが一声。それから梯子の一端が寅吉の足裏から離れはじめ、やがて上の子供と下の寅吉が梯子を挟んで、一本の腕と一本の足だけでつながってしまう。小屋内に拍手と歓声が爆発し、絶頂の盛りあがりのなか、芸を終えた子供が空中にトンボを切る。子供の着地と同時に寅吉が梯子を蹴り、蹴られた梯子を介添えの男がうける。小屋はもう拍手喝采の渦、お囃子も聞こえぬほどの熱狂で、見物席の土間までが鳴動する。

足曲乗りのあとには樽回しと子供の三味線があって、軽業はそれで打ち出し。拍子木《ひょうしぎ》に追われて見物人が外に送り出される。倩一郎とお葉も人波に押されて広小路の中央あたりまで戻り、ほっと息をつく。

「さすがですねえ、評判になるのも無理ござんせんよ。あたしなんか見てるだけで、汗をかいちまった」

そのとき花火があがり、土手や両国橋の橋上から「鍵屋」のかけ声がかかる。お葉の横顔を光と影が染め分け、鼻筋に金色の汗を浮かばせる。

「お葉さん、掛け茶屋にでも腰を落ちつけようかな」

「そうですね。ちょいと咽も渇きましたし、小腹もすきましたね」

「橋向こうのほうが茶屋も空いていよう。見世物は終いだが花火はこれからだ」

夜の五ツでは人の出盛り、小屋物が終わったせいか却って人が溢れ、食い物屋にも床店《とこみせ》にも女子供が群れている。その人波を縫って二人は両国橋を渡り、いくらか規模の小さい向こう両国へ出る。こちらは広小路側にくらべると出店も少なく、見世物も蜘蛛男だの狼女だの、眉唾の演《だ》し物しか掛からない。

五、六軒の茶屋をのぞき歩き、空席が見つからずにひき返そうとしたとき、一軒の茶屋内から声がかかる。

「ねえねえ、ちょいとちょいと真木の旦那、ここまできて素通りなんて、そりゃ水臭いってもんですよう」

下駄を鳴らしてきたのは相長屋のお仙。お仙は赤い襷に赤前垂れで白粉《おしろい》を濃くはたき、髪には小娘のようなビラビラ簪をさしている。夜のせいか場所柄のせいか、長屋で見るときよりはやはり、どこか艶っぽい。

「お仙さんの店はここだったか」

「いやですよう。〈辰巳屋《たつみや》〉の前を通ったら寄ってくださいって、いつも云ってるじゃないですか」

「愛想《あいそ》がなくてすまんな」

「いえいえ、そんなことより……」

お葉の顔にちらっと流し目を送り、手の甲で口元を隠しながら、お仙が媚《こ》びるように肩をすくめる。

「旦那、お休みなんでしょう。ぜひ寄ってくださいな」

「席が見当たらぬ」

「冗談云っちゃ困ります。辰巳屋を仕切ってるのはこのお仙なんですからね、席なんざどうにでも都合しますって。やっぱし川のとっつきがよござんしょ。ささ、ねえ、ずずっと奥へ、はいはい、ご新造さんもどうぞご一緒に」

お仙がごった返す客をかき分けて奥へすすみ、倩一郎はお葉をかばって、あとにつづく。辰巳屋は座敷造りに薄縁《うすべり》敷き、ほかの店と同じように立て込んではいたが、お仙が川沿いの一角にてきぱきと二人分の席をしつらえる。倩一郎とお葉が肩を寄せる

ように腰を落ちつけたとき、目の前の大川から、ちょうど小さい花火があがる。賑やかで

「川開きってほどじゃござんせんけど、あいにく今日は混んでましてねえ。恐れ入りますけど、ゆっくりしてくださいな」

「手間をかけてすまん」

「なに云ってるんですよう、旦那とあたしの仲じゃないですか。いえねご新造さん、仲ったってべつに、怪しい仲じゃないんですよ。ただ相長屋だもんだから、いろいろお世話んなってましてねえ。ほーんとに真木の旦那は真面目《まじめ》で優しくて、これまで浮いた噂一つない方で、まさか女嫌いでもあるまいし」

「お仙さん、茶と酒をもらおうかな」

「あらまあ、そうでしたねえ。お酒は冷やでよござんすか」

「うむ、それに小腹がすいている」

「任してくださいよう。切り寿司でも天ぷらでも、屋台はいくらでも出てますから」

「お葉さん、寿司でよろしいか」

「ええ。それにあたしもお茶ではなく、お酒をもらいますよ」

「ほーう」

「お盆様ですもの」

「では、お仙さん、そういうことだ」

お仙が含み笑いを残して座を去り、倩一郎はうしろ首をぽんとたたいて、少しお葉から離れる。

「旦那、おもてになって、結構ですねえ」

「相長屋の付合いだ。味噌を借りたり油を借りたり、いろいろ世話になっている」

「そうですかねえ。旦那は見かけによらず、口がお上手だから」

「いや、お、また花火だ。今度のは大名花火か。どこも財政は逼迫しているだろうに、豪気な御家もあるものだな」

大名花火は狼煙《のろし》のようにあがって花を開かせず、ただ火炎だけをひいて消えていく。花を開かせる町花火には金傘、銀河星、子持乱虫などという種類があるというが、倩一郎が見ても分からない。大川には提灯を明るくした屋形船や屋根船が蝟《い》集《しゅう》し、対岸には東両国以上の休み茶屋が建ち並ぶ。

茶汲み女が酒の湯吞と枝豆の小鉢をおいていき、お葉がくすくす笑いながら、湯吞をとる。

「冷や酒では気分が悪くならないか」

「あれはお父っつぁんの話。あたしは冷やでも二、三合なら、ちょいと気分がよくなるぐらい」

「なーんだ、そうか」

「ねえ旦那、さっき軽業小屋で仰有ったこと、ありゃどういう意味です」

「軽業小屋で？」

「あたしの心が迷子だとかどうとか」

「そうだったかな、忘れた」

「うそ仰有い。旦那はあたしが出戻りの浮気性で、男に誘われればどこへでもついていく蓮《はす》っ葉《ぱ》女だって、そう云ったんです」

「おいおい、お葉さんは絡み酒か」

「はばかり様、あたしはまだ、一滴も飲んじゃいませんよ」

お葉が怒ったような目で倩一郎をにらみ、それからふっと唇を笑わせて、湯吞を口へ運ぶ。倩一郎もお葉に云った言葉は覚えているが、その意味は自分でも分からない。お葉に会って以来、心が迷子になっているのは、たぶん倩一郎のほうだろう。

「だけど考えたら、あたし、やっぱし迷子ですかねえ」

倩一郎は聞こえなかったふりをして酒を口に含み、川面に小さく浮かぶ精霊《しょうりょう》流しの蠟燭に、じっと目を細める。近くの屋根船からは三味線と芸者の嬌声が聞こえ、茶屋のどこかでは子供が泣き声をはりあげる。

「ねえ旦那」

「うむ？」

「なんだ、聞こえてるんじゃないですか」

「都合の悪いときは聞こえない」

「もういいですよ」

「すまんな」

「いえね、そうじゃなくて、うちの船頭に聞いたんですけど、佐伯道場のお嬢さんてのは、ずいぶんな器量よしだとか」

「ほーう、そうなのか」

「船頭の芳松ってのが云ってましたよ。そりゃもう品があって、立ち姿なんかも凛《りん》となすって」

「武家の娘を見慣れぬせいだろう。娘というにはちと、薹《とう》が立っているが」

「薹が立ってて悪うござんしたね。綾乃様はあたしとたった一つ違いです」

「お葉さんは何歳になった」

「三七《さんしち》を一つ超えました」

「それなら二つ違いだ、綾乃殿は二十四になっている」

「いいえ、綾乃様は辰年の二十三です。芳松たちの調べに狂いはござんせん」

「なるほど。目明かしの娘などを女房にすると、亭主はさぞかし、針の筵《むしろ》だろうな」

店の女が客を縫って顔を出し、経木《きょうぎ》に並べた切り寿司をおいていく。これは早熟寿《はやなれ》司を小短冊形に切り分けたもので、小鰭《こはだ》、イカ、鰹などに薄切りの生姜がそえてある。お葉が袂《たもと》から半紙をとり出し、寿司を一つつまんで、倩一郎にさし出す。

「すまんな」

「いいですよ、そんなにしょっちゅう謝らなくても」

「うむ、すまん」

呆れたように首をふり、自分でも寿司をつまんで、お葉が口に運ぶ。

「それで、ねえ旦那、どうなんです？」

「なにが」

「綾乃様のことですよ。だって佐伯道場には、お跡継ぎがいないんでしょう」

「跡継ぎは朋輩の荒井七之助と決まっている」

「荒井様がご養子に入られて？」

「うむ」

「でも荒井様ってのは、鍾馗《しようき》が鬼のお面をかぶったようなお顔だとか」

「そこまでは……よく見れば愛嬌もある」

「剣のお腕は旦那と甲乙なし。そりゃ六百石のお旗本でも、三男坊じゃ仕方ありません」

「なにが云いたい」

「ですから、佐伯道場の跡継ぎは荒井様じゃなく、旦那だってよろしいわけでしょう。いえ旦那のほうが、その、綾乃様だって、嬉しいんじゃないかと」

「綾乃殿は男になど興味のないご性格だ。それに俺の剣は、小野派一刀流の正統から外れている。先生も婿は七之助と決められているし、佐伯道場をつげるのは荒井七之助しかおらんと、最初から定まっている」

「旦那はそれで、よろしいんですか」

「それとは?」

「一生ご浪人で、一生師範代で」

「人にはそれぞれ分《ぶん》があるさ。大事なのは七之助の気持ち、七之助は綾乃殿に惚れ抜いている。あそこまで惚れられれば、綾乃殿とて納得がいくだろう」

「それじゃ旦那は、綾乃様をどうお思いなんです」

「どうとも思っておらん」

「そんなおきれいな方を？」

「きれいか。綾乃殿が美形という話は、最近初めて聞いた。云われてみれば顔貌《かおかたち》などの造作はよいのかも知れぬが、美形と思うかどうかは、好みだ」

「旦那って、趣味が曲がってるみたい」

「自分ではそうとも思わんがな」

「曲がってますよ。小野派一刀流だかなんだか、正統だか雪隠《せっちん》だか知りませんけどね。きれいなお嬢さんの婿んなって、佐伯道場の跡継ぎになって、そうすりゃ一生安楽に暮らせるじゃないですか。目の前にぶら下がってる幸せにそっぽを向くなんて、そりゃ趣味も性根《しょうね》も、しっかり曲がってます」

「なにを怒っている」

「怒っちゃいませんよ。怒ってるわけじゃござんせんけど、旦那があんまし……それとも、ナンですか、旦那にはやっぱり、あたしなんかには云えない秘密がおありなんですか」

「秘密？」

「だってそうでしょう。〈喜久本〉で会われたのは白河の若殿様、白河のご浪人に若殿様直々のお声が掛かるなんて、そんなの、不審《おかし》いじゃないですか」

「まったく、あんたって人は……」

寿司を二つほどつまみ、懐紙で指をぬぐってから、倩一郎はぐびりと酒を咽に流す。いくら目明かしの娘だからって詮索のできすぎ、そしてその詮索がただの邪推に終わらないのが、お葉の困ったところだ。

「秘密などは、べつに、ない」

「それじゃ仰有いましな」

「俺が白河松平家のご落胤《らくいん》らしくてな。御家に戻れとか戻ってはならぬとか、面倒なことを云われる」

「そりゃよござんした……旦那、今、ご落胤と？」

「そういう噂があるらしい」

「真面目な話ですか」

「冗談だとは思うが、なかには本気にしている連中もいるだろう。定信様は白河家中にとって余所者、意地だの面子だの損得だの、上士だの下士だの国元だの江戸表だの、大名家なんてものはつまらないことで、揉めるもんさ」

お葉が切れ長の目でまじまじと倩一郎の顔を見つめ、それからため息をつくように、酒の湯呑に手をのばす。向こう岸近くから打ちあげられた花火が両国橋の上で花を開き、たんたんと乾いた音をひびかせる。

「旦那は、御家に戻られる……」

「冗談じゃない。亡き親父殿が意を決して去った白河、その昔になにがあったかは知らぬが、そんなところへ俺が戻ったら、御家の内紛が助長される」

「でもお戻りになれば、ご出世じゃないですか」

「無用な火遊びをするほど物好きではない。それにどうも、俺は宮仕えに向かぬ気性らしい」

「だからって、一生ご浪人では……」

「お葉さんは浪人者が嫌いか」

「あたしの好き嫌いじゃなくて、ご浪人では、生計《たつき》に不都合がござんしょう」

「実を云うと佐伯先生から、さる大名家の剣術指南役に推挙されてな。俺も話をうけるつもりでいたんだが、最近ちと、気が変わった」

倩一郎の顔から視線を外し、お葉がうしろ腰に差していた団扇を抜いて、ゆるく蚊《か》燻《いぶ》しの煙を払う。

「大名家など、どこへ仕官したところで気は休まらぬ。市井に生きて市井に死ぬのも、人の一生ではないかとな」

「本所の片隅に町道場でも開けば、おのれ一人ぐらい、どうにか食っていけよう。元々白河の田舎者、貧乏には慣れているし、躰も丈夫にできている」

「旦那ってまったく……」

「性根が曲がっていて、すまんな」

倩一郎は座敷のなかを見まわし、茶汲み女を呼びとめて、仕種で酒の追加を注文する。お葉が団扇をふりながら倩一郎の湯呑をのぞき、空の湯呑に自分の酒をつぎ入れる。

「旦那って、そんな欲のないご気性で、よくお江戸で生きてこられましたねえ」

「躰が丈夫で貧乏を気にせねば、人間はどこでも生きていける。俺なんかのことより、お葉さん、自分のことはどうする」

「あたしの、なにをです」

「早く清次さんを婿に入れて、米造殿を安心させねばならぬだろうに」

お葉の手がとまって、団扇が膝の上におかれ、細くて長い指が団扇の柄にそって反《そ》り返る。一瞬息がつまったのか、しばらくしてお葉の唇から、短い嘆息がこぼれる。

「やっぱし旦那も、同じことを云うんですねえ」

「やっぱりみんな同じことを云うだろう」

「傍《はた》がみんなそう思ってることは、あたしだって承知してます。清次さんは御用の腕も確かだし、船頭衆にとっても兄貴分」

「米造殿も頼りにしてるという」

「分かってますよ。気心も知れてて、あたしも嫌いってわけじゃないけど、匂いがねえ」

「匂いが？」

「無学ですから、あたしには、ほかに云い様がなくて」

お葉が目の端で倩一郎の顔をうかがい、唇をすぼめて、また団扇をつかいはじめる。そのときうしろからせわしない気配が近づき、湯呑が二個、二人のあいだに押し込まれる。

「へい真木の旦那、こんちはまたお日柄がよろしいようで」

「おう、留蔵兄いか」

「いやね、せっかく乙にはまってるところを不粋とは思いやしたが、珍しく旦那が見えてるってもんで、へえ、ちょいとご挨拶をとね」

「挨拶など長屋でしてるだろう」

「そりゃあ旦那、それはそれ、これはこれ。真木の旦那が別嬪《べっぴん》のご新造と逢い引きと聞いちゃあ、顔を出さねえわけにゃいきませんよ」

「暇なんだの」

「まあまあ、そう素っ気《そっけ》ねえことを云わねえで、へい、この酒はあっしの奢りでござんす」

「どうせ勘定を払わぬ酒だろう」

「またあれだ。まさか役人や目明かしじゃあるめえし、そんな非道をやってたら盛り場は仕切れませんやね。こいつぁ正真正銘あっしの奢り、ねえ、遠慮なさらねえで、ぐぐっと空けておくんなせい」

日灼けした丸顔に大柄の浴衣を羽織ってきたのは、相長屋の留蔵。東両国一帯を仕切っている上総屋《かずさや》惣兵衛《そうべえ》一家の若い者だが、お仙と長屋で所帯を構えているぐらいだから、そこそこの顔ではあるらしい。

「だけど旦那も隅におけないねえ、ええ？　こんな別嬪で粋なご新造を、今までどこへ隠してたんです」

「長屋の連中に見せては目の毒かと思ってな」

「そりゃ違いねえ。あっしだって目がつぶれそうで、お仙なんざさっきから腰を抜かしてまさあ。お召し物といい持ち物といい、さぞや大店のご新造さんかなにかで」

「大きい声では云えぬ」

「分かってますって。あっしも惣兵衛一家の留蔵だ、亭主ありのわけありの、さりとて恋にもわけはありまするってね、へえ、男と女のことに野暮は云いませんや」

留蔵がお葉に酒をすすめながら、さかんに髷の刷毛先をなでつけ、無遠慮にお葉と倩一郎を見くらべる。お葉のほうは平気な顔で留蔵からの酒をうけ、口元に笑みを含ませて、団扇の風を倩一郎に送りつづける。

「ところでねえ旦那、ほら、先だっての……」

浴衣の前襟を右手で押し広げ、白い晒《さらし》を見せつけながら、留蔵が二人のあいだに肩を割り込ませる。

「渋江村であったとかいう大捕り物、あんときゃあたいそうなご活躍だったそうで」

「瓦版《かわらばん》は押さえたはずだぞ」

「蛇《じゃ》の道は蛇《へび》でござんすよう。なんでも手柄を立てたのは思案橋の米造親分、捕り物には凄腕のご浪人が加勢したとか。へっへ、いつだったか長屋のお滝が云ってやしたが、旦那んところへ思案橋からのお使いがきなすったと」

「さすがは深川を仕切ってる地回り、早耳だの」

「そいつも飯の種でござんしてね。ですがナンですかい、渋江村でとっ捕まった連中ってのは、やっぱし今お江戸を荒らしてる、夜盗の一味ですかい」

「詳しいことは知らん」

「またまた水臭《くせ》え。いえね、べつに旦那と思案橋がどんなつながりだか、そんなこたあどうでもいいんで。ただ渋江村で斬られた鷲見彦四郎って浪人に、ちょいと縁があったもんですからね」

お葉の視線が一瞬倩一郎の視線をとらえ、しかし倩一郎は眉の形で、お葉の言葉を封じる。

「ほーう、鷲見彦四郎は地回りの用心棒をしていたか」

「旦那、その地回り地回りってのは、人聞きが悪いや」

「すまんな。俺にはヤクザも地回りもゴロツキも、区別がつかん」

「よしてくんねえ。あっしらは真っ当な。まあ、旦那に云っても仕方ねえが。ですがその鷲見って浪人はたしかに、一家の賭場で用心棒をしてたんですよ」

「何人か人を斬らせたか」

「旦那ねえ、いくらあっしが逢い引きの邪魔だからって、そりゃねえでしょう。あっしはただ鷲見さんが盗人一味ってことに、合点がいかねえだけでね」

「賭場の用心棒も盗人の用心棒も、似たようなものと思うが」

「素人はそれだからいけねえ。賭場の用心棒なんてのは、いわば浪人者の正業ですよ。旦那だって佐伯の青鬼といわれるほどの腕をもちながら、あっしら同様の長屋暮らしだ。まして腕も学問もねえ浪人者なんぞ、仲仕《なかし》か川人足ぐれえしかつかい途《みち》がねえ。鷲見さんだってそういう、かつかつの生計を立てていなすったんだ」

「かつかつの生計でも盗人にまでは成りさがらぬと」

「と、思いやすがねえ。そりゃ旦那みた様な善人とは云いやせんが、ご新造や倅さんには気をつかう人でして。いつだったかご新造が熱を出したんだが薬を買う金がねえ、おろおろしちまって、あんまし気の毒なもんだから、あっしもつい二朱《しゅ》ほど用立てましたよ」

「貸した金は戻らなかったろう」

「そいつが旦那、この月頭に、ちゃんと返してくれましてね。そんとき鷲見さんの云うにゃあ、俺にもやっと運がめぐってきたと」

「ほーう、運が」

「ねえ、怪風《けぶ》でござんしょう。いくら貧乏神も猫跨《また》ぎするような浪人だからって、盗人の一味に加わって『運がめぐってきた』はねえもんだ。だから鷲見さんが盗人一味ってのは、なにかの間違いじゃねえかと思うんで」

「なるほど、しかしそのめぐってきた『運』とは、どういうことだ」

「そこまでは聞いてねえ。ぷっつり賭場へ顔を見せなくなって、どうしたもんかと思ってた矢先があの渋江村だ。あっしみてえな者が云うのも口幅《はば》ってえが、どうもねえ、ご新造と倅さんが気の毒でねえ」

留蔵が頰をさすりながら倩一郎に上目をつかい、お葉のためにもってきた酒をとりあげて、しゅっとすする。鷲見彦四郎を斬ったのは倩一郎、その事実は蛇《じゃ》の道で留蔵も知っているらしいが、鷲見を斬ったことが是か非か、鷲見を失った妻と子が不幸か否か、それは立場と考え方による。しかし鷲見本人も盗人の仲間に加わってまさか「運がめぐってきた」とは思うまいし、拉致の仲間でも同じことだろう。

「なあ留蔵兄い、鷲見が盗人一味でないと思うなら、なぜお上に届けぬ」

「冗談云っちゃいけねえ。奉行所だの堀江町だのってのは、鬼門でござんすからね。地回りがお上と仲良しになっちまったら、お互いに商売が成り立たねえ」

「理屈かの」

「それに思案橋の親分ってお人は、非道を平気でなさるという。とっ捕まえた一味の一人を大番屋で責め殺したのも、思案橋だってえじゃねえですか。うっかりお上なんぞへ届けたら、こっちがバカなとばっちりをうけまさあ」

お葉の手がのびて倩一郎の湯呑をとりあげ、薄く紅をひいた形のいい唇に、くいっと酒が吸い込まれる。倩一郎は咳払いをして枝豆をつまみ、額の冷や汗を手の甲でぬぐう。

「その大番屋で死んだ男だがな、兄い、簑助という名前らしいが、そいつも賭場へ出入りしていたのか」

「簑助？」

「歳は三十二、三。なりは遊び人風だが、どことなく屋敷者くさい」

「へーえ、大番屋で責め殺されたのは、そいつですかい」

「あるいは元、武士であったかも知れぬ」

「さーてねえ、賭場にはいろんなやつが出入りしやすから、そんなのもいたかも知れねえ。ただあっしは、簑助なんて名前に心当たりはござんせんが」

「そうか。しかし兄いの蛇の道も、ずいぶん筋道が狂っているぞ」

「そいつはまたどういうわけで」

「簑助を責め殺したのは米造親分ではなく、北町の定町廻りだ。それに鷲見の妻女が亭主の遺体を別人と云い張ったのを、嘘を承知で斟酌《しんしゃく》したのも米造親分だという」

「そんな七面倒くせえこと、あっしにゃ分からねえ。ですが、どうも鷲見さんが盗人の一味とは思えねえし、残されたご新造と子供にも罪はねえ。そのあたりに頰被りする目明かし役人ってのは、やっぱし没義道《もぎどう》でござんしょう」

こつんと盆が鳴り、お葉がふりおろした湯吞から、酒が飛沫《しぶき》をたててこぼれ出る。

「お前さん、留蔵さんとお云いかえ」

「え、へえ、まあ」

「極道《ごくどう》にも理屈はあろうけど、お前さんの云うことはちと、考えが浅すぎやしませんか」

声の調子は変わらないが、お葉は目尻をつりあげて鼻の穴をふくらませ、口の端に力を入れて、キッと留蔵の顔をにらみつける。口調が穏やかなぶん気配は不気味で、倩一郎の背筋にもなにやら、寒けが走る。

「いえ、そりゃご新造さん、あっしはご覧のとおりの半端稼業で。その、まあ、もと考えなんざ、浅《あせ》えほうで」

「鷲見って浪人が盗人ではなかったにしろ、拉致の一味は確かなんですよ。欲得のために人を拉致《かどわか》せば追剝と同罪、御定法では打ち首と決まってます。かりにもお武家が生きたまま捕らえられ、小伝馬町に入れられたあげくに打ち首じゃあ、生き恥に死に恥じゃありませんか。真木の旦那が鷲見を斬りなすったのは、武士の情けってやつですよ」

「へーえ、さようで。でやすがまた、ご新造さんはどうしてそれを」

「拉致されたのはあたしだもの」

「そいつはまた」

「浅草でさらわれて手足を縛られ、渋江村まで担がれてあとは地袋に蹴込まれて、あのときは本当に、死ぬかと思った。盗人にも拉致にもみんな三分《ぶ》の理、だけどお前さんがお父っつぁんや真木の旦那を虚仮《こけ》にするのは、そりゃ大きに、筋違いってもんですよ」

「お父っつぁん？」

留蔵が目をどんぐりのようにしてお葉の顔を眺め、それから口を半開きにして、顔を倩一郎へ向ける。

「お葉さんと申してな、堀江町でたき川という船宿を営んでおられる」

「たき川の女将さんで。どーりで噂どおりの別嬪……」

留蔵の口がそこでとまり、見開かれたままの目が二、三度、せわしなくお葉と倩一郎を往復する。

「ありゃりゃ、こりゃりゃりゃ」

腰を折ったまま逃げ出そうとする留蔵を、倩一郎がうしろ帯に手をかけて、元の座にひき戻す。

「旦那、そりゃいけねえよ。ねえ、あっしの首なんざ安物でござんすが、なにしろお仙のやつがその、首のねえ亭主と暮らすんは世間体《てい》が悪いとかって。まったくあの女《あま》は贅沢で、困ったもんだ」

「とって食いはせん。まだ酒の礼も云っておらぬ」

「礼なんて滅相もねえ。へえ、こんなものはほんの犬の小便」

「いいから落ちつけ。兄いの云うことにも一理はある。ただ鷲見が拉致の一味であったことは事実でな。鷲見という男について、もうちと詳しく聞かせてくれ」

「旦那もお人が、お悪い」

倩一郎は強く留蔵をひきつけ、背中をぽんとたたいて、湯呑をその手に握らせる。

留蔵が膝をかたくして湯呑を押しいただき、自分の腋の下から鼠《ねずみ》のようにお葉を仰ぎ見る。

「事情は今お葉さんが話したとおりだが……」

留蔵が息をつくのを待ち、倩一郎も湯呑をとって、軽く咽を湿らせる。

「兄いの知っていた鷲見彦四郎は、貧しくとも悪事に手を染める仁ではなかった、ということか」

「と、思ってたんでやすが、どうやらあっしのメガネ違いだったようで」

「鷲見にめぐってきた運というのを、思い出せぬかな」

「そうは仰有っても、ねえ。金だって十両二十両とつまれりゃあ、さーてどんなもんだか。ご新造は躰の弱《よえ》え質だってえし、倅さんにも金がかかるとか。やべえ金と分かってながら、つい手を出したかもねえ」

「倅に金がかかる、とは」

「四捨五入でやすよ」

「うむ？」

「ほれ、孔子《こうし》様が腹痛でのたくったってやつ」

「子のたまわく、か」

「それそれ」

「四書五経《ししょごきょう》だろう」

「人によっちゃそうも云いやすがね。なにしろ倅さんてのが出来がよくて、その孔子様の塾へ通わしてるんだそうで」

「あの鷲見が倅を塾へ、な」

「ご新造ってのも一ぺん長岡《ながおか》町へんで見かけやしたが、そりゃまあもったいねえようないい女。噂じゃ上州からの駆け落ちもんだとか」

「そのような妻と子がありながら、鷲見も魔がさしたかの」

「どうですかねえ。でもそんな按配でやすから、鷲見さんの『運』ぐれえ、ご新造なら聞いてるかも知れやせんよ」

酒を口へ運ぼうとして倩一郎は手をとめ、お葉の顔と対岸の明かりを、なんとなく見くらべる。鷲見の妻は鷲見の遺体を別人と主張し、米造も妻子の将来を考えて身元を不問に付した。米造の処置も心情的には正しかったのだろうが、お葉の安全を考えれば、少しばかり温情がすぎたらしい。

「留蔵兄い、鷲見の住まいはその長岡町へんか」

「横《よこ》川の北中之橋《きたなかのはし》んところをちょいと路地に入った、稲荷《いなり》長屋で」

「妻女の名は」

「たしか、お高《こう》さんだったと思いやすが、もう間に合いますめえ」

「なにゆえ」

「だってね、夕方竪川っ縁《ぷち》で、新太《しんた》ってえ道具屋といき合ったんですが、そいつが大八車に所帯道具をつんでやして、どうしたって聞いたら鷲見さんところの家財だって云いやがる。家財ったたって鍋釜に布団《ふとん》に枕屏風ぐれえのもんで、あとは行李が二つばかし。竈《かまど》の灰までかき出して一朱にもならねえってんだから、貧乏も年季が入ってまさあ。この新太ってのもたまに賭場へ顔を出すケチな野郎で……」

「要するに妻女が、家財を売り払ったと」

「へえ。どこぞの親戚にでも、身を寄せるつもりでやしょう」

倩一郎は刀を手にとって片膝を立て、立てた膝に肘をかけながら、両国橋の上空に目をやる。盆の十五日でちょうど満月、夕方の雨に洗われた空に輝度の高い星が、まばらに散っている。留蔵が新太という道具屋に会ったのが日暮れ前なら、それからすでに二刻近くがたち、そろそろ四ツの鐘が鳴る。長岡町の長屋に鷺見の妻子が残っている可能性は少ないが、となり近所に尋ねれば行き先の見当ぐらい、つかぬものでもない。

「お葉さん、無駄かも知れぬが、俺は鷺見の妻女を訪ねてみる」

「それじゃあたしも」

「いや、俺一人なら長岡町などひと走り。お葉さんはたき川へ帰っていてくれ」

「でも」

「場合によっては板橋《いたばし》宿あたりまで駆けねばならぬ。いずれにせよ明日にはお宅へ顔を出すゆえ、今夜のところは、聞き分けなさい」

浮かせかけた腰を下に戻し、ぷくっと頬をふくらませて、お葉が恨めしそうに倩一郎を見つめる。そんな顔をされても今は足手まとい、軽業も見たし屋台も冷やかしたし、そうでなくとも今夜はもう、帰る刻限になっている。

「留蔵兄い、聞いてのとおりだ。すまぬが駕籠でお葉さんをたき川まで送ってくれ」

「へえ、あっしが？」

「他に人がおらぬ」

「だけどねえ、堀江町ってのはちょっと、方角が悪いや」

「四の五の云わず、ここは地回りの心意気を見せることだ」

「そんな、殺生な」

「真木の旦那、あたしも子供じゃあるまいし、駕籠ぐらい一人で乗れますよ」

「そうはいかぬ。あんたにもしものことがあったら、米造殿に顔向けができない」

「この人出に誰が襲うもんですか」

「浅草寺ではもっと人出があって、しかも昼間だった。俺があんたの身を案ずる気持ちも、少しは察してくれ」

お葉が口を開きかけて言葉を呑み込み、睫毛《まつげ》をふるわせながら肩をすくめる。倩一郎は腰をあげて刀を左手に持ちかえ、一歩座から離れる。

「それでは留蔵兄い、よろしく頼む。たき川へ着くまで駕籠わきを離れぬようにな。お葉さんにもしものことがあったら、お仙さんには本当に、首のない亭主と暮らしてもらうぞ」

腰を泳がせた留蔵に背を向け、客のあいだを縫って、倩一郎は座敷から土間へおりる。お仙が寄ってきたが手だけをふり、そのまま土間を抜けて辰巳屋を出る。涼み客もいくらか数を少なくし、東両国からはぽつりぽつりと灯が消えていく。

盛り場を離れるとすぐ人通りはまばらになって、竪川を右手に見ながら、倩一郎は東へ歩をすすめる。竪川の土手道をはさんで左側は細長い町家がつづき、その向こうが俗にいう割り下水《わりげすい》。二ツ目橋や三ツ目《みつめ》橋の橋袂に蕎麦や煮売り店の屋台が出ている以外、ほとんど灯火も見られない。北辻《きたつじ》橋あたりまでくるともう本所のどん詰まり、長岡町の先には夜鷹の巣窟で名高い吉田《よしだ》町がある。

留蔵に教えられた北中之橋の橋袂へさしかかったとき、通りすぎた入江《いりえ》町で、ちょうど四ツの鐘が鳴る。夕涼みの年寄りに「長岡町の稲荷長屋は南割り下水の路地を右に折れたあたり」と教えられ、その道をたどる。付近はうらぶれた長屋が建て込んでドブの臭気が充満し、夜目にも普請《ふしん》の貧しさがうかがえる。四ツをすぎたのに路地では赤ん坊が喚き、盆内のせいか、手花火で遊ぶ子供の姿もある。

赤ん坊をあやしている子供に稲荷長屋を聞き、ついでに鷲見の家も教えられる。長屋には木戸も住人の張り札もなく、ドブの臭気を紛らわすためか、蚊燻しの煙が目にしみるほどに渦をまく。

鷲見の住まいは棟割り長屋の右手奥から二番目、路地に散在する笊、籠、荷車、桶、竹竿などを縫って奥へすすみ、閉められた腰高障子の前に立つ。すでにひき払われた後と覚悟を決めていたが、内からの明かりがぼんやりと戸障子に映っている。まさか日もかわらぬうちに後借人《あとがりにん》が入ったはずもなく、倩一郎は自分の幸運に、ほっと息をつく。

障子の桟を拳でたたくと内で人が動き、灯火に影ができて、女の匂いが向こう側に迫る。

「どちら様でございましょう」

「鷲見殿と縁のありました、真木倩一郎と申す」

「鷲見は他出をしておりますが」

「承知しています。また鷲見殿がお戻りにならぬことも承知。拙者がご亭主を斬り申した」

障子に映った影がゆらぎ、数呼吸の沈黙をおいて、内から心張《しんば》り棒が外される。倩一郎はその戸障子に手をかけ、横に開いて、ずいと内へ踏み込む。なかには消えそうな裸蠟燭が一本、板張りに莫蓙を敷いた座敷には六、七歳の少年が端座して、家財のない部屋に荷造り途中の風呂敷包みがおかれている。框《かまち》の前には新しい藁地《わらじ》がそろえられ、鷲見の妻も古い縞の小袖を裾短に着込み、すでに手甲《てっこう》と脚絆《きゃはん》をつけて髪に姉さん被りの手拭いをのせている。今夜はこのまま仮眠をとり、明日は夜が明ける前に長屋を発《た》つつもりか。

高という鷲見の妻が倩一郎を迂回し、板座敷へあがって、少年をかばう位置に正座をする。やつれて頬のこけた顔に表情はないが、たしかに目鼻だちはととのい、仕種にも武家育ちの品がある。

「明朝は七ツ前にもお発ちか」

倩一郎の言葉に高も少年も返事をせず、二人とも見開いた目で、じっと倩一郎を見つめてくる。倩一郎は刀を腰から抜いて框の柱に立てかけ、みずからも框に腰をおろす。部屋の中央で裸蠟燭の炎がゆれ、背後の壁に対の影をふくらます。江戸の最後に蠟燭で灯をとるのは、この母子にとって、せめてもの贅沢なのだろう。

「中山道の安中なれば男の足で三日。しかしお子連れのお内儀では、五日六日はかかろう。今宵は早く寝《やす》まれることですな」

「真木様と申されましたか」

「いかにも」

「あなた様の云い様、いちいち、私には分かりかねます」

「分からぬものをなぜ家に入れられた」

「鷲見の名を出されたからには、お話だけでもうかがうのが作法にございます」

「さようか。されば手短に申しあげる。生前鷲見殿にめぐってきた『運』とやら、ぜひお聞かせいただきたい」

「なにをご無体な」

頭からゆっくりと手拭いをとり、その手拭いを膝の上で畳みながら、高が視線を床に落とす。

「先ほどあなた様が、鷲見を斬られた、と申されましたが、それはいつ、どこで」

「九日の夜、渋江村の空き屋敷において」

「そのお話はお奉行所よりうかがっております。私も自身番にてご浪人の遺体を検分いたしましたが、鷲見とは別人。鷲見はどこかに存命でございますれば、あなた様にも、ご懸念は無用に存じます」

「鷲見殿と私は名乗り合って剣を交えた」

「それはあの浪人が、夫の名を騙《かた》ったものでございましょう」

「さようかな。浪人は刀を抜いたとき、すでに死を覚悟していた。生きて縄目の恥をうけまいとの意が見えたゆえ、私も命をいただいた。そこまで覚悟を決めた者が、他人の名など騙るとは思えぬ」

「真木様、人の思いはそれぞれ。他人には思案のほかでございます」

「そちらにどのような事情があるかは知らぬ。されど鷲見殿が拉致した女人は私の思い人、お内儀がご子息を守らねばならぬのと同様、私も思い人を守らねばならぬ。他言はせぬと約束いたすゆえ、鷲見殿がもらされたはずの『運』を、お話し願えぬか」

「何度申されても、私には分かりかねます。また鷲見も、妻子を捨ててどこやらに暮らしおります。鷲見に尋ねたきことがございますれば、どうかそちらで、お探しくださいませ」

「聞く耳はもたぬ、と」

「あなた様が斬られた浪人者は、断じて鷲見ではございません」

「安中板倉様の江戸上屋敷は、一ツ橋《ひとつばし》御門外であったな」

高の肩が小さく動き、青ざめた顔に動揺が走って、困惑の視線が徐々に上へ向かってくる。蠟燭の炎が高の片頰を影で削ぎとり、握りしめられた手拭いが膝の上で、乾いた音をたてる。高の肩横からは少年の視線が射るように倩一郎の顔を刺し、安普請の梁《はり》が、いやな音で軋《きし》る。

「板倉様の上屋敷へ参って、しかるべき筋に言上せねばならぬ。私が斬った浪人者の顔形、浪人者が拉致の一味であったこと、立ち合いの前に鷲見彦四郎と名乗った事実、そして馬庭念流の遣い手であったこと」

「なぜに……」

「拉致の一味にはまだ首謀者が残っている。この禍根を断たぬかぎり私の思い人には、いつまでも危難がつづく」

「私どもには、無縁」

「自分が大事に思う人を守るには、覚悟がいる。私が板倉様に鷲見殿の所業を告げれば、国元へ帰ったところで、あなたたち二人に居場所はなくなる。ご子息は家督もつげず養子にもいけず、一生を日の当たらぬ身で過ごすことになる。私の思い人を『無縁』と云い捨てるからには、お内儀にも当然、それだけの覚悟をしていただく」

高の目に怒りが湧いて息が荒くなり、倩一郎を呪い殺すかのような殺気が、ひりひりと押し寄せる。倩一郎は剣術でいう「無為の構え」をとり、殺到する怒りと怨念と絶望を、ただの風としてうけ流す。

やがて高の肩がくずれ、顔が手拭いに伏されて、手拭いの下から低い嗚咽《おえつ》がこぼれ出す。

「真木様、どうか、お慈悲を、お慈悲をくださいませ」

「ご亭主を斬った上に無理無体、非道を承知で申しあげている」

「ですが、そのお名前を口に出せば、私ども親子にはもう、この世に生きる場所が……」

「口を閉ざしたままでも生きる場所がないのは同じこと。鷲見殿がもらされた『運』とは、やはり首謀者の名前か」

「拉致のことなど、主人は、申しませんでした」

「それは当然」

「ですが……」

「たとえその名が曲淵であったとしても、驚きはせぬ」

「曲淵？」

「北町奉行、曲淵甲斐守ではござらぬか」

高が手拭いから顔を起こし、涙がたまったままの目で、遠くから倩一郎を見つめる。

「懸念はいらぬ。お内儀がその名を云ってくれれば、町奉行の一人や二人、私が斬って捨てる」

「いえ」

「お内儀にもご子息にも危害はおよばせぬゆえ、ぜひ、その名を」

倩一郎を見つめたまま高が首を横にふり、しばらく息を呑んで、それから大きく、肩で息をつく。

「うむ」

「主人は……」

「主人はただ、田沼家に仕官がかなうやも知れぬ、と」

「田沼？」

「それ以上は申しませんでした。渋江村の件と田沼様がどうつながるのか、それも分かりません。またご老中様以外に田沼と申されるお大名、お旗本がございますや否や、それも存じません。ですがこの太平の世、理由もなく主人のような浪人者を召し抱える御家があるとも思われず、私もずっと、不安に思っておりました」

「田沼とはまた、面妖な」

「主人の申した田沼家がご老中の田沼家であった場合、私ども親子とてこのままで済むとは思われず、一日も早く江戸を去らねばと、こうして、支度をしておりました」

「国元に身を寄せる場所は」

「以前より私の父母が、鷲見と別れて家へ戻れと云いておりますので、なんとか」

「さようか。お内儀のお話、ほかへはもらさぬゆえ累がおよぶとも思われぬが、江戸にはおらぬほうがよろしかろう。私の云い様に不快な思いをされたこと、このとおり、お詫びいたす」

倩一郎は深く頭をさげて腰をあげ、刀をとりあげて、腰にたばさむ。

戸障子に歩きかけ、思いなおして、部屋内へ躰を向ける。

「ご子息殿、私の顔と名前を、よく覚えておかれよ。親父様の仇《あだ》を討とうと思われるなら、逃げ隠れはせぬ。ただ私はちと、剣の腕が立ちますのでな。よほどの修行をつまねば討てませぬぞ」

少年の目が無言で倩一郎を射貫《いぬ》き、母親に似た端整な口元に、強く力が入る。少年の胸内にどんな思いがあるにせよ、故郷へ帰れば衣食だけは保証され、そして立場はどうであれ、好きな勉学もつづけられる。

倩一郎は懐から銭袋をとり出し、なかを手のひらに空けて、全財産を框におく。一分金が一枚に南鐐が三枚、あとは一文銭と波銭が少々。盆で酒井家への出稽古がなかった下期は収入のあてもなく、今月は道場のあと、楊枝でも削るしか仕方ない。

「真木様、それは、なりませぬ」

「大人なれば四、五日の野宿も耐えられようが、年少者は思わぬところで病を得るもの。せめて木賃宿へとなり泊まり、安中までの道中、達者で参られよ」

高と少年に黙礼をし、踵《きびす》を返して、倩一郎は鷲見の家を出る。内からはまた高の嗚咽が糸をひき、母と子が寄り添う気配が倩一郎の苦衷《くちゆう》を刺激する。

鷲見彦四郎を斬ったことが是か非か、残された妻子が幸か不幸か、そんなことはそれぞれ、当事者にしか分からない。

七

三日ぶりに竹刀を握ると、さすがに背筋が凜とする。朝から二十人の弟弟子に稽古をつけ、皮膚に心地よい汗が浮く。弟弟子といっても十歳の子供から四十近い御家人まで、日参して稽古に励む若侍もいれば月に一、二度だけ顔を出す不精者もいる。倩一郎の稽古は相手次第、一本気に打ち込んでくる門人には空《す》かされる怖さを教え、逡《しゆん》巡《じゆん》癖のある門人には眠っている闘争心に火をつける。年齢、技量、意欲もまちまちな相手に、倩一郎は手を抜かずに対処する。

正午の鐘を合図に午前の稽古を終わらせ、控えの間にひきあげる。すぐに小女のおさんが麦湯と濡れ手拭いをもってあらわれ、少し離れて膝を折る。倩一郎は湯呑をとって咽をうるおし、濡れ手拭いを顔にあてる。屋敷の外から油蟬が鳴きかけ、塀の外を蚊帳《かや》売りが声をあげていく。

「ねえ真木先生、荒井先生が病気なんだってね」

「人だから病気になることもあるさ」

「あれまあ、荒井先生が人だなんて、初めて聞いたよ」

「鬼には見えまい」

「うちの在に閻魔《えんま》堂があってさあ、そこで配るお札《ふだ》の絵とそっくり」

「最近は髭も剃るし身形《みなり》にも気をつかっている。ゆくゆくは佐伯の婿になる男だ、陰口をきくと暇を出されるぞ」

「あれ、やだよう、お嬢様の婿は真木先生じゃないんかね」

「俺のような素浪人が佐伯の家格に合うか。それよりおさん、おまえは藪入りをしないのか」

「昨日と一昨日《おとつい》、もう練馬へ帰してもらったよ」

「そうか。ところで、すまんが、夕方に握り飯をこさえてくれぬかな」

「どこぞへ出かけるんかね」

「そうではない。ちと手元が不如意になって、夕餉《ゆうげ》がとれぬ。当分はおまえを頼りにするから、よろしく頼む」

おさんが目を丸くして腰をあげ、襷を掛けなおしながら、ちょこまかと台所へさがる。道場から若侍の騒ぐ声が聞こえ、陽射しの強い中庭を揚羽蝶が舞っていく。鷲見の母子はすでに浦和《うらわ》の宿を越えたあたりかと、倩一郎はふと、昨夜の経緯を思い出す。

倩一郎が汗をぬぐっているところへ、おさんが戻ってきて昼餉の膳をすえていく。湯漬けの碗に香コと鰊《にしん》の干物、これで夕毎に握り飯をもらって帰れば、今月もなんとか、飢えることはない。

汗をぬぐってから箸をとり、一人で黙々と食事をすすめる。荒井七之助の顔も毎日見ると鬱陶《うっとう》しいが、道場にあのバカ気合いが聞こえないとやはり、なにかが物足りない。

廊下に気配がして、衣擦れの音とともに綾乃が顔を見せる。倩一郎は箸をおいて居住まいをただし、目礼をする。

畳の横幅だけ距離をおき、綾乃が静かに腰をおろす。髪を相変わらずの灯籠鬢《びん》に結い、裾に菊模様を散らした絹物に繻子《しゅす》の帯、磁器人形のような顔に濃い化粧をした綾乃を、云われてみればなるほど、美しいと思う男もいるのだろう。

「真木様、これを」

綾乃が帯間から紙包みをとり出し、畳の上に押し出して、目を伏せる。

「父上からの志《こころざし》にございます。昨日は酒井様の出稽古がなかったゆえ、お手元が心細かろうと」

「お、いや」

「また荒井様も当分道場へ立てぬお躰、真木様には苦労をかける、との申し様にございました」

おさんとの話が聞こえたのか、あるいはおさんが台所から注進したのか。いずれにしても倩一郎の銭袋は空っぽ、内心忸怩《じくじ》たるものを感じながらも、素直に志をうけることにする。

倩一郎は紙包みをとって押しいただき、中身をたしかめず、懐へ入れる。

「お心遣い、かたじけない。先生には後ほどお礼を申しあげる」

「そのようなお気遣いは無用です。父上も常々、真木様にはすまぬと申しておりますゆえ」

「私のような者に、もったいないお言葉」

「今の佐伯道場は真木様でもっているようなもの。私からもこのとおり、お礼を申しあげます」

綾乃が畳に指をそえて頭をさげ、姿勢を戻しながら、ちらりと倩一郎の顔をのぞく。硬質なその目に一瞬羞恥《しゅうち》の色がさし、髪で銀の簪《かんざし》がゆれる。

「また真木様には、ご縁組がすすんでおられるとか」

「は、いや、恐縮」

「まことに、お目出とうございます」

「人には成行き、宿命《さだめ》といったものがあるのでしょう」

「さようにございますね。その成行きや宿命に従うのも、これもまた、女子の生き方」

そこで言葉を呑み、厚化粧の下から、綾乃がじっと倩一郎の顔を見つめる。倩一郎も綾乃の目を見つめ返し、言葉を交わさずに胸中を伝え合う。さっきの蚊帳売りが塀の外を、「かやーい、萌葱《もえぎ》のかやっ」と声をあげて行きすぎる。

「私、これより、荒井様の見舞いに参ろうと存じます」

「結構なご分別、綾乃殿の顔を見れば七之助の病など、一時に本復《ほんぷく》するでしょう」

「こう申しては失礼でございますが、荒井様でも病を得るものかと、なにやら、ほっとした気がいたします」

「まことに、云いえて妙」

綾乃が軽く唇を笑わせ、小さく指をついて、視線を向けずに腰をあげる。どうやら綾乃の心も決まったらしく、部屋を出ていくそのうしろ姿に、倩一郎は安堵のため息をつく。四万六千日での賽銭が功を奏したのか、しかし男女の縁を食中りで結ぶなど、観音様も意外に、粋な術をつかう。

倩一郎は綾乃からの紙包みを開いて、五枚の南鐐をたしかめ、頭をかきながら懐に戻す。耳を澄ますと油蟬に混じって茅蜩《ひぐらし》の声が聞こえ、日盛りの中庭に陽炎《かげろう》がゆれ動く。

＊

道場の稽古を一刻早く切りあげ、神田川沿いの道を荒井七之助の屋敷へ向かう。往還には旗本屋敷に出入りする小間物屋や貸本屋が行き交い、金魚屋、地紙売り、火口《ほくち》屋などがそれぞれに売り声をあげていく。盛り場は藪入りの丁稚や子守女で賑わっているだろうに、山手《やまのて》には物売りの声だけが行きすぎる。

顔見知りの若党に案内を乞《こ》い、玄関から荒井の居室にすすむ。荒井はのべた布団に腕枕で横になり、団扇をつかいながら虚ろに中庭を眺めている。昨日より顔の下半分が黒く見えるのは、よほど髭の濃い質なのだろう。そんな荒井の部屋に、うっすらと女の残り香が匂う。

「おう、倩一郎、元気か」

「それはこっちの聞くことだ」

「俺はやっと厠へ這えるようになった」

「生きていればこそ厠をつかえる。おのれの悪運に感謝することだな」

腰をおろした倩一郎に、すぐ女中が茶を運んでくる。旗本も六百石ともなれば門は両開き、用人、若党、中間《ちゆうげん》、奥女中に端下《はした》に下僕と、十数人の使用人を抱えている。

荒井がむっくりと身を起こし、団扇を放ってだるそうに胡座を組む。頬がこけて目が落ちくぼみ、浴衣からのぞく胸毛にも生気がない。それでいて表情がどこかゆるんでいるのは、この残り香のせいか。

「倩一郎、実は先ほど、綾乃殿が見舞いにきてくれた」

「ほーう、そうか」

「髪に縮緬《ちりめん》の帽子などをのせて、爪紅《つまべに》までさしてなあ。その美しいのなんの、お主にも見せたかったぜ」

「病も癒えたろう」

「あと十日ほど寝ていたくなった」

「仮病では見舞いにきてくれぬ」

「告げなけりゃ分からねえさ。こういうことがあるなら、早く病を得ればよかったぜ」

「冗談を云うな。道場から七之助のバカ気合いが聞こえぬと、先生も寂しいと仰有っている」

「道場と云えば……」

荒井が欠伸をかみ殺すように口を曲げ、不精髭をこすりながら、ぼんやりと目を見開く。

「お主、稽古はどうした。お主に稽古の手を抜かれたら、俺の立場がねえ」

「道場主の自覚が生まれて、結構なことだな」

倩一郎は茶を口に含んで咽をうるおし、夕日が灯籠の影をひく中庭に、うんざりと目を移す。空のどこかで鶴が暑苦しい声で鳴き、廊下の端を鈴をつけた白猫が行きすぎる。

「七之助、美濃のどこやらへ仕官話があったはずだが、あれはどうした」

「断ったに決まってらあ。綾乃殿の婿に目が出たってのに……俺の口から云うと惚気《のろけ》になっちまうが、今日の綾乃殿は、ありゃ婚儀を意識した様子だったぜ。子供のころ一緒に凧をあげたことまで話されてなあ」

「まあ、気はゆるめぬことだ」

「俺のことより、そっちはどうしたい。今日はずいぶん浮かぬ顔じゃねえか」

「ちと面倒が、な」

「女か」

「お主じゃあるまいし」

「懐具合か」

「貧乏には慣れておる。いささか込み入った話だが、聞いてくれるか」

「寝てるしか術《すべ》のねえ俺だ。黄表紙を読む気にもならんし、暇つぶしは大歓迎さ」

荒井が胸毛をさすりながら煙草盆をひき寄せ、胡座の足を組みかえて、煙草に火をつける。躰の衰弱と煙草は無関係なのか、それとも煙草が吸えるだけ、すでに恢復しているのか。

「実はこの月の初めに、目明かしの束ねという老人と知り合ってな。この男が滝川一益公の後裔だという」

「目明かし？」

「うむ」

「滝川一益？」

「そうだ」

「滝川一益ってのは、誰だっけなあ」

「徳川のご開府前に関八州を治めた太守だ。詳しい経緯は知らぬが、代々滝川の一族が江戸の蚯蚓《みみず》御用を勤めてきたという」

ぷかりと煙草を吹かし、雁首を灰吹にたたいて、荒井が生気の戻った目を倩一郎に向ける。

「なんだその……」

「ミミズは『目、見えず』、清国の字で蚯蚓と書いたものを岡っ引きと読みかえ、目見えずを目明かしと皮肉ったものらしい」

「まるで判じ物だなあ」

「判じ物でも事実は事実」

「いつか道場へきた八丁堀といい、滝川一益だの蚯蚓御用だの、どうやら俺の古饅頭とは話が違うらしいや」

荒井が廊下へ首をのばして手を鳴らし、女中に茶の替えを云いつけてから、新しい煙草に火をつける。「やっと厠へ這える」という言葉に嘘はないだろうが、本当のところ体力の消耗は、どの程度なのか。まさか綾乃の見舞いをうけたいために、本気で十日も寝込むつもりではないだろう。

待つまでもなく廊下に影がさし、女中ではなく、兄嫁の昌世が茶を運んでくる。華やかな着物に妖艶な微笑、倩一郎だけでなく、荒井までが居住まいをただす。

「真木様、毎日のお見舞い、ありがとう存じます」

「はあ、暇ですゆえ」

「殿方同士のご友情って、羨ましいですわね」

「七之助は門弟筆頭、ゆくゆくは佐伯道場をつぐ身ですから、粗略にもできません」

「そうそう、そういえば」

昌世が腰を落ちつけて倩一郎に正対し、湯呑をとりあげた倩一郎の手元を、じっと見つめる。

「先ほど佐伯様のお嬢様に、七之助殿を見舞っていただきました」

「そのようですな」

「お美しくて品がよろしくて、結構なお嬢様ですね」

「まことに」

「お召し物や化粧など、人によっては派手すぎるとも思うでしょうが、私もほれ、このとおり。いつまでも美しくありたいと願うのは女子の性《さが》ですもの、殿方にもそのあたりは、理解していただかなくては」

「肝《きも》に銘じます」

「真木様」

「はあ」

「殿様にも申しあげて、近々あちらへお使者を立てようと思うのですが、いかがでしょう」

「まことに、重畳《ちようじよう》」

「ですが綾乃様ほどのお嬢様が、このお話、本当におうけくださるのでしょうか」

「佐伯先生も望んでおられること、綾乃殿とてもはやご婚儀を承知のはず。さもなければ見舞いになど、参られぬと思います」

「そうでしょうか。でもなんだか私、夢のような気がして」

「義姉上殿、七之助は剣技人品とも、佐伯の当主に相応しい男。門弟もみな七之助を慕っております。つまらぬご懸念は無用です」

「真木様は真実、そのように？」

「嘘偽りなく」

「さようですか。それをうかがって安心いたしました。七之助殿は見かけこそ豪気でも、どこか気弱なご気性。今後ともよろしくお願いいたします」

昌世が指をそえて腰を浮かせ、中腰のまま、倩一郎のほうへしなをつくる。

「そろそろ夕餉の支度をいたしますれば、今宵こそご一緒に」

「いや、今日も所用がございます。いつもせわしなくて、申し訳ない」

それ以上は誘わず、倩一郎と荒井に軽く会釈をして、昌世が衣擦れの音を廊下へひいていく。倩一郎は膝をくずして茶を飲み、荒井が団扇をつかいながら布団に腹這う。

「へっ、いくら兄嫁でも『夢のような気がして』って云い草はねえだろう」

「それだけお主の身を案じているのだ。なればこそ此度の養子話、断じて頓挫は許されぬぞ」

「おう、ま、そういうことだ」

「より以上に身を慎み……」

「お主もくどい男だなあ。こっちはじゅうぶん肝に銘じたから、それ、さっきのつづきを話してみろ」

倩一郎は湯呑を一すすりして茶托に戻し、手拭いをとり出して首の汗をふく。昨日きた夕立も今日は気配すらなく、江戸城西の丸の白壁を夕日が朱色に染めあげる。

「その蚯蚓御用だがな、実は三代様の世に、例の智慧伊豆が設けたものらしい」

「智慧伊豆ってえと、松平の」

「そうだ。幕府としての正規御用ではないが、以降は代々滝川の当主が江戸の目明かしを支配して、今日に至っている」

「目明かしなんざ同心の手先と思ってたが」

「俺もそう思っていたが、実際はだいぶ事情が違う。有徳院様の世に大岡越前が目明かしの禁止令を出したことがあり、その結果江戸の町に悪党が横行した。慌てた大岡が米造の先代に詫びを入れて、お役を旧に復したという」

「米造というのは、思案橋の米造か」

「うむ」

「その男のことは聞いているぜ。十年ほど前に江戸で盗人の大捕り物があって、そのとき名をあげたのが米造だ。読売りなんぞはお上を憚《はばか》って火盗をもちあげたが、実際の差配は米造だったことぐれえ誰でも知っている。お主が知合いになった目明かしの束ねというのは、思案橋の米造だったか」

「江戸の古目明かし二十四人、分家に子分に下っ引きやらを動員すれば、三百ほどの数だという」

「なんと」

「だから目明かしが町奉行所同心の手先というのは、あくまでも建前。実際の支配は米造で、この蚯蚓御用には町奉行ですら手が出せぬという」

「下手な講釈を聞くようだぜ」

「まさに下手な講釈。しかしその下手な講釈に、どうやら、田沼まで係わっているらしいのだ」

腹這っていた荒井がむっくりと起きあがり、うしろ腕で重心を支えながら、倩一郎の顔をのぞく。

「おい、田沼ってのは、老中の田沼か」

「老中以外に田沼がいるのか」

「弟の意誠《おきのぶ》が旗本に直って、一橋家の付家老にもぐり込んでらあ」

「ほーう、そうか」

「倅の意知もまだ部屋住みだが、奏者番を拝命して木挽《こびき》町の中屋敷に住んでる。これなんかも一家を構えたようなもの」

「ほかには」

「小旗本か御家人にもいるだろうが、今の世に田沼っていや、まずこの三人だろう。お主の云う田沼ってのは、どの田沼だ」

「それが分からぬ。またなにゆえ田沼の名が出てきたのか、それも分からぬ。ただ米造の娘は二度も拉致《かどわかし》にあい、偶然だが、俺がその危難を救った」

「なんとまあ、そりゃ講釈より、よっぽど面白《おもしれ》え」

「気楽に云うな。この件には北町奉行の曲淵も係わっている。曲淵は以前から、米造に蚯蚓御用の返上を迫っているとか」

「町奉行が米造の娘を拉致《かどわか》し、娘の命とひきかえに、お役の返上を？」

「手証はないが、符節は合う」

「意のままにならねえ目明かしを町奉行がうとむってのは、理屈だが」

「問題は田沼だ。意次か、意誠か、意知か。田沼と曲淵に係わりがあるのか否か、今はまだ分からん。分からんが、いずれにせよなんらかの手段を講じねばお葉の身が危ない」

「お葉ってのがその娘かえ」

「うむ」

「美形なのか」

「綾乃殿ほどではないが、まあ、見られる」

「歳は」

「二十二」

「なーんだ、年増じゃねえか。まさか出戻りじゃあるめえな」

「出戻りで悪いか。それに二十二なら綾乃殿よりも一つ下、お主に云われる筋合いはない」

「倩一郎、おい、まさか」

「そんなことはどうでもいい。要は滝川をとりまく不穏な動き、意次でも意誠でも意知でも、所詮は一つ穴のむじなだろう。真実田沼が滝川の敵と定まれば、この俺が、斬って捨てる」

倩一郎は湯呑をとって口を湿らせ、荒井から顔をそむけて、深く呼吸をする。老中を斬って生きていられるはずはなく、そしてその累は米造にもお葉にも、師の佐伯谷九郎にもおよんでしまう。そんなことは分かっているが、お葉の名前が出るとなぜか、神経が向きになる。

荒井が肩をすくめてにやっと笑い、のびた月代をさすりながら、また布団に腹這う。

「蚯蚓御用なんて話は初耳、町奉行がどうの田沼がどうのなんて話も俄には信じられねえが、お主が云うなら齟齬《そご》はねえだろう。しかしそれにしても倩一郎、面倒を抱え込んだなあ」

食中りやら口裏合わせやら綾乃への橋渡しやら、面倒をもち込んだのは、誰なのだ。白河の内紛も倩一郎の出自も、本人の意思とは係わりなく、みんな他人がもち込んでくる。

「だがなあ倩一郎、もし田沼を斬るような仕儀になったら、俺も腕を貸すぞ。なーにそうなりゃ佐伯も荒井もねえ、旗本の厄介叔父でも三河以来の武士だってことを、あの雪隠《せっちん》老中に思い知らせてやる」

「そのときは力を借りよう」

「おう、老中屋敷でも二人で斬り込みゃあ、首ぐれえ取れようさ」

「元気が出てきてなにより。その分なら近いうち、道場へも出られるな」

倩一郎は茶を飲みほして荒井に一礼し、腰をあげて、袴の形をととのえる。

「なんだ、帰るのか」

「お主に話して肩の荷がおりた。綾乃殿から金子も頂戴したことだし、岡場所へでもくり込むさ」

「綾乃殿から金子を？」

「俺の手元不如意に気づかれてな。先生よりのご下賜とは云ったが、実際は綾乃殿の心遣いだろう。お主と夫婦《めおと》になれば気働きのある妻女になる。七之助もつくづく、運のいい男だ」

口を開けた荒井をあとに、倩一郎は部屋を出て、玄関へ向かう。式台に出てきた若党が倩一郎の刀を渡してよこし、うけとって腰に落とす。料理屋では二刀を預けるが武家屋敷では長刀のみ、もちろん形式だけだが、武士は常に死の覚悟を決めている。

荒井の屋敷を出たところで足をとめ、尾張屋敷方向の空を仰ぐ。日のかたむきをたしかめて番《ばん》町方向へ足を向けたとき、ふと蚊帳売りの横顔が目に入る。蚊帳売りは菅《すげ》笠《がさ》をかぶって天秤棒に箱荷をくくりつけ、真新しい半纏《はんてん》を着て旗本屋敷の路地に消えていく。顎のしゃくれたその横顔に、倩一郎の記憶が曖昧《あいまい》に騒ぐ。そういえば佐伯道場の塀外にも蚊帳売りの声が聞こえたが、今は盆明け。江戸に蚊帳売りが多いのは五月と六月で、七月も盆をすぎればめったに見かけない。いつまでも蚊帳売りが歩くのは、今年の去りきらない夏のせいか、それとも倩一郎の周囲だけ、奇妙な熱気が渦をまくせいか。

蚊帳売りの消えた路地をしばらく眺め、勘助の顔を思い出して、草履の先を浅草に向ける。日は翳ったがまだ蝙蝠《こうもり》の飛ぶ頃合いではなく、往還を畳屋が大八車に古畳をつんでいく。屋敷町の道には子供も遊ばず、野良犬も歩かない。

「いざとなれば、斬る」

足をゆっくり運びながら、誰にともなく、倩一郎は独り言を吐き捨てる。

＊

番町から牛込《うしごめ》門のあたりへ戻り、神田川沿いの土手道を浅草門まで歩く。さすがに日は落ちて黄昏が迫り、茜色の空に蝙蝠が群飛する。浅草橋を渡る物売りも足を急がせ、神田川から大川方向へは涼み船が漕ぎだしていく。

倩一郎は蔵前通りを浅草方向へくだり、御蔵前片町と森田町《もりた》の境を新堀川側へ曲がる。あたりは浄念寺の門前町で、こんな路地町にも蕎麦屋や一膳飯屋が点在する。その門前町から少し山門側へ入ったところが勘助の線香屋、客はないが戸障子はあいていて、表の縁台には鼻梁の高いヤクザ風の男が腰をおろしている。

倩一郎が店に近づき、男が腰をあげる。男の右手は懐に吞まれていて、月代をのばしたその顔にも見覚えがある。

「うむ？　たしか」

「へい、どうも、ご無沙汰《ぶさた》でござんす」

「弥八だったかな。まだ江戸にいたのか」

「お陰さんで、敲《たた》きだけで勘弁していただきやした。みんなこちらの親分と、思案橋の親分が計らってくれたこって」

腰を低くした男は築地の路地裏でお葉を襲ったヤクザ者、勘助に大川橋の橋番屋へひき立てられてきたとき、倩一郎も米造とともに脅した覚えがある。

「それでその弥八が、どうした。勘助親分の命でも狙っているか」

「め、滅相もねえ。親分に報せてえことがあって、ちょいと」

そのとき外の声が聞こえたのか、内から勘助の女房が顔を出して、愛想のいい丸顔で相好《そうごう》をくずす。

「あれ真木様、先だってはろくなお構いもしないで、ご無礼さんでしたねえ」

「こちらこそ忙しいところをお邪魔した。ご亭主はやはり、他出か」

「一刻半ばかしまえに飛び出しまして、いえね、そちらのお兄さんにも、そう云ったんですけどね」

「たしかめたいことができてな。行く先の心当たりか、連絡《つなぎ》の手立てはないか」

「それが真木様、一度出ると二晩でも三晩でも帰らないことがござんして、そうなったらもう糸の切れた凧。誰か子分でも顔を出せば、見当もつくんですけど」

「そうか。それなら思案橋にでもまわってみよう」

「急ぎのご用でも」

「いや、手間をかけた」

「旦那……」

踵《きびす》を返しかけた倩一郎の袖をひき、弥八が目顔で首をすくめる。

「いいとこでお目にかかった。勘助親分のかわりに、ちょいと話を聞いてくんねえ」

「俺でいいのか」

「へえ、そりゃあ、例のあのことなんでやして」

弥八が勘助の女房に頭をさげ、店の前から門前町のほうへ倩一郎をうながす。二人は小半町ほど勘助の家から離れ、米蔵人足屋敷の前で足をとめる。

「弥八、お前のような人相で右手を懐へ呑んでると、道の者が避《よ》けるだろう」

「面目ねえ」

「冗談だ、で？」

「へえ、その、とにかくこういうことになりやして、あっしも伊佐次も、三宅島《みやけ》ぐれえは覚悟しておりやしたところ、こうやって米造親分のお慈悲をいただきやした。あっしは今勘助親分の口利きで、竹十《たけじゆう》って香具師《やし》の元締めんところへ世話になってやす」

「畳の上で死ねそうか」

「博打《ばくち》うちよりゃあ、まあ、いくらかね」

「伊佐次というのもあのときのゴロツキだったの」

「へえ、あいつは元が豆腐屋の倅でして、二親が今も川崎《かわさき》で豆腐屋の店を構えてるとか。今度の騒ぎで親も駆けつけ、伊佐次も性根を入れかえるってことで、川崎へ帰ることになりやした」

「右手がきかなくても豆腐ぐらいは切れるか」

「本人もそう云ってやす。あっしもあのまま匕首《あいくち》をふりまわしてたら、いつかは遠島か打ち首。こりゃ堀江町へ足を向けて寝られねえってんで、伊佐次と話しましてね。為五郎の出入り先を、手分けして当たってみたんですよ」

弥八が左手で浴衣の襟をととのえ、同じ左手の甲で、額の汗をぬぐう。渋江村の件では簑助と鷲見が死に、生き残った連中も遠島になるという。こちらはたまたま倩一郎が通りかかって未遂、米造や勘助が手心を加えたところをみると、弥八も伊佐次も、それほどの悪《わる》ではなかったか。

「こう云っちゃナンですが、為五郎って野郎は悪党仲間でも鼻摘まみだったようで」

倩一郎の長身に圧迫されるように、首を横にふりながら、弥八が少し身をひく。

「あちこちの賭場に顔を売っちゃいたが、真からの友達《だち》はいなくてね。ただ銀三《ぎんぞう》って遊び人が、先月の土用に、妙なところで為五郎を見かけたと」

「妙なところ？」

「鰻《うなぎ》屋なんで」

「ヤクザは鰻を食わんのか」

「そんなこともありやせんが、いえね、なにを狂ったのか銀三が、飯倉《いいくら》の神明《しんめい》様に神参りしたと思いなせえ」

「うむ」

「そんでもってお参りを済ませ、芝口《しばぐち》まで戻ってくるとちょうど昼飯どき、どっか鰻を焼くいい匂いがしてくる。ひょいと見るてえと芝口橋袂《たもと》に、暖簾を出した鰻屋がある。博打で勝って懐が暖けえかなんかで、野郎、生意気に鰻なんぞ食う気になりやがった。それで暖簾をくぐって、とんとんと二階へと」

「見ていたようだの」

「旦那、話の腰を折っちゃいけねえ」

「すまぬ」

「それでね、階段をのぼりきってひょいと首をのばすてえと、衝立《ついたて》の向こうに知ってる顔がある。あな珍しや為五郎、妙なところに妙な野郎がってんで、声をかけようと思ったら、一緒にいた相手がいけねえや。それがなんと、八丁堀だってんだから」

自分の言葉に自分で呆れたように、弥八が顔をゆがめて、ちっと舌打ちをする。八丁堀といえば町奉行所同心の通称、それも一般的には、定町廻りを云う。

「まあね、都合よく為五郎も八丁堀も銀三には気づかねえ。係わっても剣呑《けんのん》だってんで、銀三はつつっと奥の座敷へ」

「為五郎に、間違いはないんだな」

「そりゃもう。衝立の陰から、為五郎が帰るところをたしかめたって云いやす」

「同心のほうは」

「顔は見えなかったそうで。為五郎も八丁堀も、他の客から背を向けるような感じで額を寄せてたと。ですが八丁堀なんてのは髷《まげ》の形と羽織の着方で、すぐ分かりやすからね」

先月の丑《うし》の日といえば、たしか二十日前後。為五郎が別の悪事に係わっていて、どこかの同心が調べに当たっていた可能性もある。しかしそれなら為五郎が死んだとき、北でも南でも、係りがその旨を訴えてきたはず。それに町方が悪党を調べるとき、いくら土用の丑とはいえ、鰻屋の座敷へあがるとも思えない。

「ねえ旦那、為五郎の長屋はすぐそこの阿部川町だ。わざわざ芝口まで足をのばすってのも、怪風《けぶ》でござんしょう」

「大いに怪風だな。弥八兄い、これはとんだ手柄かも知れぬぞ」

「さいでやすか」

「鰻屋の屋号は分からぬか」

「そこまではねえ。ただ芝口橋の向こう袂に鰻屋は一軒だてえから、行ってみりゃ分かりやしょう」

「うむ、しかし弥八兄い」

「へえ」

「ヤクザというのも、案外に律儀なものだな」

「お武家にも腰抜けがいて、ご老中にも金乞食がいなさる。人なんざ様々でさあ」

「肝に銘じておく。為五郎の話はしかと勘助に伝えるし、俺からもこのとおり、礼を云う」

倩一郎は前腰に手をそえて弥八に頭をさげ、口のなかで、かたじけないと呟く。弥八が動く左手をふって飛びさがり、倩一郎よりも深く頭をさげる。

「旦那、やめてくんねえ。そりゃあ初手は右手をきかなくされて、旦那を恨んだこともござんしたがね。だがそれだってこちとらの自業自得、積もり積もってみりゃ旦那はあっしの命の恩人だ。礼を云うなあ、あっしのほうでござんすよ」

弥八が浴衣の裾をはしょって尻をまくり、照れたように笑いながら、路地を蔵前のほうへ走りだす。薄闇が弥八の背を呑み込み、気がつくとその向こうに、もう蔵前の灯がつきはじめている。倩一郎は弥八の消えた闇にしばらく腕を組み、それから寛永寺方向と増上寺方向の空に、そっと首をめぐらせる。倩一郎を尾行《つ》けていたらしい蚊帳売りのことも気にかかるが、しかし今はそれ以上に、為五郎と同心と芝口の鰻屋が気にかかる。

倩一郎は出向く先を芝口橋と決め、蔵前通りに出て増上寺の方向へ歩きだす。往来は日本橋と浅草をつなぐ幹線、仕事を終えた職人や商家の手代が行きすぎ、江戸見物の百姓が騒ぎながら馬喰《ばくろ》町へ帰っていく。倩一郎が浅草橋まで戻ったとき、暮六ツを告げる上野と浅草の鐘が、同時に鳴りはじめる。


浅草橋を渡り、馬喰町から小伝馬町、本石町と十軒店《じっけんだな》の角を左に曲がって、日本橋へ向かう。〈たき川〉へ寄って鰻屋の件を米造に伝えようかとも思ったが、道をそれるのも面倒、まずみずから弥八の話をたしかめようと、そのまま日本橋を渡る。日本橋から京橋をすぎて新両替町、尾張町出雲《いずも》町と歩きつづけ、一刻あまりで芝口橋へ出ている。日は落ちきって商家も大戸をおろし、軒下には天ぷらや煮売りの屋台が店を出している。

倩一郎は芝口橋を渡って左右を見渡し、汐留《しおどめ》橋側に二階造りの鰻屋を見つける。付近にあるのは蕎麦屋に一膳飯屋に小料理屋、橋袂だから屋台の飲み屋も店を出しているが、ほかに鰻屋は見当たらない。その鰻屋へ歩きながら、そういえばお葉が嫁いだという紙問屋はどのあたりだろうかと、つまらない思いがふと、頭をよぎる。

紺暖簾に染め出された屋号は〈丸吉《まるよし》〉で、暖簾を割って店に入る。一階は土間に追い込みの座敷で奥が調理場、土間の左手に二階への階段がある。歩きまわって腹も空いていたが、たかが鰻に法外な値は納得がいかず、それに気のほうが先を急《せ》く。

襷に前掛けの小女が調理場から出てきて、膳を運びながら倩一郎に声をかける。

「すまぬ、客ではない。ちと物を尋ねたいだけなのだ」

小女が客の前に膳を運んでいき、空の銚子をもって倩一郎の前に戻ってくる。

「尋ねたいって、なんだね」

「先月の丑日《うしび》に町方同心が客としてきたと思うが」

「そんな昔のこと、覚えてないねえ」

「大事なことだ、思い出してもらえんか」

「忙しいんだよう。お客じゃないんなら、帰っておくれね」

「それほど混んでるようには見えぬがな。誰か覚えておらぬか、店の者にも聞いてくれ」

倩一郎は小女を無視して追い込みの框《かまち》に腰をおろし、手拭いを出して首の汗をふく。小女が目尻をあげて奥へ入っていき、すぐ土間のつきあたりから二人の男が顔を出す。一人は四十がらみで鶏のような顔、もう一人は若い丸顔で、二人とも片襷で着物の袖をくくっている。

鶏顔が倩一郎の前で下駄をとめ、うしろ腰に両手をあてがって、じろりと目を光らす。

「お侍さん、店内で妙な騒ぎを起こされちゃ、迷惑なんですがねえ」

「強請《ゆすり》たかりではない、物を尋ねにきただけだ」

「こちとら客商売なんだ。でけえ図体でそんなとこへ腰掛けられたら、立派な強請でしょう」

「話を聞けばすぐに去る。十も数えるほどの間に、先月のことなど思い出せよう」

「この野郎、おとなしく出てりゃあ」

若いほうが鶏顔の背後から肩をつき出し、倩一郎の胸倉《むなぐら》へ手をのばしかける。倩一郎は脇差しを抜いて男の前に一閃し、そして逆方向へまた一閃し、鞘に納める。若い男の肩から襷が落ち、同時に鶏顔の肩からも、ぽとりと襷が落ちる。若い男が向こう框に腰を抜かし、鶏顔が柱につかまって重心を支える。四、五人の客に倩一郎の剣筋は見えなかったはずだが、ざわめきは感じたらしく、みながこちらへ顔を向ける。

「先月の土用、刻は昼飯時分。どうだ、思い出してくれたか」

鶏顔がぎっくり腰のような歩き方で奥へ泳いでいき、暖簾の向こうに、かすれた声をかける。すぐに座敷側の暖簾が割れ、男とよく似た顔の女が転がるように膝をすすめてくる。

「お、お武家様、なにか、粗相がございましたようで」

「いや、こちらも商いの邪魔をしている。早く去りたいのだが、ご亭主たちが帰してくれぬ」

「あの、ええと、向こうで聞いておりましたが、お尋ねのこととは」

「先月の丑日は二十日近辺であったろう」

「はあ、たしか」

「その日のことを聞きたい。土用と重なって繁盛ではあったろうが、町方の同心が二階へあがることなど、そうはないだろう」

女将らしい痩せた女が息をととのえ、腰を抜かした男と奥の鶏顔を、困ったように見くらべる。そのときいつの間に戻っていたのか、小女が女将のうしろから顔を出す。

「お役人様はお二人で。なんか怖い感じの兄さんと一緒だったよ」

「なんだいおまさ、覚えてたんなら、最初《はな》から申しあげりゃいいじゃないか」

「だって女将さん、いつも貧乏人は相手にするなって」

「バカだねえこの子は。お武家はお銭《あし》のかわりに刀ってのをもってるんだ。命が惜しかったら、よーく人様の顔色をうかがうもんだよ」

「内輪もめはいい。ところでおまさ、その同心は付近を係りにしている者か」

「あたしは、そういうこと、よく分からない」

「顔に見覚えは」

「初めてのお客だったよ」

「当然名前は分からぬか」

「うん。でもお勘定は鰻切手だったね。あたしがうけとって、女将さんに渡したんだから」

女将が雌鶏《めんどり》に似た顔を前後にゆすり、しばらく白目をむいたあと、左の手のひらに右の拳を、ぽんと打ちつける。

「そうだった。あんときのお勘定は、たしかに鰻切手でございましたよ」

鰻切手とは勘定の前払い証明札で、一店舗、あるいは数店舗がまとまって得意客に販売する。盆暮の挨拶や商売上の顔つなぎ、そして多くは、商人から小役人への賄賂《まいない》としてつかわれる。

「その鰻切手、見せてもらえぬか」

「だってお武家様、もう月が変わって、チャラにしちまいましたもの」

「帳面は残っておろう」

「残ってたって、おつかいになったお客の名までは分かりませんよ。でもあんときの裏書きはたしか、泉州屋《せんしゆう》さんでしたっけ」

「泉州屋とは」

「三十間堀《さんじつけんぼり》町の太物問屋で、前からのお得意さんなんですけど」

女将がそこで言葉を切り、急に顔色を変えて、雌鶏のように倩一郎へにじり寄る。

「お、お武家様、そりゃあ困りますよ。八丁堀のお役人ににらまれたら、この店は、つぶれちまいます」

「案ずるな。鰻切手で町方に鰻を食わせたところで、この店になんの咎がある」

「そうは仰有いますけど、ねえ」

「俺の名は真木倩一郎、思案橋の米造親分とは懇意にしている」

「思案橋の……」

「この店に迷惑はかけぬ。そのかわり俺が店にきたことは、他言無用」

腰を抜かした若い男が框につかまって這いだし、土間から二本の襷を拾って、よろよろと奥へ消えていく。

「切手の裏書きは三十間堀町の太物問屋、泉州屋で間違いはないな」

「え、ええ、そりゃもう」

「おまさ、怖い感じのお兄さんとは、ずんぐりして首の短い、ヤクザ風の男だろう」

「うん、そんな感じ」

「同心のほうはなにか覚えていないか。若かったとか、年寄りだったとか」

「若いって何歳ぐらい？」

「せいぜい俺ぐらいかな」

「お侍さんより、ちょっと上だと思うけど」

「三十前後か」

「そうだね」

「顔に特徴はなかったか。丸かったとか、四角かったとか、どこかに黒子《ほくろ》があったとか」

「べつにねえ、お役人でなきゃ外で会っても……」

おまさという小女が口を曲げて考え込み、襷の結び目をいじくりながら、空いたほうの手で鼻くそを掘る。

「ねえ女将さん、あのお役人、色が白かったと思わないかい」

「色が？　あれあれ、そう云やそうだよ。んとにお前って子は読み書きもできないくせに、つまらないことを覚えてるねえ」

「おまさ、同心は色白だったのか」

「うん、どこにでもいるような顔だったけど、色は白かったよ。町廻りのお役人様はみんな日に灼けてるもんなのに、先日《こないだ》の人は色が白かった。躰でも悪かったんかねえ」

三十前後でどこにでもいる顔、しかし定町廻り同心にしては色白という男を、倩一郎も一人知っている。

「おまさ、その役人は、優しそうな顔だったろう」

「そうだね。顔はもう一人のほうが、ずっと怖かったね」

倩一郎の脳裏に友部八郎の風貌が錯綜し、胃の腑に、なにやら苦いものが込みあげる。一見気弱な表情におどおどした物云い、おまさの云う同心がもし友部なら、友部は芝口まできて、為五郎となにを話していたのか。

「まさか……」

「はあ?」

「いや、手間をとらせた。今のことは人の命に係わるかも知れぬ。くれぐれも他言をせぬようにな」

倩一郎は銭袋から南鐐一枚をとり出し、鼻くそをほじったおまさの手に、そっと握らせる。二朱もあれば鰻の三、四皿も食せたろうに、内心の混乱が金銭感覚を麻痺させる。

唖然とするおまさと女将をあとに、倩一郎は腰をあげて、店を出る。同心が友部らしいとは分かっても、定町廻りは南北合わせて十二人、そのほかに臨時廻りとか隠密廻りとかもあるらしく、確信はしきれない。為五郎と会っていた同心が友部か否か、これはもう倩一郎の手には負えず、米造に任せるより仕方ない。

店から芝口橋へ歩きかけたとき、倩一郎の記憶が、きっちりと焦点を結ぶ。荒井七之助の屋敷前で見かけた顎のしゃくれた蚊帳売り、勘助に確認しようと思っていた蚊帳売り男は、友部八郎の小者ではなかったか。

＊

〈たき川〉の二階から三味線の音が聞こえるのは、これから夕涼みの船を出す旗本か、大商人か。空は両国方向だけが明るく、満月に近い月が品川《しながわ》沖の雲間に顔を出す。

倩一郎はたき川の格子戸前を通りすぎ、河岸蔵との路地を入って庭の横木戸をくぐる。五坪ばかりの庭には米造の居間から行灯《あんどん》の灯がこぼれ、座敷内からは男たちの話し声が聞こえている。顔をそろえているのは米造に門前の勘助、その横には音吉と清次がかしこまる。米造と勘助の前には酒肴の膳が並び、音吉と清次が酒の相伴《しょうばん》をしているらしい。

「おや、真木様。ただ今お噂をしていたところでございますよ。昨夜は両国から鷲見の長屋へ向かわれたとか、とんだご足労でございました」

米造が膝の向きを変えて倩一郎を迎え、音吉が手をふって、清次と勘助が頭をさげる。倩一郎は腰から太刀を抜いて縁側へあがり、座に加わって、一同に黙礼をする。

「鷲見の妻子は今朝早く、安中へ発ったと思われます。その件は後ほどお話しすると して、実は勘助親分、私は先ほど、お宅へうかがったのだ」

「そいつはまた……」

横から勘助が倩一郎に盃を手渡し、銚子の酒をついで、角張った顔を丸くする。

倩一郎はうけた盃を一息にあおり、勘助、米造、音吉、清次と、四人の顔にひとまわり視線をめぐらせる。

「ちと気になることがあってな。しかしそれもおくとして、お宅へうかがったら縁台に弥八というヤクザ者が腰掛けていた」

「あの野郎、まさかうちの女房に」

「為五郎の件で待っていたのだ。で、勘助さんのかわりに私が弥八の話を聞いた」

「そいつはまあ、お手間で」

「弥八も勘助親分や米造殿にうけた恩に、男気を出したらしい。それで為五郎が生前に交わっていた連中へ、あれこれ聞きまわったという」

「ヤクザもんが出しゃ張った真似をしやがって」

「しかしその結果、先月の二十日ごろ、遊び人が芝口の鰻屋で為五郎を見かけた、という話を耳にした。そのとき為五郎は町方の同心と一緒だったという」

一瞬一同が息を呑み、盃を宙にとめたり団扇の手をとめたり、それぞれにお互いの顔を見くらべる。女中が入ってきて倩一郎の前に膳をすえ、中腰のまま座をさがっていく。

米造が銚子をとり、豆鉄砲をくらった猛禽《もうきん》のような顔で、倩一郎に酒をすすめる。

「真木様、為五郎が同心と一緒だったというのは、どういうことでございます」

「どういうことか、それが分からぬ。遊び人は同心の顔を見ておらず、同心と為五郎の話も聞いておらぬよし。そこで僭越とは思ったが、芝口にある〈丸吉〉という鰻屋を訪ねてみた。鰻屋の申すには先月の丑日、為五郎らしきヤクザ者と町方同心が二階座敷へあがったはたしかなれど、二人とも馴染みの客ではなかったと。顔も知らぬし名前も知らぬ、ただ同心のほうは、妙に色の白い男だったという」

「ご同心で、色の白い？」

「奉行所にも例繰方《れいくりかた》や吟味方《ぎんみかた》の内勤めはありましょうが、町人が町方役人と認めるのは町廻り。友部八郎以外に、どなたか、色の白い町廻りをご存じか」

米造の皺深い目尻がぴりっと震え、その緊張が時を移さず、勘助や音吉たちに伝わる。為五郎と同心が鰻屋に同席していた事実だけでも青天《せいてん》の霹靂《へきれき》だろうに、その同心を友部八郎と名指しされては、勘助や音吉が動転するのも無理はない。倩一郎は座のざわめきが治まるまで、黙って手酌の酒を酌《く》みつづける。

帳場のほうからお葉が暖簾を割り、座の雰囲気を感じたのか、部屋へは入らず倩一郎にだけ会釈をする。倩一郎が黙礼を返し、お葉が目元を笑わせて、暖簾の向こうへ顔をひっ込める。

米造が癇癪《かんしゃく》を我慢するような顔で頬をひきつらせ、右の膝をさすりながら、くいっと酒をあおる。

「どうだえ勘助、町廻りで友部より色の生白《なまじれ》え同心に、心当たりがあるかえ」

「ご同心なんてのは真夏でも笠をのせねえのが仕来《しきた》りで、みなさん見習いから入って十年二十年の方々。顔色なんざあっしとどっこいのはずだが」

「見習いの経験もなく、八丁堀以外からお役入りしたのは、友部一人だ」

「そうは仰有いますが、いくらなんでも……」

「米造殿、芳松という船頭さんがいたら、話を聞きたいのだが」

「芳松がなにか」

「我らが渋江村の空き屋敷へ踏み込んだとき、あとから友部も駆けつけた。そのときのことで、気になることがある」

米造が首をかしげながら音吉に顎をしゃくり、音吉が腰をあげて、暖簾をくぐっていく。残った四人はそれぞれに箸をつかったり盃を口に運んだり、居心地悪く黙り込む。

すぐに足音が聞こえ、音吉につづいて芳松が部屋に入ってくる。鼻も顎も長くて目尻もさがっていて、金壺眼《かなつぼまなこ》に鼻の穴を上向けた音吉とは、三河万歳《まんざい》のような対照がある。

「へい、親分、参りました」

芳松が部屋の隅に膝を折り、首をのばして米造と倩一郎の顔を見くらべる。米造が倩一郎に目顔で合図をし、倩一郎が芳松に向かう。

「芳松さん、渋江村に勘助親分たちと駆けつけたときのことを、思い出してくれぬか」

「え、へえ」

「あのときは同心の友部も一緒だったの」

「さいでやす」

「勘助親分と音吉さんが駆けつけたのは分かる。しかしなにゆえ同心までが一緒に」

「そいつは、その、あっしが神田川筋の休み茶屋をめぐって、垂れをおろした怪しい駕籠を見かけなかったかと聞きまわってやしたら、庄助《しょうすけ》って野郎に声をかけられたんで」

「庄助というのは友部の小者か」

「さようで」

「顎のしゃくれた、少し鼻の曲がった男だな」

「へえ」

「声は庄助のほうからかけてきた」

「そういうこってす。どっからどう出てきたのか、突然声をかけられやしてね。どうしたって聞くから、これこれこうと話してやったら、友部の旦那が蔵前の自身番にいらっしゃる。旦那にもお報せして、大川の橋番屋へ戻ろうと」

「それで友部に会い、一緒に橋番屋へ」

「さいでやす。なにかまずかったでしょうかね」

「いや、理屈は通っている。しかし庄助がお前さんに声をかけたのは、偶然ではあるまい」

「へえ？」

「米造殿やその身内の動きを、友部の命《めい》で見張っていたのではないか」

「さあ、そう云われても」

「庄助はなぜか、俺の動きまで見張っている。夕刻に勘助親分を訪ねたのは、庄助の人定《じんてい》を問うため」

「真木の旦那……」

清次が顎の先を指でさすりながら、苦み走った目つきで倩一郎の顔を見すえる。

「話を聞いてますてえと、友部の旦那が拉致の一味と、決まったような仰有り方で」

「それをこれから調べる。しかし調べるにしても、疑う根拠は必要だろう」

「友部の旦那が渋江村へ駆けつけたという、それだけのことが？」

「為五郎と密会していた同心が友部と決まれば、疑いなどでは済まぬ。それに大番屋での調べ中に簑助が死んだのも、今になって思えば、符節が合いすぎる」

「口封じに友部の旦那が簑助を殺したと」

「合いすぎる符節を疑うのが、清次さんたちの稼業ではないか」

「いくら符節が合っても、手証がねえ」

「清次、知った口をきくんじゃねえぞ。手証がねえのは調べてねえからだ。こいつはどうも、真木様の仰有るとおり、灯台下《もと》暗しだったようだぜ」

盃をもった米造の左手がふるえ、皺に囲まれた目の内から、殺気に似た光がもれる。短いチョン髷も頭の上につき立ち、顔からは酒の気配が消えていく。

「なあ勘助、俺は友部と馴染みがねえ。お前さん、気づいたことはあるかえ」

「だって、気持ちのやさしい旦那で、声を荒らげたとこなんざ見たこともございませんせん。先代の後家さんにも孝行をしてるって話で」

「鉄砲組から八丁堀入りしたときには、揉めたんじゃねえのか」

「ですがお奉行様直々のお声掛かりとあっちゃあ、古株方も声には出せませんや。裏じゃ内与力へ二百両つんだの三百両つんだの、いろいろ云ってましたがね」

「北町の奉行といや曲淵、こいつもまた、いやな符合だ」

「鉄砲組も与力の家筋で、親戚連中が金を工面したとか」

「鉄砲組ってのはどこの鉄砲組だえ」

「市ヶ谷でやす」

「それじゃ根来か。根来なんざ提灯張りが本業みた様な連中、与力筋だからって、二百両三百両は大儀じゃねえか」

米造の「根来」という言葉に、倩一郎の盃が口の前でとまり、腋の下にいやな汗がにじむ。最近どこかで根来という名を聞いた気がするが、はたして、どこだったか。

「勘助親分、市ヶ谷の鉄砲組は、根来衆なのか」

「へい。幕府の鉄砲百人組は四組、伊賀の組は大久保《おおくぼ》、甲賀が四谷、二十五騎組が内藤新宿と、みんな忍術使いの流れとかで」

「市ヶ谷の鉄砲組は根来衆。されば友部も、根来ということだの」

倩一郎は盃をおいて腕を組み、根来という言葉の語感に、じっと耳を澄ませる。柳橋の料亭で松平定信が田沼意次を罵倒《ばとう》したとき、その根来という言葉を、何度聞いたことか。

「米造殿、田沼の出自が根来であることは、ご存じでしたか」

「田沼の？」

「老中の田沼意次。その田沼の出自が根来であると、私は、耳にしたことがある」

「田沼様が根来……」

米造の右足が尻の下にたたまれ、背筋がのびて、鋭かった眼光が鉛色《なまり》にくもる。ほかの四人も両手を膝にそえ、じっと米造の顔に見入る。

「さようですか。ご老中の田沼様は、根来の出自でしたか。有徳院様の世に田沼様の先代が紀州よりのぼったことは承知していましたが、根来とまでは。ですが真木様の仰有ること、よもや遺漏はございますまい」

「田沼が根来、友部も根来、そして私が昨夜鷲見の妻女に質《ただ》したところによると、鷲見は『田沼家に仕官云々《うんぬん》』と、もらしたという」

「なんと」

「田沼家がどの田沼かは分からぬ。されど鷲見が田沼の名を口にしたことを思えば、もはや偶然ではあり得ない」

座の一同がそろって息を呑み、空気が凍りついて、風鈴の音さえ軒下から消えていく。

「大番屋で死んだ簑助という男も、いまだに足取りがつかめないところをみると、あるいは……」

「根来ではないか、と」

「ありそうなことだ。田沼に友部に簑助、それらが根来のつながりで、そこに北町奉行の曲淵が絡んでいる。どうやらことの構図が、見えてきたのではないかな」

米造が腕を組んでしばらく天井を見つめ、それからふと表情をくずして、折っていた足を胡座に組みかえる。

「どうだえみんな、ここへきてとんとんと、騒がしくなってきやがった」

一同が同じようにうなずき、清次も音吉も芳松も膝に腕をつっぱって、米造のほうへ身を乗り出す。

「そうは云っても手証はねえ。推量だけでお江戸を騒がすなあ目明かしの名折れだ。

勘助、いや、お前さんじゃまずい。どうだ清次、おめえ、友部の身辺を洗ってくれるか」

「願ってもねえ」

「相手はかりにも北町奉行所の同心、毛ほども気づかれちゃならねえぞ」

「心得ておりやす」

「顔の知られてねえ下っ引きを集めて、一時も目を離すな。それにこいつは難しいだろうが、友部が御番所入りをした経緯《いきさつ》、どんな家柄でどこでなにをしていたか、そいつを調べろ」

「清次さん、庄助という小者にも用心をな。あの男の目つきも、ただの小者とは思えぬ」

　さすがに清次も臍《へそ》を曲げず、倩一郎の言葉に、黙ってうなずく。

「音に芳、おめえらは丸吉って鰻屋から誰かひっぱり出して、友部の面を検めさせるんだ」

「おまさという小女がいる。その者が同心の顔を覚えている」

「がってん」

「だが音、くれぐれも気取《けど》られちゃいけねえぞ。てめえらの首なんざ二束三文だが、堅気《かたぎ》の衆に迷惑はかけられねえ」

「親分、云わずもがなってね」

「友部の面検めが済んだら、渋江村の空き屋敷が田沼とつながってねえか、もう一度調べなおしてみろ」

「がってん承知だあ」

「米造親分、あっしを除《の》け者ってなあ、ひでえんじゃねえですか」

「そうは云うが勘助、友部はお前さんのお係り同心だ。お前さんがヘタに動きゃあ、向こうにこっちの動きを気取られるよ」

「だからって、ねえ、話がここまできてあっし一人にじっとしてろってなあ、酷《こく》でさあ」

「それが、勘助親分」

倩一郎は箸の先に鴨肉の葱焼《ねぎや》きをとり、料理人の腕に感心しながら、ぽいと口に入れる。

「友部らしい同心は丸吉の勘定を鰻切手で払っている。切手の裏書きは三十間堀町の太物屋、泉州屋だという」

「さいでやすか。米造親分、そっちを是非あっしに」

「頼めるかえ」

「あっしだって門前の勘助だ、間違っても気取られるようなへまはいたしやせんよ」

米造がうなずいて、ゆっくりと腰をあげ、手文庫から紙包みをとり出して元の座に戻る。

「清次に音吉に芳松、こいつは探索の費用だ。十手で脅せねえ相手には、出し惜しみをしちゃならねえぞ」

清次が包みをうけとって押しいただき、音吉たちと顔を見合わせて、懐に落とす。

「明日っからは当分休めねえ。まあ今夜んところは、命の洗濯をするがいいぜ」

三人の船頭が頭をさげて膝を動かし、倩一郎たちに挨拶をして、部屋を出ていく。

「それから勘助さん、これはお前さんにだ」

「いやですよ、米造親分」

「そう云ったもんでもねえさ。たまにゃ子分衆にも酒を飲ませねえと、働きが鈍る。俺も吉原へくり込む歳じゃあなし、どうせ遊んでる金だよ」

「気をつかわせちまって、さいでやすか、それじゃ、ま、遠慮なく」

勘助が包みをうけとって懐へ入れ、膝を倩一郎のほうへ向けて、頭をさげる。

「真木の旦那、きたねえ面はさがりやすが、あとはごゆっくり」

　よっこらしょと腰をあげ、勘助が米造に挨拶をして、角張った日灼け顔を暖簾の向こうへ運んでいく。四人が去って座敷が静かになり、塀外の掘割から船の水音が聞こえだす。女中が来て膳を片づけはじめ、すぐにお葉も部屋へ入ってくる。

「お父っつぁん、音さんたちが張り切ってたようだけど、いいことでもござんしたか」

「探索の手順が決まったって、それだけのことよ。幕が開くのはこれからだ」

「幕開《わけ》けの前祝いに、あの人たち、吉原あたりへくり出す勢いだねえ」

「若えもんのするこった、大目に見てやりねえ。それより店のほうは手が足りるのか」

「もう木村《きむら》様のお座敷が一つだけ、船も出さないご様子でね。お父っつぁんに真木の旦那、梅焼酎でもおもちしましょうか」

「おう、それがいい。今夜はまだ、だいぶ蒸しやがる」

「お葉さん、実は夕餉《ゆうげ》を食い損ねてな。茶漬けなど振舞ってもらえると、ありがたいのだが」

　お葉が口の形で返事をし、片づけの終わった女中と一緒に部屋をさがっていく。倩一郎は座を縁側の前に移し、掘割からの風に火照《ほて》った顔を吹かせる。日本橋川の方向が騒がしいのは盆明けの荷でも入るのか、四ツをすぎても両国の空は明るく、近くの船宿からはまだ涼み船が漕ぎだしていく。

しばらくしてお葉があらわれ、倩一郎の前に茶漬けの膳をおく。大振りの飯碗に浅《あさ》蜊《り》の佃煮《つくだに》ときざみ葱を散らし、茶には番茶がつかってある。小皿の添え物は瓜《うり》と生姜の糠漬け、その横には梅干を落とした焼酎の湯吞がおかれている。

「かたじけない。遠慮なくいただく」

倩一郎は碗と箸をとりあげ、一礼して茶漬けにとりかかる。お葉が米造と倩一郎のあいだに横座りで腰をおろし、倩一郎のほうへ団扇をつかいはじめる。

「おいお葉、俺の膳はどうしたえ」

「今お若がもってきますよ」

「えれえ差をつけやがる」

「真木の旦那はお客様、お父っつぁんなんかたき川にしてみりゃ、居候《いそうろう》みた様なもんでござんすから」

米造が煙草盆をひき寄せてキセルに火をつけ、苦っぽく笑いながら煙を吹かす。その米造の前に女中がやってきて、焼酎の膳をすえていく。

「ですがねえ、真木様、清次たちへはああ云ってやりましたが……」

三口ほど煙草を吸い、雁首をぽんとたたいて、米造が焼酎の湯吞をとりあげる。

「かりに友部と田沼様とのつながりに手証が出たところで、さてそのあとが、どうなりますことやら」

「落とし所をどこにするか、難問ですな」

「今の将軍家は田沼様の傀儡《かいらい》、有徳院様の御世とは事情が異なります」

「直談判をかけたところで聞く耳をもつ田沼ではなし。しかし米造殿、曲淵が米造殿をうとむ存念は解せるとして、なにゆえ田沼までが係わるのか、そこのところが分からぬ」

「真木様、実は……」

米造が倩一郎からお葉に視線を移し、しばらく半白の眉をひそめてから、つと座を立つ。床の間から戻ってきたときには手に折りたたんだ半紙があり、その半紙が倩一郎に渡される。

「手前もこの面《つら》でお恥ずかしゅうございますが、ちと下手な発句《ほっく》などをひねりましてな。その悪戯書《いたずらがき》は最近、発句仲間から手に入れたもの。聞くところによると春すぎより、ちらほらご府内に張り出されるとか。たわいもない落書《らくしょ》ではありますが、あるいはそれが、事の発端かも」

半紙に書かれているのは絵草紙様の戯文《ざれぶみ》。まず〈賄賂鳥《まいない》の糞溺れ〉と表題があり、説明として〈さしも権勢をほこれるまいない鳥、悪行のむくいなりや糞溜まりにはまりしが、しかしても千両箱を放さざるは天晴《あっぱ》れな執念なり。まこと地獄の沙汰も金しだいとは、かのまいない鳥が座右の銘ならん〉とあって、その下には稚拙な筆で肥壺《こえつぼ》に溺れる老武士の姿が描かれている。それだけでも描き手の意図は理解できるが、武士が溺れている雪隠の窓からは、田沼の家紋である七つ星がのぞいている。

「なるほど、このような落書があることは、聞いておりましたが」

「そんなもので溜飲《りゅういん》をさげたところで、ご政道が変わるわけでもなく、また田沼様とて本来なれば、痛くも痒《かゆ》くもないはず。手前も真木様から田沼様の名を聞く前は、こんな悪戯書、すっかり忘れていたものでございます」

米造がまた倩一郎とお葉の顔を見くらべ、着物の襟をくつろげて、ため息をつく。笑おうとしているのか泣こうとしているのか、老いた猛禽を思わせる顔に、気弱な皺がふるえる。

「こいつはお葉にも聞かせてなかった話で、真木様、年寄りの惚気《のろけ》話に、お耳を拝借できましょうかな」

倩一郎は落書の半紙をわきにおき、ついでに膳から梅焼酎の湯呑をとりあげる。

「さて、どこからお話ししたものか……お葉、おめえもこのこと、金輪際《こんりんざい》人様に喋っちゃならねえぞ」

「野暮は云いっこなし」

「ということで真木様、こいつは四十年がとこ昔の話で、ちょうど武蔵《むさし》一帯に大水が出た年、年代で申せば寛保《かんぽう》あたりでございましたか。そのころ駒形堂のわきに、〈藤屋《ふじや》〉という休み茶屋がございましてな。今はもう代が絶えておりますが、藤屋は手前が女房の実家、そこのお喜多《きた》という娘が、お葉の母親でございます」

米造の尖った顔に含羞《がんしゅう》に似た気配が浮かび、口元がゆるんで、その口に焼酎が運ばれる。

「手前が申すのもナンですが、当時のお喜多は十六、七。浅草小町なんぞと云われまして、そりゃまあちょっとした評判。お武家から町人から、腰の曲がった隠居から丁稚小僧まで、お喜多の顔見たさに藤屋へ通ったものでございます。そういう手前もお喜多にのぼせました一人、先代に横面を張られたって、足はどうにも藤屋へ向かっちまう。用もないのに茶ばっか飲みますもんで、小便は近くなるわ小遣い銭は底をつくわ。ま、それはおくとして、そのころ手前同様、特にお喜多へ懸想をしていた若いお武家がございました。歳は手前と同じほどで二十二、三、すでに家督もおつぎになって、西の丸様のお小姓にあがるほどのご大身《たいしん》。それればかりでなく、男の手前から見ましても俗に云う、水も滴《したた》るようないい男ってな按配。くらべて手前は、今のような化け物面になってはおりませんでしたが、それだって決して、上等な人相とは申せません。こりゃ誰が見たって白黒は明白、手前に分《ぶ》がないのも宿業と臍《ほぞ》をかんでおりましたところ、お喜多のやつがなにを勘違いしたのか、手前のところへ嫁にくると云いだしまして。人の縁とはまことに分からないもの、お喜多もちっとばかし、臍の曲がった質でございましたのか。手前のほうはもう有頂天、ですがそれで腹の虫がおさまらなかったのが、西の丸様のお小姓を勤める若いお武家でございます。ご自身でもお喜多は我がもの、と思っていたところを、目明かしの倅風情《ふぜい》にさらわれてしまった。ですが、まあ……」

米造が頰の傷痕を指先でなでながら、肩で息をついて、焼酎をあおる。お葉の目が倩一郎に向かって見開かれ、その目元が赤らんで、すぐに伏せられる。

「ですが手前も、まさかそのお武家が刀まで抜かれるとは。たまたま藤屋で顔を合わせました手前に向かって、ものも云わずいきなりのなさり様。手前の面がこんな具合になりましたのも、そのときの刀傷が元。手前とて頭に血がのぼりまして、そうなりゃお武家もクソもございません。生白《なまじろ》え若侍に腕っぷしで負けるはずもなく、殴る蹴るの半殺し。それでも気が済まずにお武家を藤屋の雪隠へひきずっていき、肥壺に蹴落としてやったのでございます。のちに考えますれば、ずいぶんバカなことをしたと思いましたが、それもこれも若気の至り。手前のほうもこんな面相にされましたことで、云ってみりゃこいつは、痛み分けでございましょう」

「お父っつぁん」

「おう？」

「それで、そのお武家は」

「どうもしねえやな。西の丸様のお小姓ともあろうものが、悋気《りんき》のあげくに刀を抜き、おまけに肥壺にたたき込まれたなんてことが世間に知れたら、こりゃ切腹の上に御家も改易だ。向こうのほうから詫びを入れてきて、以降はぷっつり、俺たちの前から姿を消しちまったさ」

お葉が団扇の柄をくるくると指でまわし、切れ長の目を細めて、呆れたようなため息をつく。その横顔に米造の云ったお喜多の顔が重なり、倩一郎は頭のなかで、四十年前の顚末《てんまつ》を思い描く。当時その顚末が公になっていたら、なるほど今日、田沼が老中の席に座ることはなかったろう。

「米造殿、最近の悪戯書は、まさか……」

「滅相もございません。四十年も前の経緯に遺恨などもちつづけるはずもなく、本心から忘れておりましたよ」

「しかし田沼のほうは、この落書を見て、そうは思うまい」

「落書はまったくの偶然、手前には一切係わりのなきこと。ですが田沼様にしてみれば、あるいはと」

「老中ともあろう者が大人げない仕儀とは思うが、田沼にとっては堪忍ならぬ汚点なのかも知れぬ」

「幸いにお葉は手前に似ず、若いときのお喜多に生き写しでございます。どこやらで田沼様がお葉を見かけたとすれば……」

「落書も合わせて四十年前の怨念がよみがえったと考えて、不思議はあるまい。曲淵など、つかわれただけかも知れませんな」

「心配なのはお葉の身でございます。こんな皺首なんぞ惜しくはございませんが、仕掛けたのが今をときめくご老中となると、この先もどんな無体が待つことやら」

「なんだねえお父っつぁん」

お葉が団扇をぱたぱたやって背筋をただし、米造をにらむ仕種で、口元を笑わせる。

「あたしだってお父っつぁんの娘、雪隠詰めの老中と刺し違えられるなら、こんな命、惜しくはございませんさね」

「てめえが強えなあ鼻っ柱《つえ》だけだ。なんでえ、ちょいと拉致されただけで腰なんぞ抜かしやがって、ご老中と刺し違えが聞いて呆れるぜ」

「お父っつぁんこそなんだね。年寄りぶって膝なんかさすって、吉原へくり込む意気地もないくせしてさ」

「まあ、お葉さん」

倩一郎は茶漬けをかき込んで碗と箸を置き、懐紙をとり出して、唇をぬぐう。

「事情が事情ゆえ、かりに主謀者が田沼だったとしても、表立っての手出しはせぬはず。それに大名旗本、今はみな田沼に面従しておろうが、なかには気骨のある仁もいる。私も方策を考えるゆえ、気短は起こされるな」

「いざとなったら旦那、田沼ってご老中を斬ってもらえますか」

「心得た。いやそれにしても、旨《うま》い茶漬けだった。過日の裁縫といいこの茶漬けといい、お葉さんを見直さねばならぬな」

米造が短い髷をなでながら相好をくずし、お葉がまた、ぱたぱたと団扇をつかう。

塀の外を西瓜売りの荷船が声をあげていき、芸者を乗せているらしい涼み船も行きすぎる。芳町や芝居町への出入りはこの先の親父橋袂、役者に幇間《ほうかん》に陰間に芸者、それらを相手にする金持ちに十八大通《じゅうはちだいつう》に、前の掘割は九ツをすぎるまで騒がしい。田沼の世になって札差や両替商は身代《しんだい》を肥大させたというが、一部の商人がかき集めた金の、どれほどが庶民に還元されるものか。田沼にしたところで将軍家以上の栄華を極めていながら、なにを今さら、昔日《せきじつ》の遺恨を蒸し返すのか。それとも幕閣の頂点を極めた今日《こんにち》だからこそ、田沼としては若き日の汚点が、許せないのか。

倩一郎は焼酎の湯呑を手にとり、冷えた咽越しと梅干の爽やかさを、ゆっくりと味わう。人とはこのような小さい幸せで満足すべきもの、そうは思いながら、それだけでは済まされぬ人の性《さが》が、倩一郎を虚しくする。

「あれ、こんな刻限まで、花火が……」

一瞬西空が明るくなって、少し遅れて両国の方向から、たんたんと花火の音が聞こえてくる。お葉のつかう団扇の風が倩一郎の頰にとどき、風鈴の音に混じって、庭のどこかから蟋蟀《こおろぎ》が鳴きかける。

八

三日降った雨で江戸の空気にも凜とした清涼感がある。雨は昨夜の夜半にあがり、今日は朝から透明な光が射している。七月も末になればそろそろ秋、来月はもう中秋が待っている。

倩一郎は朝餉《あさげ》を済ませたあと卵の殻《から》を擂《す》り、その粉末を朝顔や盆栽への肥料にする。朝顔は蔓《つる》が強く張って葉色もよく、お葉が「彼岸花《かじつぱな》みた様な」といった花も見事な房をつけている。この時季に卵殻の肥料を与えるのは種子を充実させるためで、もし来年まで生きていれば、また新しい変種が楽しめる。

朝顔と盆栽の手入れを終わらせ、洗濯物をもって井戸端へ向かう。井戸端にはすでにお滝とお仙が大盥《おおだらい》を並べ、着物の裾をまくって洗濯にとり組んでいる。三日つづいた雨のせいかどの盥も山盛り、お滝なんかその狸に似た顔に汗まで噴かせている。

「あれ、旦那も洗濯かね。云ってくれりゃあたしが洗うんにさあ。まったくいつまでたっても他人行儀な旦那だよう」

「お滝さんの洗濯は生計《たつき》の足し、商いの邪魔をしては相済まぬ」

「それなら旦那、あたしに洗わしてくださいな。いつも留蔵がお世話んなってるお返しにね」

お仙が色っぽい目つきでしなをつくり、緋色の腰巻きをちらつかせて、にっと笑う。

「世話になってるのはこっちのほうだ。留蔵兄いにも怪我をさせてすまなかったが、今夜には帰ろうから、よろしく伝えてくれ」

倩一郎はお滝のとなりに自分の盥をすえ、竹釣瓶《つるべ》を井戸へおろして水を汲みあげる。洗濯物は三本の褌《ふんどし》に一枚の小袖、三日間の雨で行水がつかえず、自然に洗濯物も増えてしまう。

盥に水を張って竈《かまど》の灰をふりかけ、しばらく洗濯物をもみ洗いする。空には綿雲が見えて日色も濃く、物干し場にひるがえる洗濯物には紋白蝶がまといつく。そういえば昨夜、裏庭から鈴虫の声が聞こえたから、季節は間違いなく秋に入っている。

「ねえ旦那、いつも感心するんだけど、ヤットウの名人てのは洗濯も名人なんだねえ。その手つきがなんか、団十郎のしばらくみた様でさあ」

「あらお滝さん、あんた、団十郎なんか見たことあるのかい」

「やだよう、憚《はばか》りながら所帯をもつ前は、芝居町へ通いつめたもんさね。もっともご贔屓は木戸口の男芸者でね、団十郎も菊五郎《きくごろう》も、覚えたのは男芸者の声色なんだけどさ」

お滝とお仙が声をあげて笑い、倩一郎もその笑いにつり込まれる。

お滝がふとばか笑いをやめ、水のしたたる手をふって、倩一郎の顔をのぞき込む。

「あれ、ねえねえ旦那、そういや今日は、ヤットウへ行かないのかね」

「ちと野暮用ができた」

「へーえ、その様子だとどうやら、色っぽい野暮用かさあ」

「名も忘れていたほどの遠縁から招かれて、今夜は帰らぬかも知れん」

「それじゃご府外かね」

「うむ、まあ、そうだ」

「明日にゃ帰るんだろうね。だって明日は二十六夜待《にじゅうろくやま》ちだし」

「そうか、明日は二十六夜待ちか」

「やだよう、二十六夜待ちにゃ長屋のみんなで洲崎《すさき》へくり出そうって、先《せん》から云ってたじゃないかさあ。雨がつづいて心配してたけど、この分ならきれいなお月様が見られるがね」

「ねえ旦那、二十六夜のご三尊《さんぞん》はありがたいけど……」

お仙が盥の水をかえて膝を大きく割り、鼻の頭の汗をふいて、口の端をつりあげる。

「それよか昨夜また上野に押し込みが入ったこと、知ってるかい」

「さあなあ」

「いつもくる豆腐屋が云ってたよ。やられたのは常陸《ひたち》屋って薬種問屋で、盗られた金が千五百両」

「俺たちなら百年は暮らせよう」

「主人に大番頭に手代が二人、死人《しびと》が四人も出たとかでね」

「無残なことだ」

「ここんとこお江戸を荒らしてる盗人一味らしくてさ。お奉行所もだらしないよねえ、これでやられたのはいくつつんなったか。あたしら貧乏人にゃ縁はないけど、盗人も捕まえられないお奉行所なんぞ、江戸っ子の面汚しだよ」

お滝が相づちを打って盥の水を流し、倩一郎が釣瓶の水をお滝の盥にあけてやる。女たちに情報をもたらすのは朝の早い物売り、まず魚河岸やヤッチャ場に町の噂が集まって、夜明けとともに豆腐屋、納豆売り、長屋のかみさん、その亭主から亭主の稼ぎ先へと、正午までには江戸の町津々浦々にゆきわたる。

倩一郎は「無残なことだ」ともう一度口のなかで呟き、洗濯物の褌や小袖の襟を手早く扱《しご》きあげる。拉致《かどわかし》に関する探索には目処《めど》がたったが、江戸を荒らす夜盗のほうは相変わらず。田沼との確執に早く決着をつけないと、米造たち目明かしも本来の仕事に戻れない。

盥の水をかえ、洗濯物をしぼって、倩一郎はゆっくりと腰をあげる。

「お滝さん、すまんが洗濯物が乾いたら、またとり込んでおいてくれ」

お滝が気安く請《う》け合い、倩一郎は盥に新しい水を汲んで、自分の長屋に戻る。四畳半の座敷は裏庭の縁側まで始末がついていて、その縁先に洗濯物を干す。それから盥を庭にすえて行水をつかい、下帯を新しい晒《さらし》にかえる。新しい下帯の上には新しい肌襦袢、その上にお葉から贈られた小袖と二本独鈷の帯をつける。

「そうか、明日は、二十六夜待ちか」

洗濯物を干した狭い裏庭に、今年初めて、秋茜《あきあかね》が銀色の飛翅《はね》を光らせる。

＊

なぜ子供のころの記憶が浮かぶのか、倩一郎にも分からない。闇のなかにはのぞき機関《からくり》のように白河城下の町家が並び、登町《のぼり》の路地から当時飼っていた小太郎《こたろう》という黒犬が顔を出す。小太郎は倩一郎に見向きもせず、六十六部《ろくじゅうろくぶ》のあとを追って三番町《さんばん》の方向へ消えていく。小太郎を見送っている倩一郎の足元に、登町の路地から今度は天野善次郎が転げ出る。天野は額から血を流して鼻水をたらし、泣きじゃくりながら身振りで状況を説明する。

倩一郎は通りかかった振売りの天秤棒をひったくり、袴の股立《ももだ》ちをとって弐番《にばん》町の通りを疾走する。三番町、七番《ななばん》町を走り抜けると町家が途切れ、畑地のあいだにこんもりとした杜が見えてくる。その杜は土地に古くからある浅間神社、ゆるい石段が杉林のなかにつづいていて、茅蜩《ひぐらし》が地鳴りのように鳴きかける。

まだ遥《はる》かうしろを走っている天野を確認し、倩一郎は天秤棒を八双《はっそう》に構えて、ずっと石段を駆けあがる。杉の葉が青く匂って腐葉土の臭気が鼻をつき、林間には白い山百合《ゆり》が仄《ほの》見える。

駆けあがった境内《けいだい》では乱闘のまっ盛り。郷士や百姓の子供が七、八人に侍の子供が三人だから、乱闘というよりは袋叩き。武家側は転がされたり足蹴にされたり、顔も着物も泥だらけになっている。倩一郎は気合いとともに乱闘の一団へ突進し、郷士百姓の子供に天秤棒の乱打をお見舞いする。

腕っぷしの強そうな子供が竹の棒をふりかざし、二、三合応戦する。その子供を打ち払うと他の子供も戦意がくじけ、武家の悪口を喚きながら境内を散っていく。武家側の三人はみな倩一郎の塾仲間、なかには羽織を着た上士の子供もいるが、鼻水をたらしたり額から血を流したり、みな地面にへたり込んでいる。遅れて境内へ入ってきた天野が倩一郎のうしろで足をとめ、やはりその場にへたり込む。神社の境内には秋茜が群飛し、暮六ツを告げる西念寺の鐘が城下の反対側から、風音のように聞こえてくる。

どこからか晴れ着をきた由紀江があらわれ、倩一郎の顔に、ひたと美しい目をすえる。

「乱暴ばかりなさる倩一郎さんなんて、由紀江は、嫌いです」

闇の向こうに人の足音が聞こえ、倩一郎は雑念を清算して、呼吸を静める。

「親分、お出ましんなりましたよ」

「ずいぶん待たせやがった。大方酒でもくらって、金《かね》の風呂でも呼ばれてたんだろう」

米造が倩一郎と勘助に目配せをし、皺深い首を田沼家中屋敷の方向にのばしながら、灰吹にキセルをたたく。

「で、どっちへ向かってきやがる」

「へい、この万年《まんねん》橋方面で」

「それじゃこっちから相引《あいびき》橋と中《なか》ノ橋を渡って、八丁堀へ帰るつもりだろう。おめえらは辻々に散って、人様が近づかねえように見張っていろ」

芳松が返事をして西本願寺方向へ消えていき、米造、勘助、倩一郎の順で屋根船から岸にあがる。明かりは船の舳先《へさき》に差した〈たき川〉の提灯一つだけ、それでも二十五日の冴えた月が人と掘割の柳に、蒼く影をひく。采女ヶ原《うねめがはら》の見世物や辻講釈も姿を消し、木挽町から鉄砲洲へかけては星ばかりが喧《かまびす》しい。一帯は明暦《めいれき》の大火以降に埋め立てられた〈築地〉で、西本願寺を中心に大名や旗本の屋敷が建ち並ぶ。町家は西本願寺の東に五、六町があるばかり。蔵屋敷、中屋敷、下屋敷も混在して掘割も多く、日が落ちてからは人も歩かない。

三人が橋袂に立っていたのは、せいぜい二十も数えるほど。木挽町通りの方向から雪駄の革《かわ》音が聞こえだし、薄闇のなかに着流しの黒羽織があらわれる。羽織の裾は帯にまくっておらず、七曜星《しちようせい》の家紋をつけた提灯が顔色を小白く浮かばせる。

橋の中ほどで三人に気づいたのか、友部八郎が歩幅を落として足をためらわせ、探るように提灯をさしかける。

「米造親分に、勘助、それに……」

「友部様、年寄りと申すのは気短でございましてな、こんなところで一刻半も待たされては、臍が曲がってしまいますよ」

「拙者を？」

「山城守様のお屋敷へ入られたのが五ツ刻、もうそろそろ四ツ半でございましょう」

「なにゆえこのようなことを。勘助や真木殿までご一緒とは、まさか品川からの帰りでもござるまい」

「品川へ参るなら明日の二十六夜待ち。田沼様とて月見の宴《えん》を催すはずもなく、友部様がなにゆえ田沼様中屋敷へ出向かれたのか、その理由をお尋ねしたく存じます」

友部の提灯が手前にひかれ、顔の片面が影に入って、その陰の部分が、にやりと笑う。光の側の目つきからも気弱な印象が消え、小白い顔色が冷酷に青ざめる。佐野善左衛門からの報告によると、友部八郎は紀州から出府してきた地侍の三男。十五歳から十年ほど田沼家の若党をしていたが、以降の経歴は分からない。鉄砲組与力の家を経て八丁堀の同心に納まったのだから、いずれは根来者、不明の間は田沼の私的な隠密役でも勤めていたものか。山城守意知が抱え入れた家臣のなかには、友部のように経歴の知れない武士や町人が、多々いるという。

「米造親分、あなた方はなにか、勘違いをしているようですな」

友部が提灯を左手に移して歩をすすめ、鼻のわきをこすりながら、眉をひそめる。

「町方同心が大名家に出入りするのは、珍しくもないはず。同心の生計《たつき》など出入り先の付届けで賄うものと、相場が決まってござる。恥ずかしながら拙者も山城守様より、挨拶料を頂戴しております」

「その挨拶料が鰻切手だったと」

「うむ？」

「やいやいやい、これまで旦那旦那と持ちあげてやったのに、よくも俺の顔に泥を塗りやがったな」

「どうした勘助、悪いものでも食ったか」

「てやんでえ、おめえさんが〈丸吉〉でつかったのは、太物問屋の泉州屋が裏書きをした鰻切手だ。泉州屋が坂崎《さかざき》って用人に鰻切手を贈ったことは、しっかりお調べ済みよ」

「たしかにご用人の坂崎殿より、鰻切手はいただいた。拙者、鰻には目がなくてな」

「その浅ましさが命取りだったぜ。おめえさんが為五郎とひそひそやってたことは、最初《はな》っからお見通しなんだ」

「云いがかりをつけられては、困る」

「こっちには面検めをした証人がひかえてらあ」

「それは人違いだろう。調べの都合でヤクザ者も多く相手にする。ヤクザなんかみな似たような風体、誰かが為五郎と見間違えたらしいが、それとも為五郎が、拙者との係わりを注進したか」

「とぼけちゃいけねえや。為五郎が注進しねえようにと、てめえが口をふさぎやがったくせに」

「これは心外。みなの云うこと、拙者にはさっぱり分からん。どうやらお三方とも、悪い酒を飲まれているようだな」

友部が薄笑いを浮かべて提灯をかざし、三人を無視するように、相引橋の方向へ足をすすめる。その友部の前方に倩一郎が身を動かし、無言のまま行く手をふさぐ。友部が踵《きびす》を返そうとして万年橋をふり向き、そこでひたと、橋の向こうに目をすえる。万年橋の田沼屋敷側にうっそりと黒い巨軀《きょく》があらわれ、橋向こうに腕を組んで仁王立《におうだ》ちになる。

「ねえ友部様、こちらの話はまだ済んでおりません。一刻半も待たされた年寄りの愚痴を、もうしばらくお聞きくださいまし」

米造の声に友部が顔を向け、今夜初めて出会ったように、提灯で三人の顔を見くべる。その眉はゆがんで目尻がひきつり、口の端がひくひくと痙攣《けいれん》をする。

「友部様が大番屋で殺めなすった簑助という男も、調べてみましたら本名は都築巳之助《つづきみのすけ》。御庭番平沢《おにわばんひらさわ》家の若党を長く勤め、後にそこのお屋敷に移った男とか。山城守様の家士に山城守様お出入りの町方同心、知らぬ仲だったとは云えますまい」

「手証など、ないはず」

「こちらは理をつめているのでございますよ。それより友部様、小者の庄助はいかがなされた。一昨夜から姿が見えなくなって、今日はだいぶ、ご心配なされたご様子」

提灯がゆれて友部の顔に影が濃くなり、押し殺したような吐息が、低くこぼれる。

「庄助の失踪を注進なさるために、今夜もあちらのお屋敷へ参ったのでございましょう」

「田分けたことを」

「あの庄助、元は樽廻船の水夫《かこ》だったとか。喧嘩で無宿になったところを友部様に拾われたと聞きましたが、あの手の男を信用なさるとは、あまりにも迂闊」

「庄助を、どうした」

「通塩町の飲み屋でヤクザ者と喧嘩をいたしましてな、相手は額を割られて大傷。そこへたまたまこの勘助が通りかかりまして、浜町《はま》の大番屋へ放り込んだのでございます」

「謀《はか》ったか」

「いえいえ、留蔵と申すヤクザ者は本物の怪我、あれだけの傷を負わせては見逃すわけにもいかず、仕方なく捕らえたまで。ですが、ナンでございますな、同心の小者が小伝馬町入りなどしたら、生きて出られないのは悪党の常識。庄助もそのあたりは、肝《きも》に銘じておりましたよ」

「埒もない」

「悪党でも命が惜しいのは同じこと。云い訳がまた珍妙なもので、やれ、友部様はお葉の拉致を初めから知っていたとか、友部様の命《めい》をうけて真木様の行動を見張っていたとか、はたまた友部様と為五郎、友部様と簑助は以前からの知合いだったとか。それを聞いたときなどは手前、驚きのあまり、腰が抜けたものでございますよ」

柳の影がざわっと動いたのは、風ではなく、友部が提灯を掘割へ放ったから。友部は腰を落として左手を刀の鞘にかけ、柄《つか》の向きをぐいっと、下に押しさげる。その輪郭から燐光《りんこう》のような殺気が走り、冴えた月が空気を寒くする。倩一郎は歩をすすめて米造と勘助を背後に庇《かば》い、二間《けん》の間合いで友部と対峙《たいじ》する。

「その居合い、相当に修行を積んだものと見受ける。お主の帯がゆるいことは承知していたが、柄の長さが尋常だったゆえ、疑いを怠《おこた》った」

「佐伯の青鬼も所詮、その程度の腕か」

「おのれの未熟を恥じるのみ。しかしお主もそれだけの腕をもちながら、田沼の犬を勤めるのは口惜《くや》しかろう」

「戯言無用。真木殿こそ白河様のお血筋にありながら、なにを好んで目明かしの用心棒などをなされる」

「うむ、なるほど」

友部に自分の出自を指摘され、一瞬倩一郎の口中に、苦みが湧く。佐伯道場を訪ねてきたり小者に尾行をさせたり、友部の目的は米造との係わりを探ると同時に、白河藩と倩一郎のつながりを探ることにあったのか。

「人にはそれぞれ宿命《さだめ》がござる。拙者も真木殿も所詮、おのれの宿命からは逃れられぬ」

友部の爪先《つまさき》がじりっと間合いをつめ、腰が沈んで、右手が刀の柄にかかる。居合いの巧者は鐺《こじり》を高くとるために帯をゆるく締め、そして通常は間合いの有利をとるために、柄の長い刀をつかう。居合いにも伯耆《ほうき》流、水鷗《すいおう》流、田宮《たみや》流などの諸派があるが、友部の弛帯に尋常の柄長は、はたして、どの流派か。

倩一郎は二間の間合いを保ったまま刀を抜き、高腰のまま、切っ先を青眼につける。友部の爪先が動き、なおも腰を沈めながら、一寸二寸と間合いをつめてくる。倩一郎はもう位置を動かさず、間合いを友部の勝手に任せる。

その距離が一間につまり、友部の息遣いが聞こえて、次の瞬間鞘走りの音もなく、下段からの逆袈裟が倩一郎の胴を襲う。倩一郎は刃を合わせずに友部の斬撃をかわし、躰を入れかえて、友部の胸に両手突きを放つ。倩一郎の手に刃先が肉をつき抜ける手応えが伝わり、ぎしっと、友部の骨がきしむ。しかし友部は倩一郎から躰を離さず、倩一郎の刀を胸から背中にうけたまま、引き手を許さない圧力で自分の刀を上段にふりあげる。

「む、立身流《りつしん》か」

友部の両手《もろて》打ちが倩一郎の顔面にたたきおろされ、それより一瞬早く、倩一郎は刀を放して友部の脇に前転する。友部の刀が倩一郎のいない地面を斬り、倩一郎は起きあがりざま、脇差しを抜いて友部のうしろ首を払う。米俵が倒れるように、友部の躰が硬直したまま、音をたててくずれる。

万年橋の向こうから荒井七之助が歩み寄り、倩一郎と肩を並べて、ゲップのような息を吐く。

「この同心野郎、顔に似合わず、すげえ剣をつかいやがる」

「立身流という居合いだ。芸州《げいしゅう》で一度この流派と立ち合ったが、そのときは肩を裂かれた」

「自分の命を捨てて、初手から相討ちを狙う剣法かい」

「俺の突きが届いたのは、たまたまだ。他流の居合いは抜き打ちの技を競うが、立身流は二の太刀の両手打ちに神髄《しんずい》がある。奥義を極めれば、その二の太刀で兜《かぶと》まで割るという」

倩一郎は脇差しを鞘に納め、倒れている友部から刀を抜いて、懐紙で血糊をぬぐう。米造と勘助もそばへ寄ってきて、言葉もなく友部の遺体を見おろす。

「なあ倩一郎、こいつがさっき、妙なことを云わなかったか」

「さあ」

「お主の血筋がどうとか」

「知らんな。おのれの死を察して、大方気でも狂ったのだろう」

倩一郎は自分の刀を腰に戻し、投げ出されている友部の刀も鞘に納めてやる。狂気に似た友部の斬撃が脳裏をよぎり、倩一郎の背中に、忘れていた冷や汗がにじむ。

そのとき采女ヶ原に提灯の灯が浮かんで、掘割の二ノ橋方向と相引橋方向からも、ぽつりぽつりと提灯があらわれる。各提灯の背後には無数の人影がざわめき、その人影は田沼屋敷の向こうにもふくれあがる。

米造が二ノ橋方向に手をふり、それに呼応して清次、音吉、芳松、それに勘助の子分が二人、闇のなかから荷車をひき出してくる。

「倩一郎、本当にやるのかえ」

「友部だけ斬っても埒はあかんさ」

「しかしなあ、どうも……」

「江戸の目明かし下っ引き連中が三百人、これだけの頭数が集まって今さらひきさがったら、読売りで笑われる」

荷車が万年橋際まですすんできて、米造が顎をしゃくり、子分たちが友部の遺体を荷板に運びあげる。掘割の両側からは提灯と人影が押し寄せ、米造、勘助、倩一郎と荒井、それに荷車が万年橋を田沼屋敷の方向へ渡りはじめる。提灯の一団がそのあとにつづき、采女ヶ原に待機していた一団もうしろの集団に合流する。前方からも提灯を明るくした百人ほどの一団、それらが声もなく田沼の中屋敷をとり囲み、築地塀の漆喰《しっくい》を提灯の灯で染めあげる。

二町ほどで荷車が屋敷の正門につき、勘助がくぐり戸へ走り寄って、手荒く拳を打ちつける。三度の連打を四、五回くり返したとき、くぐり戸が開いて中間風の小男が顔を出す。中間が唖然と口を開けたのは当然、なにしろ三百人もの目明かし下っ引きが提灯をかかげ、多くは尻端折りに襷鉢巻きで門前に並んでいる。まさかヤクザ者の殴り込みとも思わなかったろうが、自分で責任をとりたくないと思ったろう。

「へい、ご用人の坂崎文太夫《ぶんだゆう》様に、お取次ぎを」

勘助の言葉より先にくぐり戸が閉まり、門内に足音が走り去る。待つまでもなくまた何人かの足音が聞こえ、中年の武士を先頭にくぐり戸から四人の男が躍り出る。

「これは、なんの騒ぎか。祭りの余興にしても、悪ふざけがすぎるぞ」

米造が荷車の前にすすみ出て、中年の武士に深々と頭をさげる。

「これはこれは、坂崎様でございますか。私は堀江町で船宿を営みます、たき川の米造でございます。ご当家様がお捨てなされた塵《ごみ》を、ほれ、このとおりお返しに参ったのですよ」

坂崎が口のなかで米造の名を呟き、表情を変えて、背後の荷車に視線を移す。でっぷりと太った坂崎の頰がふるえ、肉の厚い目蓋が、かっと見開かれる。

荷車のほうへ歩きかけた坂崎の足がとまり、丸い肉厚顔のなかに、表情が押し込まれる。

「そのような塵、当家には無縁。なにかの間違いでござろう」

「いえいえ、このように三百もの人間が見届けておりますれば、ご当家から出された塵に間違いはございません」

「騙りを申すな。当屋敷はご老中田沼主殿頭様の中屋敷、ただ今はご嫡男、山城守意知様が住まっておられる。つまらぬ云いがかりは、許さんぞ」

「許さぬというならそれで結構、存分に成敗《せいばい》していただこうか」

倩一郎は前に出て米造と入れかわり、刀の柄先で坂崎の胸を、とんとつく。

「奥州浪人の真木倩一郎、坂崎殿のお手並み、拝見つかまつる」

「ま、真木……」

「ここにある荷車の塵、ご当家から出てきた武士に疑いはなし。突如私に斬りかかったのは、ご当家の意図であろうか」

「いや、そのようなことは、断じて」

「浪人の身とはいえ命を狙われるは心外。ご当家が私にどのような意趣をおもちか、お聞かせいただきたい」

「いや、ですから、その、そこな者は断じて、当家の家中ではござらん。このような騒ぎを起こされては、はなはだ、迷惑」

「迷惑とはこちらの云い分。ご覧のようにうしろへひかえているのは、江戸の目明かしにその配下、これら全員が騙りと罵られては、みなの顔が立たぬ」

「いや、しかし、そうは申されても」

荷車のうしろから音吉が飛び出し、着物の両袖を交互にたくしあげながら、居並ぶ目明かしたちに声を張りあげる。

「おうおうおう、みなの衆、お大名だか御奏者番だか知らねえが、このお屋敷じゃてめえんとこで出した塵に、知らぬ顔の半兵衛を決めやがる。こうなったら構うこたあねえや、この門をたたっ壊して、荷車を屋敷内へ押し込んでくれべい」

うしろの三百人が全員、鬨《とき》の声をあげて呼応し、静まり返った屋敷町の空気が、低くどよめく。周囲の旗本屋敷でも騒動に気づきはじめてはいるのだろうが、各屋敷の門前や辻々には人の出入りを許さぬよう、目明かしと下っ引きが配置されている。

坂崎が両手を前に出して視線を泳がせ、手真似で目明かしたちを鎮めながら、くぐり戸の内へ腰をひく。

「しばし、しばし待たれよ。屋敷の体面もござれば、とにかく、とにかく、お静かに」

三人の家士を残して坂崎が屋敷内へ姿を消し、どよめきも鎮まって、また提灯の灯だけが明るくなる。残された家士はただ茫然とたたずむのみ、米造が提灯の火で煙草をつけ、下っ引きたちも何人かは地面にしゃがみ込む。

しばらく待つうち、くぐり戸に坂崎が戻ってきて、袴の折り目をととのえながら倩一郎と米造の前にすすみ出る。

「殿が、山城守様が、お会いなされる」

「ご当主としては当然でしょうな」

「されど、刻限もあり、不意の事態でもあり、お目通りは真木殿お一人に願いたい」

荒井が巨軀をゆすって坂崎を圧迫し、刀の柄にがつんと、拳を打ちつける。

「おいおい幇間《たいこ》用人、真木一人をひき込んで八方から田楽刺したあ、見え透いた了《りよう》簡《けん》だぜ」

「かりにも幕府御奏者番をお勤めになる山城守様が、そのような卑怯《ひきよう》を、なさるはずがない」

「卑怯は田沼のお家芸じゃねえか」

「ぶ、無礼な、そこもとは」

「佐伯道場の荒井七之助だ」

「佐伯の赤……」

「七之助、ご用人もかように申されている。これだけの目があるなか、まさか騙し討ちも謀るまい」

「どうだかなあ。田沼のやることなんか、分かったもんじゃねえぜ」

「荒井様、押し問答をつづけても埒はあきません。ここは坂崎様のお言葉を、信じようではございませんか」

米造が割って入って荒井と坂崎をなだめ、倩一郎に目配せを送りながら、ていねいに頭をさげる。

「真木様、江戸の目明かしを代表し、この米造、すべてをあなた様にお任せ申します。たとえ山城守様をお討ちになるような事態になられても、責任は手前にございます」

坂崎が鼻白んで咳払いをし、うしろにさがって、三人の家士に何事かを囁く。家士たちがくぐり戸から内へ入り、すぐに門の閂が外される。

「米造殿、友部……いや、その荷車の塵、当家には係わりのなきものなれど、捨ておいても門前の汚れ。こちらで相応に始末いたしますゆえ、おひき渡しを願います」

門が開いて三人の家士があらわれ、無言のまま荷車を屋敷内にひき入れる。すぐにまた門が閉まり、坂崎が太った肩で、大きく息をつく。

「では真木殿、ご案内いたす。みな様方には酒などお出しするゆえ、采女ヶ原あたりで、静かにお待ちくだされ」

坂崎が背を丸めてくぐり戸に足を入れ、倩一郎も背後に会釈を送って、あとにつづく。内へ踏み込むと待っていた家士がくぐり戸の錠を閉め、提灯の明かりが消える。

田沼家中屋敷は門から玄関までに距離のある細長い敷地、その石畳の途中まで手燭をささげた小姓が出迎え、うしろには相変わらず、三人の家士が無言でつき従う。

一町もありそうな石畳を玄関まで案内され、式台の下段に六人の家士が居並ぶなか、坂崎が倩一郎を式台上段に招じあげる。奥には狩野《かのう》派の手らしい松竹鶴亀図の衝立、四本の会津絵蠟燭が玄関内を昼のように明るくし、式台わきには水牛の角でできた刀架けがすえてある。白河松平家下屋敷の質素さにくらべると、田沼家中屋敷の贅は蠟燭にもうかがえる。

「真木殿、佩刀《はいとう》をお預かりいたす」

倩一郎は腰から太刀を抜いて小姓に渡し、袴の裾を払って、着物の襟をただす。

「失礼ながら、脇差しもお預け願いたい」

「銭湯や料亭ではあるまいし」

「当田沼家の仕来りでござれば、なにとぞ」

「ずいぶんの用心、御奏者番家ともなると、気骨《きぼね》の折れることですな」

苦笑を呑み込み、倩一郎は脇差しも小姓に渡して、坂崎のあとから雪洞《ぼんぼり》のつらなる長廊下を奥へ向かう。書院周りはすでに雨戸が閉められ、奥にだけふんだんの明かりが見えている。

坂崎が書院、表座敷前を通りすぎ、まだ雨戸を閉《た》てていない中奥の座敷に案内してから、倩一郎を一人残して奥に姿を消す。十畳の座敷には上座の左右にギヤマンのオランダ行灯《あんどん》が灯され、その背後には唐人行列を描いた六双屛風がすえてある。

倩一郎は畳の横幅三枚ぶん離れた座に腰を落ちつけ、中庭に並ぶ松や楓の盆栽に目をやる。座敷の明かりは廊下の向こう十間ほどにしか届かないが、大鉢や小鉢、絵鉢や古磁器鉢などの盆栽が息苦しいほどの密度で並んでいる。五、六鉢の盆栽を丹精している倩一郎からみれば、意知の趣味は俗悪、所詮は金に飽《あ》かした蒐《しゅう》集狂《しゅう》なのだろう。

小姓が茶を運んできてから四半刻、坂崎につづいて着流しの意知があらわれ、倩一郎の顔を興味深そうに眺めながら、屛風前に着座する。歳は三十四、五で中高《なかだか》な面長、額は秀でて頬には歳相応の肉がついている。紀州の足軽から身を起こして三代目、徳川家も三代の家光《いえみつ》になって本物の将軍になった例もあり、意知の所作にもその年月と地位が、大名らしい風格を与えている。

「真木倩一郎殿、奇妙なご縁でお目にかかるが、以後、見知りおかれるよう」

低く響く声で挨拶をし、膝に手をそえて、意知が慇懃《いんぎん》に頭をさげる。倩一郎も礼を返し、正面から意知に対座する。

「真木殿が白河公に縁続きの仁であることは、元より承知しておる。我が父主殿頭が上総介殿を白河へ追いやらねば、あるいは真木殿が、ご当主の座についていたやも知れぬ。さぞや田沼をお恨みでござろうな」

最初から切り口上で云い出したのは、意知の率直な性格か。あるいはすべて承知という手の内を披瀝《ひれき》して、倩一郎に圧力をかける駆け引きか。

「山城守様のお心遣い、痛み入ります。されど今宵は、その話ではありません」

「いや、まずこの話からはじめねばこちらの気が済まぬ。表の目明かし衆には酒肴を振舞っておるゆえ、刻は気にされるな」

「私が白河公の落とし胤などというのは、国元におけるたんなる噂。どなた様にも意趣遺恨はござらぬ」

「誰にも意趣遺恨なくして、なぜに帰参の誘いを断られる」

「ほーう、そこまで」

「噂はもれるから人の耳に届くもの。この世はそのような仕組みで成り立っておる」

意知が得体の知れぬ目でうっすらと笑い、肩凝りでもほぐすように、首を左右にかたむける。帰参話もその辞退話も、知っているのは定信に天野善次郎、それに柳橋の料亭で同席した佐野善左衛門、根岸鎮衛、南町年番与力の大久保光政だけのはず。佐野や大久保が田沼に通じるとは思えないし、女将のお吟にも信がおける。目に見えない根来の情報網は、どこまで張られているのか。白河家中にも田沼への内通者がいるのかも知れないが、ふと浮かんだ由紀江の顔を、倩一郎は首をふって追い払う。

「山城守様、私が帰参せぬは亡き父の遺言ゆえで、他意はありません。誰が大名になろうと老中になろうと、そんなことにも興味はござらぬ。私はただ、身にふりかかる火の粉を払うのみ」

「真木殿の恬淡《てんたん》ぶりは多方から聞いておる。わしとしてはそのような仁が、一番困るのだ」

「私とて安酒より上酒、せめて月五両の暮らしをしてみたいと、その程度の欲はあります」

「それが欲か。難儀なご気性だの」

意知がまた首を左右にかたむけ、笑いを堪えるように口の端を曲げる。

「されど真木殿、人とは本来欲のために動くもの。欲あればこそ商人《あきんど》も家業に励み、武家もお役に精励いたす。世間ではわしら父子を欲の権化のように申すが、欲によって金が動き、その動いた金によって民の暮らしもうるおうのではないのか」

「問題は、うるおう民が田沼様と大商人のみ、という仕組みでございましょう」

「この屋敷をよくご覧なされ。襖も欄間も焼け屋敷からの流用品、調度装飾など札差の寮にさえ及ばぬ。老中とて起きて半畳寝て一畳、金の草履をはくわけではなし、みずから好んで金品をうけてもおらぬ。噂にあるはみな周りが田沼を利用せんがための付届け。非はうける側より、贈る側にある」

「ご老中みずからが賄賂を拒否し、世に賄賂の禁止令を発すれば済むこと」

「それでは金そのものが働かぬ」

「幕閣大商人の利より民百姓の命、賄賂の金を米にかえれば、奥州にて何万何十万の民が救われます」

「まるで上総介殿のような云い草だの」

「浪人者の浅知恵を申したまで。ご議論ならば定信様となさればよろしい」

「あの仁は世間知らずの朱子学かぶれ。農を根本とする政《まつりごと》など、すでに崩壊しておるわ。ご公儀とてこれからは商《しょう》を根本とせねば、お勝手元自体が破綻《はたん》する」

「金を大商人札差の蔵へ留めおくだけなら、政は不要。商人の金を困窮《こんきゅう》者の懐へ還元させる方策こそが、政でございましょう」

「これは驚き、ますます上総介殿に似てまいった。されど真木殿……」

　意知がまた首を左右に曲げ、敷居際にひかえている坂崎に目をやって、鼻の先を、ふんと笑わせる。

「上総介殿が、あの仁が生まれてから一度でも、民百姓がごとく汗水垂らして働いたことがあるのか。口を開けば質素倹約民百姓と申されるが、みずから一銭の金も稼がぬ身なれば、我が田沼と同じ穴のむじな。それをおのれ一人きれい事を云い、我が田沼家を誹謗《ひぼう》するは言語道断。不快を通りこして片腹痛いわ」

「山城守様が定信様を非難されるは、あなた様のご勝手。しかしそのことが拉致を謀り、また為五郎や簑助を殺害させたことの、云い訳にはなりませぬ」

「それは……」

意知の目が糸のように細まり、秀でた頬骨から顎先に向かって、朱色の影が走る。政談義は幕閣や定信を相手にすればいいこと、ここで倩一郎が意知を糾弾したところで、田沼父子の性癖は変わらない。

「真木殿、念を押して尋ねる。当田沼家に遺恨なしと云うは、真実《まこと》なのだな」

「私個人としては、いささかも」

「個人を離れては？」

「滝川に火の粉をふりかけたはそちら様、まず火元を消されることが先決」

「さあ、それなのだが」

膝の上にこつこつと拳を打ちつけ、薄い唇をひきつらせながら、意知が坂崎に目をやる。

「北町の曲淵がなにやら云うてきたのは、坂崎、あれは昨年の正月だったか」

「いかさま」

「奉行などは所詮飾り物。南北奉行所とも実際に御役を司《つかさど》っておるのは年番与力、それゆえ己《おの》が手足となる同心を定町廻りに送り込みたいと、たしか、そのような話であったな」

「さようにございます」

「真木殿、かような次第だ。曲淵の頼みをうけて友部八郎をつかわしたは事実なれど、わしが知っているのはそこまで。あとのことは坂崎に任せてある」

「友部がヤクザ者の為五郎、また以前このお屋敷に奉公していた簑助を殺害した事実を、ご存じないと」

「知らぬなあ。友部はなにゆえ、その者どもを殺したのだ」

「口封じにございましょう」

「なんのための口封じか」

「その者どもの口から山城守様のお名が出ぬようにと」

「わしの名が？」

「米造の娘お葉の拉致を謀ったはほかならぬ、山城守様。さすればこそ私をはじめ、目明かし一同がこうして、談判に参っております る」

意知が顎をひいて上目遣いになり、小鼻をふくらませて、倩一郎の顔に見入る。オランダ行灯の炎が羽虫を焼き殺し、部屋がかすかに翳って、坂崎の息が荒くなる。

「江戸の目明かしが町奉行所から独立していることは、たしかに承知しておる。しかしそれとて曲淵から聞いたこと、目明かしが奉行と同位置にあっては面子が立たぬ。千両も下賜して米造とやらにお役を返上させたいとか申したが、わしは好きにしろと云っておいた」

「あくまでも知らぬと」

「拉致だの口封じだの、わしがなにゆえにそのようなことに係わる」

「主殿頭様への孝行」

「む……」

「本来なれば主殿頭様みずから、〈たき川〉に斬り込みたきほどの怨嗟《えんさ》。まさか雪隠老中云々とかいう落書を、ご存じないとは云わせませぬ」

「面妖を申すな」

「あのようなものが、それほどお父上のお怒りに触れられたか」

「埒もない」

「私もこれ以上は申しませぬ。されど山城守様、心なき落書などはいつの世でも流布《るふ》されるもの。政に己が声の届かぬ民は、それによって溜飲をさげ、日々の貧しさにも耐えまする。権門が民百姓から誹謗中傷されるは世の習いなれば、かの落書もたんなる世の習い、滝川とは係わりなきもの」

「その言、理解が、できぬ」

「山城守様とて主殿頭様の存念をお酌みになったまでにございましょう。さればお父上様へお伝えいただきたい。滝川の米造は昔日の遺恨を根にもつほど狭量ではなく、また今になって公にするほどの、野暮でもござらぬと。友部などをつかって無益な謀事を企てるは、見苦しき疑心暗鬼《ぎしんあんき》」

「知らぬ。先ほどより、知らぬと申しておる」

「渋江村にある旧木下大和守《やまとのかみ》様の抱え屋敷のことも、知らぬと」

「う？　うむ」

「改易になった大和守様は山城守様のご側妾《そくしょう》、苑《えん》殿のご縁戚だとか」

「なんのことやら……」

「なれば私が斬り捨てた友部八郎を、なにゆえ当お屋敷でひき取られた。係わりなき者なれば打ち捨てておくが道理。このまま知らぬ存ぜぬを通しても、表の目明かし衆が得心いたしませぬ」

「この山城を、脅すか」

「江戸の目明かしとその配下三百、みな田沼様との斬り死にを覚悟の仕儀。お望みとあらばこの真木とて目明かしの先頭に立ち、田沼様とひと合戦をつかまつる」

「む、無体な。なにゆえにそこまで」

「素浪人の一婦女に対する恋情ゆえに、と思っていただく」

「一婦女とは、うむ、そうか」

「お葉の拉致はお父上への献上がため、などという下司《げす》の勘繰りはいたしませぬ。されば山城守様、そちら様が先に矛《ほこ》をおさめ、今後は滝川への横車は押さぬと、なにとぞその証をお示しくださいますよう」

意知の目がオランダ行灯の光を冷たく反射し、薄い唇が瘧《おこり》のようにふるえる。鬢《びん》の上へ尖った耳には赤みがのぼって、逆に顔面からは血の気がひいていく。

「坂崎」

「あ、はは」

「今夜も友部が訪ねて参ったのか」

「御意」

「わしは会っておらぬぞ」

「町方同心など、卑しき者なれば」

「友部はなに用あって参ったのだ」

「それは、その、町方で起こりますあれやこれや、下賤《げせん》に申します、世間話にございます」

「友部のことも曲淵の件も、すべてその方に任せてあったのだな」

「は、まさしく」

「拉致、並びに友部の所業、その方は知っておったのか」

「さあ、それが……」

「愚か者め。知っておったのなら、なにゆえわしに告げぬ。また知らぬまま過ごしておったとすれば、用人としての怠慢。真木殿に対しても滝川に対しても、わしの顔が立たぬではないか」

「お、恐れ入りまする」

「わしの顔に泥を塗っておきながら、坂崎、よもやこのままで、済ませまいぞ」

坂崎の目蓋がひくひくと痙攣し、下唇がかみしめられて、首の肉が波を打つ。坂崎の背後からは盆栽にでも集まったのか、鈴虫が喧しく鳴きかける。

「殿、すべてはこの坂崎が不明。このとおり、お詫び申しあげまする」

坂崎が羽織の紐を解いて腰から脇差しを抜き、居住まいをただして、意知にひれ伏す。

「すべては、すべては、この坂崎と友部が謀ったこと。真木殿におかれても拙者の真意、どうか、お酌みくだされ」

言葉と同時に坂崎が身を起こし、着物の襟を深く押し広げて、脇差しの鞘を払う。

「殿、御免」

布袋《ほてい》腹に脇差しがつき立ち、粘っこい血が、たらりと流れる。坂崎は片膝を立てて脇差しの柄頭を畳に押しつけ、自分の体重で刃先を腹の奥深く、ぐいとつき入れる。それでも刃を左から右へひく力はなく、片膝を立てたまま、白目をむいて、歯を食いしばる。

「殿、殿、どうか、ご介錯《かいしやく》を」

「田分け、わしは無腰だ」

「お慈悲でござる、ご介錯を」

「わしの顔に泥を塗った罰、されどその方の倅は厚くとり立ててつかわす。安心してあの世へ参るがよいわ」

「ご介錯を、ご介錯を、なにとぞ、ご介錯を」

倩一郎は座をたって坂崎のわきへ膝行し、その腹から脇差しを抜いて、首根にすっと打ちおろす。坂崎の首が落ちて畳に転がり、噴き出した血飛沫が意知の顔にはねる。意知が着物の袖で飛び血をぬぐい、倩一郎は首のなくなった坂崎の膝に、ぽいと脇差しを放る。

「真木殿、これで下世話に申す落とし前とやらを、つけていただけような」

倩一郎は部屋に戻らず、廊下に膝を折って、庭からの風を顔にうける。

「坂崎殿の死、無駄にするわけにも参らぬ」

「元をただせば遠州《えんしゅう》の浪人。坂崎もよき死に場所を得たと、喜んでおろう」

「主思いのご家中を抱えられ、山城守様も、ご運がよろしい」

意知が腰をあげて坂崎の遺体を見おろし、鼻を曲げただけで、すぐに廊下へすすみ出る。その中高な顔にぬぐいきれなかった血糊が、食人鬼のような隈取《くまど》りを見せる。

「曲淵にも釘をさしておくゆえ、此度の騒動はなかったことに、な」

「そのお言葉、主殿頭様への釘、と」

「なんとでもうけとるがよいわ」

「火の粉の火元さえ消えれば、私に異存はありません。されど最後に一つ、お尋ねいたす」

「これ以上はなにも云えぬ」

「二年前、米造の伜に嫁と孫が箱根において惨殺された件、田沼様に、係わりがございましょうか」

「愚を申すな。父上の滝川に対する遺恨ですら、いや、仮にそのようなものがあったとしての話、大人げなき仕儀と、わしなら父上をお諫《いさ》め申す」

「偽りはございますまいな」

「くどい。この山城守、世間が思うほど暇ではないわ」

「うけたまわっておきましょう」

「しかし真木殿、そなたが上総介殿の側につき、この山城に意趣を含むような事態にならば、此度のような始末では済まさぬぞ」

「こちらとてご同様。この真木倩一郎、たとえ主殿頭様であれ山城守様であれ、お屋敷に斬り込んで御首《みしるし》を頂戴する程度の剣はつかいますれば、そのこと、お忘れなきよう」

　ぐっと咽を鳴らし、言葉を呑んだまま血糊で汚れた袖をふって、意知が盆栽だらけの中庭に顎をつき出す。鈴虫が声をひそめ、下弦の月が刃物のように雲を切っていく。

「聞くところによると、真木殿も盆栽をたしなまれるそうな」

「父の遺品にございます」

「真木殿はこの庭に並んでいる盆栽を、いかが思われる」

「蒐集のための蒐集かと」

「みな百両二百両の値がつくというが」

「盆栽などは愛《め》でる者の心、もともと物に値などはありますまい」

「禅問答のようなことを申す。だがこれら盆栽、わしとて好きで集めておるのではないのだ。商人や旗本大名までが、頼みもせぬのに届けてよこす。つき返せば相手の思いを逆撫でしようし、田沼にうとまれたかと畏縮もしよう。物も金も、うけとっては謗《そし》られ、うけとらずば憎まれ、人の世とは、とかく面倒にできておる」

倩一郎は腰をあげ、首と胴の離れた坂崎文太夫に一礼して、意知にも頭をさげる。

意知が鷹揚に会釈を返し、背中を向けて、ふり返らずに奥へ歩きはじめる。

「よろしければそこな盆栽、好きなものを好きなだけ、もって帰られよ」

意知が廊下のつきあたりへ消えるのを待ち、倩一郎は庭の盆栽を一瞥して、玄関のほうへ踵を返す。坂崎が腹を切ったというのに一人の家士も駆けつけず、相変わらず雪洞の明るい長廊下を、玄関まで戻る。玄関の式台下段には一対の家士が佐竹の人門《ひとかど》松《まつ》のように正座し、一人が立ってきて倩一郎の大小を返してよこす。玄関外には手燭をかかげた中間が待ちかまえ、草履に足を入れた倩一郎を石畳にみちびく。倩一郎が外に踏み出し、そのうしろに坂崎の死を知ってか知らずか、二人の家士が無言で従ってくる。門内にはもう友部の遺体を積んだ荷車はなく、屋敷の玄関だけがぽっかり、明るい灯色の穴をあけている。

家士がくぐり戸の錠を外して黙礼し、倩一郎も無言で門をあとにする。くぐり戸が閉まり、内から錠がかけられて、家士と中間の足音がひっそりと遠ざかる。門前には居並んでいた目明かしたちの姿もなく、ただ提灯が一本地面におかれ、その明かりを囲んで米造、荒井、音吉の三人が腰をおろしている。

三人が同時に腰をあげ、倩一郎が提灯の前に歩く。

「旦那、いやーっ、ちゃんと足がついてなすって、こりゃ目出てえや」

「心配をかけたが、ほかのみなは」

「屋敷から樽酒が出されやしてね、采女ヶ原で酒盛りでさあ。こういうのも賄賂ってやつでしょうかねえ」

「それだけ目明かしの力を恐れているのだ。山城守の駆け引き上手は、主殿頭以上かも知れぬな」

米造がすすみ出て小さく腰を折り、皺深い顔にほっと、安堵の笑みを見せる。そのとなりでは荒井が腰に両手をあてがい、仁王像のような身形《みぎよう》で何度も首をうなずかせる。

「真木様、ご無事でのお帰り、祝着でございます」

「無事だったのは私と山城守、用人の坂崎は腹を切りました」

「ほーう、あのご用人が」

「坂崎の首で此度の騒ぎ、なかったことにしろと」

「それはまた、田沼様らしい」

「拉致も人殺しもすべて坂崎と友部の謀事、山城守は関知せぬと云いますが、首謀者が山城守であることは明白。しかし山城守の非道を被って坂崎が腹を切り、山城守も滝川から手をひくと約したとなれば、これ以上の糾弾は藪蛇かと思います」

「祝着祝着。坂崎様に友部様、簑助に為五郎に鷲見彦四郎に、考えてみますればみなあちら側の方々。こちらはお葉が、腰を抜かしただけでございますよ」

地面から提灯を拾いあげ、米造が大きく腰をのばして、音吉に顎をしゃくる。

「音、ひとっ走り行って、みんなにこのことを報せてやれ。勘助たちも心配しているだろう」

音吉が「がってんだあ」の台詞を残して闇のなかを走りだし、米造が提灯をかざして、倩一郎と荒井も万年橋方向へ歩きはじめる。どこかの旗本屋敷で犬が鳴き、提灯の灯が三人の影を築地塀に黒く映し出す。

「倩一郎、どうだえ、田沼の横っ面を一つ二つ、ひっぱたいてやったかえ」

「お主ほどの度胸がなくてな。あとの話は、酒が入るまで待ってくれ」

「真木様に荒井様、今宵は〈たき川〉で、朝まで酒盛りでございますよ」

「おう、そりゃありがてえ。たき川の料理に美しいお葉殿の酌と、こんな助っ人なら何百回でもひきうけるぜ」

「七之助、来月は祝言ではないか。身を慎まぬと綾乃殿に告げ口をするぞ」

「お主もかたいことを云うなあ。今度の騒動、合戦で云えば痛み分けじゃねえか。天下の田沼相手に痛み分けならわが軍の大勝利、これを祝わずになんとする」

「古饅頭を食らって寝込んでいたくせに、まったくお主は、太平楽な男だ」

采女ヶ原のほうで鬨の声に似たどよめきがあがり、提灯でもふられたのか、上空が一瞬明るくなる。どよめきに釣られて犬の遠吠えも高まり、月の冴えた空を梟《ふくろう》が飛んでいく。田沼がこのまま手をひく保証はないが、とりあえず意知にしても、これ以上の騒動は望まないはず。倩一郎にも米造にもお葉にも、それに綾乃との婚礼が決まった荒井七之助にも、当分は静かな暮らしが待っている。

明日は二十六夜の月待ち、どうやらお葉との約束は守れそうだなと、ふと足をとめ、倩一郎は冴えた下弦の月をふり仰ぐ。

九

高砂《たかさご》や、この浦船《うらぶね》に帆をあげて、
この浦船に帆をあげて、
月もろともに出《い》で潮《しお》の、浪の淡路《あわじ》の島影や、
遠く鳴尾《なるお》の沖過ぎて、
はや住之江《すみのえ》につきにけり、はや住之江につきにけり。
四海浪静かにて、国も治まる時つ風、
枝を鳴らさぬ御世《みよ》なれや、
逢いに相生《あいおい》の、松こそめでたかりけれ、

げにや仰ぎても、事も愚かやかかる代に、住める民とて豊かなる
君の恵みぞありがたき、
君の恵みぞありがたき。

旗本の松平定七郎が渋い咽で〈高砂〉を謡《うた》いあげ、白皙《はくせき》のとり澄ました顔で、参会者に頭をさげる。老人たちは満足そうにうなずき、若い船頭たちは口々に野次を飛ばし合う。神田祭も終わって江戸の町にも落ち着きが戻り、染井《そめい》や駒込《こまごめ》ではすでに菊合わせが話題になっている。

〈たき川〉の二階客座敷は四間《よま》の唐紙がとり払われ、廊下側の障子も片づけられて、細長くなった空間に祝いの膳が三列に並んでいる。掘割側の窓を背負った上座には松平定七郎に用人の天野善次郎、つづいて前月に祝言をあげて姓を変えた佐伯七之助に、妻の綾乃。その次が南町奉行所年番与力の大久保光政、同北町奉行所の各務仙之助《かがみせんのすけ》、目明かしの勘助以下江戸の古目明かし二十四人。向かい合う中列の上座が町年寄の奈良屋市右衛門《いちえもん》、喜多村彦右衛門《きたむらひこえもん》、樽屋藤左衛門《たるやとうざえもん》。日本橋古町名主《こちようなぬし》が五人に魚河岸の肝煎《きもい》りの湊屋角兵衛《みなとやかくべえ》、その先には鳶の長老格が四人もひかえ、下座には浅草の穢多頭《えたがしら》弾左衛門《だんざえもん》や非人頭の車善七《くるまぜんしち》が麻裃に身をかためている。廊下にしつらえた席はも

ちろんたき川の奉公人、番頭の利助に女中頭のお種、船頭の清次や音吉や芳松、その他の若い船頭に若い女中たち。変わったところでは北森下町の作兵衛店からも大家の友蔵《ともぞう》、源七お滝と留蔵お仙夫婦が顔を見せている。知らない人間には判じ物のように見える顔ぶれも、参会者個々には理屈が分かっている。町奉行所の実質的な支配者である年番与力、行政長官の町年寄、各町内の調整役で人足を支配する鳶の頭、人別外の集団を管理する穢多頭や非人頭、そこに魚河岸の肝煎りと目明かしが加われば、江戸の町政と治安は、ある程度把握できる。老中や若年寄が幕政を支配するのとは別な仕組みで、江戸の町には暗黙の支配体制が成り立っている。

廊下にしつらえた奉公人の席で、すでに酒で顔を赤くした音吉が、身振り手振りで左右に話しかける。

「どうだいお種さん、え？　金屏風の前にすっと並んでなさる姿なんざあ、まるでお内裏《だいり》様とお雛《ひな》様だ。いいねいいね、旦那……じゃねえ若親分のまあ、きりっとこう、水もしたたるって男っぷり。ねえ、野暮な大小すっぱり捨てて、髷《まげ》は本多のちょい曲がりってね。あれで芝居町でも歩きゃあ菊五郎も裸足《はだし》で逃げだすよ。それにどうだえまた、お嬢さんの白無垢《しろむく》が似合いなさること。こう云っちゃナンだが、ねえ清次兄い、ありゃどう見ても二十二の出戻りには見えねえや。三国一ってのはまさにこのこと、いいねえ、羨ましいねえ。なんかおいらも嬶《かかあ》が欲しくなってきたあ、ちくしょうめ」

窓を背にした席では眉を落として歯に鉄漿《おはぐろ》を入れた綾乃が、谷九郎譲りの羽織袴に威儀を正した七之助の膝を、小指の先でつく。

「おまえ様、そのようにじろじろと花嫁を見られては、失礼ではありませぬか」

「うむ？　いや、その、ナンだ。そなたの花嫁姿はより以上に美しかったと、しみじみ、思い出していたのだ」

「云い訳はよろしゅうございます。おまえ様はお口ばっかり。祝言から十日目に吉原へくり込んだこと、私、一生忘れませぬ」

「またそれを云う。吉原へ行ったことは行ったが、あのときは芸者をあげて酒を飲んだだけ。新たに佐伯道場をついだ身なれば、挨拶まわりは欠かせんだろう。吉原とて行きたくはなかったものを、酒井様のお留守居役殿に、無理やり誘われたのだ。俺は断じて、その、ナニはしておらぬ」

「私とて殿方のお付合いは存じております。吉原も年に一度や二度なら我慢もいたしましょう。ですが祝言から十日目というのは、あまりにも情けない」

「分かった、分かった。吉原はおろか品川へも深川へも、もう俺は、生涯足を向けぬ。それよりどうだ、倩一郎のあの顔。十年もあいつの顔を見てきたが、あんなゆるんだ顔を見たのは初めてだぞ」

「それはおまえ様、月代を剃って髷を町家風に直されたからですよ。ですけど、アレですわねえ、父上からお聞きしていたお相手は、白河での幼馴染みだったはずなのに」

「そこはそれ、それが、男心というもの。お葉殿ほど美しい女性《にょしょう》があらわれては、仕方ない」

「おまえ様にも美しい女性があらわれたら、仕方ないのですか」

「いや、いや、俺は断じて、そなた以外の女性になど、心は動かさぬ。それに考えてもみろ、この世に綾乃より美しい女性など、おるはずがないではないか」

中列の下座、そこには弾左衛門や車善七が膳を並べていて、善七が弾左衛門の盃に銚子をかたむけながら、上目遣いに前方の上座に顎をしゃくる。

「ねえ殿様、与力衆や町年寄衆のお顔は存じてやすが、ただ今〈高砂〉をお謡いになった松平様は、どちらの松平様ですかねえ」

浅草の弾左衛門も格式としては旗本、外出には騎馬はもちろん、槍持《やりも》ちや挟み箱持ちなど、供揃いも許される。非人頭は名目上穢多頭の支配下にあるから、善七にとって弾左衛門は殿様になる。

「さあなあ、このお江戸に松平様は腐るほどいなさるから、大方どこかご大身《たいしん》の若様でもあろうよ」

「ですがちらっと見てましたが、お町方《まち》の年番様が、えらく気をつかってらしたようで」

「そりゃ旗本も五千石六千石となりゃあ、そこいらの小大名よか羽振りがいい。与力衆もお屋敷へ出入りして、たんまり足代を稼いでるんだろう」

「そんなところですかねえ。ところで殿様、今度の花婿ってのはどこかのご浪人だと聞きやしたが、そんな素人に、目明かしのご支配が勤まるんでしょうかね」

「なんだ善七、おめえ、知らねえで只酒《ただざけ》を食らってたのか」

「と、云いやすと」

「ほれ、あの向かいでいちゃいちゃしてるお武家ご夫婦がおられよう。あれが泣く子も黙るってえ佐伯の赤鬼だ」

「へーえ、なるほど、たしかにありゃあ、仁王様に紋付き袴だ」

「その赤鬼より強《つえ》えって評判だったのが、青鬼と云われた真木倩一郎様。つまりはおめえ、今日の花婿様じゃねえか」

「へえ？　あれが青鬼」

「ちょいと役者みてえな顔はなさってるが、刀を抜かせたら江戸随一。ひょっとしたら、日本一かも知れねえって評判だあな」

「こりゃたまげた。人は見かけによらねえってえが、たき川もまた、物騒な婿さんをもらったもんだ」

「おめえなんぞも下手な悪戯《わるさ》をすると、首がいくつあっても足らなくなる」

「まったくだ。当分は手下《てか》のもんにも、余計な騒ぎを起こさねえよう云ってやりましょう」

弾左衛門が「いちゃいちゃしてるお武家夫婦」と云ったとなりの膳は、北町と南町の年番与力。北町の各務が半開きにした扇子で口元を被い、肩を大久保のそばに寄せる。

「されどのう大久保さん、滝川も滝川だが、真木倩一郎という仁も、思いきった始末をされたのう」

「各務さんは此度の経緯、どれほど承知しておられる」

「うちのお奉行がなにやら滝川に半畳を入れたとか。いずれ田沼様の意をうけての仕儀でござろうが、ものを知らぬにもほどがある」

「目明かしを奉行所の配下に組み入れんがための策謀と、そんなところですかな」

「そんなところでござろう。しかし結果がこれでは、とんだ藪蛇でござったよ」

「米造殿の目明かし支配は誰もが承知している暗黙の禁忌《きんき》。寝た子を起こすような真似をされては、南北町奉行所、みなが迷惑をする」

「さようさよう。田沼様の世とていつまでもつづくまいに、虎の威を借りるなんとやら、うちのお奉行にも困ったもの」

「真木殿は江戸でも名の通った剣客《けんかく》、しかも白河様と縁つづきかとの噂もある。こうなってはいかな田沼様とて、迂闊には手が出せまい」

「幕府は幕府、奉行所は奉行所、目明かしは目明かし。のう、いずれにせよいらぬ騒動はご免こうむりたいものよ。ただ今の問題はお江戸を荒らしておる夜盗の始末だ。これをなんとかせぬことには、奉行所の威信も地に墜《お》ちるからのう」

大久保と各務のとなりが綾乃と七之助、そのとなりに天野と松平定七郎が座しているが、大身の旗本らしい定七郎の素性を知るものは、さすがこの席においても、数えるほどしかいない。定七郎はきりっと目尻をあげて口をひき結び、機嫌がいいのか悪いのか、背筋をのばして毅然と端座をつづけている。その定七郎の膳に、横から天野が銚子をさしつける。

「殿、殿、そう仏頂面をなさらずに、少しは御酒を召しあがりなさいませ」

「誰が仏頂面をしておる。これが普段からのわしの顔だ」

「そう仰有られても、ここは祝いの席でございますれば、どうか一つ、お平らに」

「祝いの席が目出たいことぐらい、お前に云われずとも分かっておるわ。されどうも、わしは腹が立つ」

「なにを仰有るやら。此度の祝言にお出ましになるとは、殿ご自身が申されたこと。それにただ今は、お見事に〈高砂〉まで謡われたではございませぬか」

「それはそれ、これはこれだ。どうもわしは、倩一郎にうまく逃げられたような気がする」

「はあ、まあ、こうなりましてはたしかに、帰参の話はご破算ですが」

「時をかけて説得すると申したのは、天野、お前だぞ」

「ではありますが、大小を捨てて町人になりました者に、重ねて帰参せよとは無理な談判」

「だからうまく逃げられたと申しておる。それにお葉と申す嫁の美しさ。ご政道の疲弊、天下の危難を横目に、倩一郎一人がいい思いをしておる」

「それは殿、なんと申しますか、悋気《りんき》というもの」

「悋気ではない。ただなんとのう、つまりは、腹が立つのだ」

「まあまあそう臍《へそ》を曲げられずに。ほれ、ご覧なさりませ。殿がご下賜なされた鉄扇《てっせん》が、真木の腰によう似合《にお》うておりまする。真木とて殿のお気持ちは、承知しておりますれば」

新郎の前腰に納まっているのは白河松平家から贈られた、特別誂《あつら》えの鉄扇。突然に無腰となっては腰のすわりが悪かろうとの心遣いで、要《かなめ》の下には星梅鉢の家紋が彫金され、扇の親骨には一対の小柄《こづか》が仕込まれている。

「殿、殿、どうでござる。花嫁が殿のほうをご覧になって、にっこり笑ってなさる。いい加減に機嫌を直されて、さ、さ、どうか御酒をあがりなさいませ」

天野からの酒を盃にうけ、目尻をあげた仏頂面で、それでも定七郎が、ぐいと酒を飲みほす。

その定七郎とはちょうど対角、廊下側の下座には作兵衛店の五人がかしこまり、慣れぬ宴席に肩と首をつっ張らせている。それでも女たちの箸はさかんに動いていて、ひそめ声ながら顔ぶれの品定めに余念がない。

「見てごらんよお仙さん、ほら、あのずっと向こうのお侍。そうそう、あの若殿様に酌をなさってるご用人さ。云いたかないけど、なんてまあ長い顔だろうねえ。あれじや額《おでこ》の汗が顎へ届くまでに三、四日もかかっちまうよ」

「そのとなりのご新造様もさあ、別嬪《べっぴん》は別嬪だけど、ちょいと目に険がありゃしないかい」

「あれ、本当だ。やだよう白粉をまっ白けに塗っちまって、それになんだいあの着物、もう五年も前に流行《はや》った友禅じゃないかさあ」

「櫛《くし》と簪《かんざし》もお他人様の婚礼なんだから、もちっと地味にしなくちゃねえ」

「まったくだねえ。それに比べて見てごらんよ、花嫁さんのなんてまあ初々《ういうい》しいこと。二十二の出戻りだなんて、黙ってりゃ分からないものねえ。真木の旦那ってのはやっぱ、目が高いんだねえ」

「あたしたちもさんざっぱら、旦那のお世話をしてきた甲斐があったってもんさ」

「ほんとほんと。こうなったからって云うわけじゃないけど、あの旦那はどこか見どころがあったよ。あたしゃ先《せん》から思ってたね、お侍なんかにしておくのはもったいないって」

銚子をもって座をめぐっていた米造が区切りをつけ、廊下側をまわって、新郎新婦の前にすすみ出る。出《い》で立ちは熨斗目《のしめ》の袷《あわせ》に麻裃、薄くなった髪をていねいな細髷に結い、上気した傷顔に堪《こら》えきれない笑みを浮かべている。

一座の雑談がおさまり、米造が膝を折って、深々と畳に手をそえる。

「みな様方、おくつろぎのところ、ちょいとお耳を拝借いたします」

「いよーっ、待ってました日本一」

中腰になって口ラッパをつくった音吉の頭を、横から清次が、ぴしりとたたく。

「バカ野郎、田舎の宮芝居じゃねえんだ。ヘンなところで声をかけるない」

一時哄笑がおこり、それもすぐに鎮まって、米造が膝の前に白扇をおく。

「みな様方、婚礼の場で親が口上を申すのも不躾《ぶしつけ》とは存じますが、これも親バカの我が儘《まま》と、どうぞお許しくださいまし。さて、年寄りがこのようにしゃしゃり出ましたのは、娘並びに婿の行く末を、みな様方にお頼みしたい一心。婿の真木倩一郎は縁あって滝川の家に入りますものの、元をただせばお武家の出自。町家の習慣仕来りにうとい部分もあり、みな様方にはご心配、ご迷惑をおかけすることもあろうかと存じます。また娘のお葉にいたしましても、前の嫁ぎ先を離縁になりましたような不束者《ふつつかもの》、夫婦ともどもの未熟者にございますれば、みな様方のご寛容、ご慈愛を伏して、お願いする次第でございます」

どこからともなく低い手鳴りが起こり、それが一座に広まって、しばらく米造の口上が途切れる。

手鳴りのひくのを待ってから、また米造が威儀をただす。

「もう一つみな様方にお披露目《ひろめ》したきは、婿でありますす真木倩一郎、今日この日をもちまして大小を捨て、またこれまでの名も捨てまして、恥ずかしながら、この米造の名をつぐ仕儀になりましたこと。これより先は二代目たき川の米造を名乗りますれば、末永くみな様方のご鞭撻《べんたつ》、よろしくお願い申しあげます。ついでながら私めは向島へ隠居をいたし、下手な発句などひねって余生を送る所存。名を滝川美水《たきがわのびすい》と改めますれば、美水隠居のほうもこれまで同様、よろしくお引回しくださいまし。最後にまた若い二人の行く末を、重ねて、重ねて、このとおり、伏してお願い申しあげまする」

「いよーっ、二代目、日本一」

また音吉が腰を浮かせたが、もう清次にはたたかれず、座には低い手鳴りと鷹揚な笑いが渦をまく。

米造が上座から廊下側へ身をひき、合図をうけた番頭の利助が座を立って、階段口へぽんぽんと手を打つ。下の階から華やいだ嬌声が聞こえ、すぐに綺羅《きら》と脂粉の香りが湧き起こる。階段をあがってきたのは深川と柳橋の芸者たち、祝言の席に芸者でもあるまいが、婚礼の噂を聞きつけた見番《けんばん》がたき川に談じ込んで、深川と柳橋、それぞれ十五人ずつの押しかけ座敷が実現した。柳橋の派手な留袖に深川の渋い羽織が三十人、与力も町年寄も嫌いなはずはなく、厳《いかめ》しかった座が一気に盛りあがる。芸者たちにつづいて階段下からは追加の仕出し料理と酒が運び込まれ、気の早い目明かしが、もう唄までうたい始める。

二代目思案橋の米造とお葉の婚礼がすすむこのとき、江戸城内では田沼山城守意知に対して、将軍家から若年寄就任の内意がくだされていた。

あとがき

本作を筑摩書房から単行本で出版したのが二〇〇四年ですから、もう十五年前。マニアックな読者でないかぎり樋口有介が捕り物帳を書いていることすら知らないはずで、今回の復刊は作家冥利《みょうり》に尽きます。

もともと私はガチガチの純文学青年で、新人賞への応募も「文學界」や「群像」ばかり。ミステリーさえろくに読んだことはなく、まして時代小説なんか、「あんなものは文学ではない」と断じていました。失礼ながら、デビューするまで藤沢周平《ふじさわしゅうへい》さんのお名前すら存知あげなかったほど。そんな私が時代小説を読むきっかけになった作品は、実は覚えていません。たぶん外国へ旅行したとき、前泊の日本人がホテルの部屋に残していったなにかだったとは思いますが、日本語に飢《う》えていたこともあり、それをむさぼり読んだわけです。

そうやって時代小説を読みはじめてみると、なんとまあ、面白いこと。戦国物や忍者物、幕末物も読みましたがそれらに食指は動かず。面白いのは何といっても捕り物帳で、もう手当たり次第に。古書店をまわって「右門《うもん》捕物帖」や「伝七《でんしち》捕物帳」を探したり、知らない作家の知らない捕り物帳を物色したりと、ちょっとしたマニアになったものです。

そのなかで特に面白かったのが横溝正史《よこみぞせいし》の「人形佐七《さしち》捕物帳」と野村胡堂《のむらこどう》の「銭形《ぜにがた》平次《へいじ》捕物控」。人形佐七なんか全十四巻の文庫全集まで揃《そろ》えました。銭形平次もアンソロジーに収められることもあるようですが、全巻入手はなかなか困難。人形佐七や銭形平次が今の時代にあまり読まれない理由は単純で、時代小説ファンの目が肥《こ》えたからです。たとえば平次が長屋へ聞き込みに行って「玄関をあける と」とかいう表現が多々見られます。江戸時代の長屋に玄関がなかったことぐらい誰でも知っていますから、その時点でアウトになります。ですけどね、横溝先生や野村先生が執筆していたころは資料も少なかったしインターネットもなかったし、時代考証もそれほどやかましくなかったんですよ。それらちょっとした難点をのぞいての一押しは「人形佐七捕物帳」、横溝正史は金田一耕助《きんだいちこうすけ》シリーズばかりもてはやされますが、作品のグレードは佐七シリーズのほうが上でしょう。

それはさておき、私が時代小説を書くきっかけは何だったのか。実はこれも、よく覚えていません。もちろん直接のきっかけは筑摩書房の美人編集者から「樋口さん、捕り物帳なんかどうですか」と声をかけられたから。この美人編集者、以前は日本経済新聞の出版部にいて一緒に仕事をしたことがあるんですが、筑摩書房へ移り、そこで「樋口さん」と。前に酒でも飲んでいるとき、「書いても書いても売れないし、六十歳を過ぎたら沖縄へでも移住して、ぽつりぽつりと捕り物帳を書きながら余生を送りたい」とかなんとか、愚痴《ぐち》を言ったんでしょうね。声をかけられたのは二十年ぐらい前ですから、私もまだ五十前。六十歳には間があるけれど、仕事のオファーもほとんどないし、まあいいか、やってしまえというい加減な動機から、樋口有介初の時代小説「船宿たき川」が誕生した次第です。考えてみたら我ながら、無茶をしたものです。復刊に当たってゲラを読み直してみると、当然ながら、これでもかというほど肩に力が入っていて、当時の苦闘を思い出すと可笑《おか》しいやら冷汗《ひやあせ》が出るやら。

最近は時代小説を読むのにも飽《あ》きて（ねちねちした人情物はもともと嫌いですし、タイムスリップしてどうとかも論外、正統な捕り物帳が少なくなったせいもある）、体力的にも馬力がなくなり、本職の現代小説を書くだけで精一杯。もう捕り物帳を書くこともないだろうと思っていたところに、編集者のご支援でこのたびの復刊。シリーズとして完結していないこともありますし、形式はどうなるか分かりませんが、ぽつりぽつりと完結まですすめてみようと。来年は七十歳ですからね、「六十歳を過ぎたら沖縄へでも移住して」という予定をだいぶオーバーしましたけれど、なんだかんだ言いながら設計どおりの人生です。

ちなみに作品中の「田沼《たぬま》」を悪と断じている理由は、当時「田沼は有能な経済官僚だった」とかいう田沼善人説が流行《はや》っていたからです。三十年ほど前に日本のバブル景気が崩壊したあとの悲惨さを、覚えている方もいるでしょう。そんなバブルを煽《あお》って私腹を肥やしていた田沼が「善」だなんて、とんでもない。

最後に、作品中の登場人物年齢や季節の描写などにツッコミをいれたくなるプロ読者もいらっしゃると思いますが、そのあたりは現代の感覚とすり合わせてあります。なんといっても捕り物帳ですからね、読みやすさと娯楽性を優先させました。

令和元年十月一日　沖縄県那覇市の自宅にて

樋口有介

（本作品は平成十九年八月、筑摩書房から刊行された『船宿たき川捕物暦』を、著者が改稿・修正したものです）

変わり朝顔

一〇〇字書評

切り取り線

購買動機（新聞、雑誌名を記入するか、あるいは○をつけてください）

☐（　　　　　　　　　　　　　　　）の広告を見て
☐（　　　　　　　　　　　　　　　）の書評を見て
☐ 知人のすすめで　　　　　☐ タイトルに惹かれて
☐ カバーが良かったから　　☐ 内容が面白そうだから
☐ 好きな作家だから　　　　☐ 好きな分野の本だから

・最近、最も感銘を受けた作品名をお書き下さい

・あなたのお好きな作家名をお書き下さい

・その他、ご要望がありましたらお書き下さい

住所	〒				
氏名		職業		年齢	
Eメール	※携帯には配信できません		新刊情報等のメール配信を 希望する・しない		

この本の感想を、編集部までお寄せいただけたらありがたく存じます。今後の企画の参考にさせていただきます。Eメールでも結構です。

いただいた「一〇〇字書評」は、新聞・雑誌等に紹介させていただくことがあります。その場合はお礼として特製図書カードを差し上げます。

前ページの原稿用紙に書評をお書きの上、切り取り、左記までお送り下さい。宛先の住所は不要です。

なお、ご記入いただいたお名前、ご住所等は、書評紹介の事前了解、謝礼のお届けのためだけに利用し、そのほかの目的のために利用することはありません。

〒一〇一－八七〇一
祥伝社文庫編集長　坂口芳和
電話　〇三（三二六五）二〇八〇

祥伝社ホームページの「ブックレビュー」からも、書き込めます。
www.shodensha.co.jp/bookreview

祥伝社文庫

変《か》わり朝顔《あさがお》　船宿《ふなやど》たき川《がわ》捕《と》り物暦《ものごよみ》

令和 元 年 11 月 20 日　初版第 1 刷発行
令和 2 年 7 月 10 日　第 3 刷発行

著　者　樋口有介《ひぐちゆうすけ》

発行者　辻　浩明

発行所　祥伝社《しょうでんしゃ》

東京都千代田区神田神保町 3-3
〒 101-8701
電話　03（3265）2081（販売部）
電話　03（3265）2080（編集部）
電話　03（3265）3622（業務部）
www.shodensha.co.jp

印刷所　堀内印刷

製本所　ナショナル製本

カバーフォーマットデザイン　中原達治

Printed in Japan ©2019, Yusuke Higuchi　ISBN978-4-396-34586-0 C0193

〈祥伝社文庫　今月の新刊〉

岩室　忍

天狼　明智光秀　信長の軍師外伝（上・下）

光秀と信長。天下布武を目前に、同床異夢の二人を分けた天の采配とは？　超大河巨編。

今村翔吾

黄金雛《こがねびな》　羽州ぼろ鳶組　零

大人気羽州ぼろ鳶組シリーズ、始まりの物語。十六歳の新人火消・源吾が江戸を動かす！

新堂冬樹

医療マフィア

白衣を染める黒い罠――。大学病院の教授をハメる、「闇のブローカー」が暗躍する！

沢村　鐵

極夜2　カタストロフィスト

警視庁機動分析捜査官・天埜唯

警視総監に届いた暗号は、閣僚の殺害予告？　刑事隼野は因縁の相手「蜂雀」を追う。

辛酸なめ子

辛酸なめ子の世界恋愛文学全集

こんなに面白かったのか！　古今東西四十人の文豪との恋バナが味わえる読書案内。

柴田哲孝

Dの遺言

二十万カラット、時価一千億円！　戦後、日銀から消えた幻のダイヤモンドを探せ！

南　英男

奈落　強請屋《ゆすりや》稼業

カジノ、談合……金の臭いを嗅ぎつけ、一匹狼の探偵が悪逆非道な奴らからむしり取る！

樋口有介

変わり朝顔　船宿たき川捕り物暦

目明かしの総元締が住まう船宿を舞台に贈る、読み始めたら止まらない本格時代小説、誕生。

稲田和浩

女の厄《やく》払い　千住のおひろ花便り

楽しいことが少し、悲しいことが少し。すれ違う男女の儚い恋に、遣り手のおひろは……。